Christine Rhömer

Weißgold-Flügel

AF221071

Die Handlung und Figuren dieses Romans sind frei er-
funden. Ähnlichkeiten mit lebenden oder bereits verstorbenen Personen sind rein zufällig und wurden nicht beab-
sichtigt. Das Werk und seine Teile sind urheberrechtlich
geschützt.

Die Deutsche Nationalbibliothek verzeichnet diese Publi-
kation in der Deutschen Nationalbibliografie; detaillierte
bibliografische Daten sind im Internet über dnb.dnb.de ab-
rufbar.

Von Christine Rhömer sind außerdem erschienen:
Abgetaucht im Paradies
Wind aus Südwest

überarbeitete Neuauflage 2018
© Christine Rhömer 2017, alle Rechte vorbehalten

Herstellung und Verlag:
BoD – Books on Demand, Norderstedt

Lektorat/Korrektorat: J. Müller
Cover: Daniel Engelhardt
Titelfoto: Beautiful sunset of Los Angeles downtown
skyline and Palm trees in foreground © chones

ISBN: 978-3752-8199-60

Weißgold-Flügel

Christine Rhömer

Roman

„Du musst das Leben nicht ver-
stehen,
dann wird es werden wie ein Fest.
Und laß dir jeden Tag geschehen
So wie ein Kind im Weitergehen
Von jedem Wehen
Sich viele Blüten schenken läßt.

Sie aufzusammeln und zu sparen,
das kommt dem Kind nicht in den
Sinn.
Es löst sie leise aus den Haaren,
drin sie so gern gefangen waren,
und hält den lieben jungen Jahren
nach neuen seine Hände hin."

Rainer Maria Rilke

Gewidmet allen, die einen geliebten Menschen
(zu früh) verloren haben.

Prolog

Der Wagen fährt schnell. Die Straße führt schnurgerade durch den Spandauer Forst. Er beschleunigt noch einmal. Es ist früh am Morgen, Nebel zieht einer Schar Geister gleich durch den Wald und über den Asphalt. Das Kind auf dem Rücksitz schläft. Der Fahrer betrachtet das friedliche Gesicht des Mädchens lange durch den Rückspiegel. Dann sieht er wieder auf die Straße und den Nebeldunst.

Vom Berge was kommt dort um Mitternacht spät
Mit Fackeln so prächtig herunter?

Warum nur kommt ihm nun dieses Gedicht aus der Schulzeit in den Sinn, fragt er sich.

Das, was du da siehest, ist Totengeleit,
und was du da hörest, sind Klagen.
Dem König, dem Zauberer, gilt es zu Leid,
sie bringen ihn wieder getragen.
O weh!
So sind es die Geister vom See!

Wie geht es weiter? Wie lange ist es her, dass er das Gedicht auswendig lernen musste? Und ist das überhaupt noch wichtig?

Sie schweben herunter ins Mummelseetal –
Sie haben den See schon betreten –

Mit geschlossenen Augen versucht er, sich zu erinnern. Er spürt, wie der Wagen in der langgezogenen Linkskurve von der Fahrbahn driftet.

Es orgelt im Rohr und es klirret im Schilf;
Nur hurtig, die Flucht nur genommen!
Davon!
Sie wittern, sie haschen mich schon!

1

In diesem Sommer brannten sich die Sonnenstrahlen schon früh am Tag gnadenlos in die Stadt ein. Bald würde es stickig werden zwischen den Häuserzeilen und die Luft vibrieren. Der glühende Asphalt würde sich in die Schuhsohlen bohren und die Hitze um die Waden züngeln. Dann bereitete das Atmen Schmerzen und das T-Shirt klebte unter den Achseln. Aber noch war es nicht so weit. Sie war früh dran, wie immer. Das Licht, das durch die Altbaufenster ungehindert eindrang, hatte sie von ihrem traumlosen Dämmern erlöst.

Mühsam hatte sie sich aus dem zerwühlten Bett erhoben, Sandalen angezogen und das Haus verlassen. Nun setzte sie einen Fuß vor den anderen. Schritt für Schritt. Und noch einen Schritt. Jede Bewegung der Beine brachte sie weiter. Nur bewegen, bloß kein Stillstand. Sonst begannen die Gedanken sich ungehindert auf das schwarze Loch zu konzentrieren, das Nichts, das alles aufsog und verschlang. Es schien verlockend, sich in die Dunkelheit zu werfen und zu verlöschen.

`Warum bäume ich mich jeden Tag von Neuem dagegen auf?´

Sie blieb stehen und schloss die Augen. Die Sonne in ihrem Gesicht wollte nicht zu der Finsternis in ihrem Inneren passen. Doch die Frage blieb und je länger sie sich ihr hingab, desto unbezwingbarer erschien sie ihr: Warum?

Da rempelte sie ein hagerer Mann mit zotteligen Haaren und zerlumpter Kleidung an. Er torkelte weiter, drehte sich dann aber zu ihr um. „Sorry, wa! Nix für ungut…"

Unwillig öffnete Anna die Augen. Der Mann beäugte sie und kam wieder einen Schritt näher. „Haste´n bisschen Geld für´n Obdachlosen?"

9

Sein Atem roch abgestanden. Sie schüttelte den Kopf. Sie hatte nichts dabei. „K-Kann s-selber Ge-Geld brauchen", erwiderte sie. Der Mann wendete sich ab und hob die Hand wie zum Gruß, ehe er weiterzog.

Seufzend begann Anna wieder, einen Fuß vor den anderen zu setzen. Es kostete viel Kraft. Jetzt spürte sie die prickelnden Sonnenstrahlen auf ihrer Haut, die sich wie Pergament über ihre Knochen spannte, und im nächsten Moment nahm sie das Anschwellen des Verkehrslärms wahr. Gehen, einfach weitergehen.

Das grüne Ampelmännchen mit Hut, das so zielstrebig unterwegs zu sein schien, verschwand. Nun starrte sie ein rotes gesichtslos mit ausgebreiteten Armen an, als wollte es sie umarmen. Sie blieb stehen und starrte zurück. Was sollte sie noch hier, wenn ein Teil von ihr sich bereits auf der anderen Seite aufhielt? Sie spürte den Sog dieser dunklen Seite sehr deutlich. Ein weiterer kleiner Schritt jetzt in diesem Moment an dieser Ampel könnte die Erlösung bringen und dem Gedankenkarussell den Strom abdrehen.

Das Geräusch quietschender Bremsen schreckte sie auf. Der Verkehr zwischen den Plattenbauten kam zum Erliegen; die Autos warteten ungeduldig wie Jagdhunde an der Leine. Unwillig ging Anna dem Ampelmännchen entgegen, das sich wieder in Bewegung gesetzt hatte. Also nicht hier und nicht jetzt. Das Frankfurter Tor sollte wohl nicht das Letzte sein, was sie in diesem Leben sah.

Als sie in ihre Wohnung zurückkam, erwachte ihr verstaubtes Telefon aus seinem Dornröschenschlaf. „Ich habe einen Job für dich, Mädchen, du musst mal wieder raus gehen, ein bisschen unter Leute kommen. Und das Geld kannst du doch auch gut gebrauchen, oder?", platzte Maximilian ohne Begrüßung durch den Hörer. „David Hurst ist ein netter Kerl. Spricht ganz gut Deutsch, ist zweisprachig aufgewachsen, weil er eine deutsche Mutter hat. Aber scheinbar denkt er, dass er alleine nicht gut zurechtkommt. Er hätte gerne eine Begleitung, die ihm die Stadt zeigt."

„Das, das ist ja w-w-wohl nicht d-dein Ernst. D-Du glaubst doch nicht etwa, dass, dass ich m-m-mich auf so etwas - einlasse?", erwiderte Anna verärgert.

„Jetzt krieg dich mal wieder ein! Was denkst du denn? Ich leite eine Event Agentur, keinen Escort-Service! Seine Produktionsfirma hat ihm zugesichert, dass er hier recherchieren kann. Er begleitet das Team, das seinen neuen Film promotet. Und sein Anliegen ist halt, dass er …"

„Ich soll d-d-den Touri-Guide für einen Schau_spieler - abgeben, der womöglich von Paparazzi be-be-belagert wird? Sonst geht es dir aber g-g-gut, ja?"

„David Hurst ist nicht Schauspieler! Er hat das Drehbuch geschrieben, Herrgott noch mal. Für den interessiert sich kein Mensch, zumindest kein Klatschreporter. Er ist ein verdammt guter Autor, das kannst du mir glauben und er hat es ganz bestimmt nicht nötig, sich hier eine schnelle Nummer zu kaufen!", empörte Maximilian sich. „Er möchte nur, dass ihm jemand die Stadt abseits der Touripfade zeigt und du brauchst dringend eine Abwechslung und Geld sowieso. Melde dich bis heute Abend, wenn du bis dahin nicht im Selbstmitleid zerflossen bist, sonst übernimmt Silvana den Job."

Und damit legte er wutschnaubend auf.

Wieso bot Maximilian ausgerechnet ihr den Job an? Er hatte ja keine Ahnung, wie sie aussah! Dieser Ami wird denken, er habe es mit einem Zombie zu tun. Das musste ihm doch klar sein.

Sie rief Silvana an, Maximilians „rechte Hand" in der Agentur, und fragte sie, was es mit seinem Anruf auf sich hatte. Aber die erklärte ihr nur, dass sich im Büro alle Sorgen um sie machten und bot ihr gleichzeitig Hilfe an.

Natürlich brauchte sie das Geld. Dringend sogar. Und eine Beschäftigung, die sie auf andere Gedanken brachte, auch. Also nahm sie den Job nach langem Zögern widerwillig an.

Sie sollte diesen Schreiberling im *Regent* Hotel am Gendarmenmarkt treffen. Alles Weitere würde sich dann vor Ort ergeben. So befremdlich die Situation war, sie konnte sich wenigstens auf Deutsch mit ihm verständigen und musste ihre Sprechstörung nicht noch in einer anderen Sprache offenbaren.

Halbherzig näherte sie sich am nächsten Tag dem Hotel mit der unauffälligen Fassade. Lustlos hatte sie ein Kostüm aus dem Schrank gezerrt, das aus ihrem früheren Leben stammte und nun an ihrem abgemagerten Körper hing wie an einem Kleiderbügel. Ihre langen Haare, die schon seit Monaten keine Friseurschere mehr gesehen hatten, waren zu einem Zopf gebunden und hochgesteckt.

Ein trockener Wind wehte durch die Straßen und ihr zu locker sitzendes Kostüm. Eine Haarsträhne löste sich aus dem Knoten. Mechanisch schob Anna sie hinter das Ohr, während sie angestrengt zu dem Gewusel an Reportern und Fotografen vor dem überdachten Eingang sah. Sie war nicht mehr daran gewöhnt, sich zwischen so vielen Menschen zu bewegen. Unbehaglich nestelte sie an dem Presseausweis, den Maximilian ihr besorgt hatte, falls man ihr den Einlass verweigerte, und rieb sich die Gänsehaut von den Unterarmen. Das Promotion-Event war offenbar vorüber und ein unauffälliges Einschleichen in das Hotel schwierig.

Niemand hielt sie auf, als sie sich zwischen die Journalisten mischte. Der Blick des Portiers glitt so beiläufig wie möglich auf ihren Ausweis, dann schnell wieder in ihr Gesicht. Er nickte ihr lächelnd zu und schon war sie aufgenommen im Kreis der Unterhaltungsindustrie. Im Foyer hatten sich die Medienvertreter um den Mahagoni-Tisch mit dem überdimensionierten Blumenarrangement gruppiert wie eine Schar Basstölpel um einen Inselfelsen. Geklapper von Laptop-Tastaturen und in Handys gerufene Wortfetzen hallten vom Marmorfußboden wieder, brachen sich und übertönten die dezente Hintergrundmusik. Wie sollte sie hier David Hurst finden? Sie wusste ja nicht einmal, wie er aussah. Der Salon Gontard, in dem die Werbeveranstaltung stattgefunden hatte, war nahezu leer. Sie musste eine der Damen an der Rezeption fragen und ihn womöglich in seinem Zimmer aufsuchen. Genau so hatte es doch nicht laufen sollen!

„Mister Hurst erwartet Sie schon in Suite 723." Die junge Frau lächelte sie verbindlich an, den Telefonhörer noch am Ohr. „Die Aufzüge befinden sich gleich hinter dem Empfangsbereich."

Sie wies in die genannte Richtung, wo zwei Männer bereits warteten. Sie unterhielten sich lässig auf Englisch mit einem deutlich amerikanischen Akzent. Anna bemühte sich, das Gespräch nicht zu belauschen, und richtete ihre Aufmerksamkeit auf die geschlossenen Holztüren. Aber sie spürte, dass der Ältere der beiden sie fixierte. Endlich öffneten sich die Lifttüren und sie betraten die Kabine, wobei der Ältere ihr den Vortritt ließ. Der Jüngere mit den kantigen Gesichtszügen schlenderte gleichgültig voraus und lehnte sich ungeniert wie ein gelangweilter Teenager an die Holzvertäfelung. Nun hatte sie ihm doch direkt ins Gesicht gesehen und sie erkannte den Mann, der ihr bereits im Foyer von einigen Plakaten mit entschlossener Miene entgegengeblickt hatte.

Im Aufzug erschwerte die Spiegelwand alle Bemühungen, den Blicken des Älteren mit dem Narbengesicht und den falschen Zähnen auszuweichen. Seine Augen fixierten immer wieder ihren Presseausweis und zwischen dem vierten und fünften Stock nahm sie ihn entnervt ab und steckte ihn mit Nachdruck in ihre Jackentasche. Was wollte der?

Endlich kamen sie auf der siebten Etage an und die beiden Männer steuerten zielstrebig auf ihre Zimmer zu, wobei der Ältere ihr zum Abschied zunickte. Gut, den war sie los. Sie blieb stehen, bis sie hintereinander zwei Türen zuklicken hörte. Dann orientierte sie sich und suchte Suite 723 auf. Seufzend hob sie die Hand, um an die Tür zu klopfen, da wurde diese auch schon aufgerissen.

Im grellem Gegenlicht erschien eine männliche Silhouette und sie vernahm eine Stimme, die mit starkem Akzent sagte: „Ah, da ist ja die Lady vom Escort Service!"

Schlagartig wich die Farbe aus Annas Wangen. „D-D-Das …", begann sie.

Sie hörte ein Lachen in der Stimme ohne Gesicht. „Just a joke – kommen Sie herein." Und er trat einen Schritt beiseite. Zögernd ging Anna in den Flur, der in das Biedermeier-Wohnzimmer führte. David Hurst folgte ihr und zog die grünen Innen-Vorhänge vor den Fenstern zu, sodass der Französische Dom aus ihrem Blickfeld verschwand und mildes Licht die Einrichtung in zarten Gelbtönen leuchten ließ. „Sorry", sagte er, „ich bin gerade erst zurückgekommen. Kann ich Ihnen etwas anbieten? Möchten Sie etwas trinken?"

Haha, und der soll das Gefühl haben, sein Deutsch reiche nicht aus, um sich alleine in Berlin zurechtzufinden? Wer sollte das denn glauben? „Nein danke", erwiderte sie entschieden.

Er musterte sie aufmerksam. Mit einer unterkühlten Begrüßung hatte er scheinbar nicht gerechnet.

Schließlich reichte er ihr die Hand. „Ich bin David", sagte er.

Sie ergriff seine Rechte. „Anna."

„Setzen Sie sich doch." Er wies auf einen Sessel in der eleganten Sitzgruppe.

Schweigend saßen sie sich gegenüber. Er musterte sie noch immer aufmerksam. Nun erkannte sie, dass sie es mit einem schlanken Mittdreißiger zu tun hatte, dessen Gesicht deutliche Spuren von zuviel Sonnenbestrahlung zeigte. Lachfältchen säumten seine Augenwinkel und schienen den ernsten Ausdruck der blauen Augen Lügen zu strafen. Das Schweigen dehnte sich aus und begann den ohnehin stickigen Raum zu füllen.

„Sie mö_chten sich d-d-die Stadt ansehen?", erkundigte sich Anna schließlich höflich.

Sein Blick intensivierte sich. `Womöglich fragt er sich gerade, warum man ihm eine humorlose Stotterin für diesen Job geschickt hat. Ich muss mich zusammenreißen´, dachte sie und bemühte sich um ein Lächeln.

„Nein, die City interessiert mich nicht. Ich möchte die Menschen sehen und Geschichten über sie hören. Ich will die Luft schmecken und die Geräusche fühlen. Sehen Sie, John Bruckner hat erworben die Filmrechte für `Höllenfeuer´ und möchte, dass ich schreibe das Drehbuch. Einige Szenen werden in Berlin spielen, so ich muss mir die Oberbaumbrucke – war das richtig? – und Kreuzberg ansehen. Ich habe keine Lust mit dem Taxi die Orte abzufahren und auch nicht mich selber durch das Subway-Netz zu quälen. Dafür brauche ich Sie. Ist das okay für Sie?"

„Ja, na-na-natürlich."

„Mache ich Sie nervös?"

„N-nein. - Ich ha-habe seit ein p-p-paar Monaten Sprachschwierigkeiten. D-D-Das hat nichts mit Ihnen zu t-t-tun. Entschuldigen Sie bitte."

„Was ist passiert?"

„Nichts."

„Nichts?"

„N-na ja. Ein Unfall."

„Ein Verkehrsunfall? Waren Sie verletzt?"

„Ich m-m-möchte nicht darüber reden."

Er schwieg einen Moment. „Sind Sie sicher, dass Sie mich begleiten wollen?", fragte er dann so weich, dass es ihr die Tränen in die Augen trieb.

„Es ist okay", sagte er, sprang auf und verschwand hinter den verspiegelten Schiebetüren. Kurz darauf kam er mit einem Taschentuch zurück, reichte es ihr und setzte sich wieder.

„Ja, ich b-bin mir sicher", behauptete sie. „Aber m-möchten Sie meine Gesellschaft überhaupt noch?"

Er schien einen Moment nachzudenken. Im Nebenraum klingelte das Telefon. Erneut erhob er sich und sagte, während er nach nebenan verschwand: „Ja, warum nicht?"

Sie hörte ihn gedämpft mit einem Derek sprechen, der offenbar mitkommen wollte. David redete es ihm aus. Es passe gerade nicht so gut.

Nach einer Weile steckte er den Kopf durch die Schiebetür. „Okay, let´s go."

Anna erhob sich und versuchte, ihre Dankbarkeit zu verbergen, denn natürlich wollte sie ihn nicht merken lassen, dass sie ihn belauscht hatte.

„I like your smile", sagte er und die Fältchen unter seinen Augen schoben sich ineinander.

„Lassen Sie uns erst ein bisschen zu Fuß gehen. Ich kann etwas Bewegung gebrauchen. Okay?"

„Ja, g-gerne. Ich g-gehe gerne zu Fuß." Und das war gar nicht mal gelogen. Ihre stundenlangen Streifzüge durch die Stadt hielten sie schließlich am Leben. Beim Spazieren würde ihr auch das Sprechen leichter fallen und wenn sie sich auf Sachliches beschränkte, erst recht.

Als sie den Gendarmenmarkt betraten, rauschten zwei Doppeldecker-Busse der „Tempelhofer Stadtrundfahrten" an ihnen vorbei. Sie neigten sich bedenklich zu der Seite, auf der sämtliche Touristen auf dem offenen Dach saßen, während sie dem Tonbandvortrag lauschten. Auf der Treppe des Konzerthauses fand ein Model-Shooting statt, eine Fremdenführerin zeigte einer Reisegruppe den Skulpturen-Brunnen und ergraute Köpfe folgten ihrem ausgestreckten Zeigefinger. Vereinzelte Spaziergänger flanierten unter den Kastanien und an den Steinbänken vorbei. Ein preußisches Regiment an Straßenlaternen stand Spalier und im *Refugium* aßen Leute zu Mittag. Die grünen Markisen tanzten im Takt der Musik, die sich aus dem Französischen Dom ergoss. Der warme Wind blies sanft vertrocknete Blätter über das Kopfsteinpflaster. Einen besseren Einstieg in eine Stadtbesichtigung hätte es gar nicht geben können.

Interessiert sah David sich um, schoss ein paar Fotos und machte sich Notizen. „Gehörte dieser Platz zu Ost- oder Westberlin?", fragte er.

„Zu Ost-Berlin."

„Sah er zu der Zeit auch schon so aus oder ist hier viel verändert worden?"

„Die N-Neubauten rings herum sind erst nach dem Fall der M-Mauer entstanden."

„Aha, interessant. Der Ort hat Atmosphäre. Vielleicht kann ich ihn verwenden." Er sah in die Ferne und ergänzte seine Notizen. „Ist der Platz beliebt bei den Berlinern, kommen sie gerne hierher, verabreden sie sich hier?"

„Er ist s_o etwas wie ein R-Ruhepol in der Stadt. M-Man kommt hierhin, wenn man seine Ru_he haben möchte. Oder in der M-Mittagspause, zum Erholen."

„Sind Sie oft hier? Setzen Sie sich schon auf mal eine der Bänke und schauen sich die Gebäude an?"

„N-Nein, eher nicht. M-Möchten Sie auch die Friedrichstadt-P-Passagen sehen?"

„Ja, warum nicht."

Kurz darauf schlenderten sie über den karierten Steinfußboden vorbei an Edelboutiquen. David betrachtete die gläsernen Rolltreppen im offenen Innenraum und seine Augen folgten der geschwungenen Treppe aus weißem Marmor bis hinunter ins Kellergeschoss, wo vereinzelt Menschen in der schwarzen Lederbestuhlung saßen. Sie unterhielten sich entspannt bei einem Kaffee, rauchten und schienen mit jedem ausgeatmeten Qualmkringel ein „Wir sind anders" in die Luft zu schreiben. Konzentriert ließ er die Szenerie auf sich wirken. „Ich nehme an, das stammt auch nicht aus DDR-Zeiten?"

Anna lächelte. „Nein, g-ganz sicher nicht."

„Was verbindet Sie mit diesem Ort?", fragte er.

„M-Mich? Nichts, gar nichts. Ich g-gehöre nicht hierher."

„Was bedeutet: `Ich gehöre nicht hierher´?"

Sie erklärte es ihm und fügte hinzu: „Ich bekomme hier B-Beklemmungen."

Er lächelte. „Ich auch. Lassen Sie uns weitergehen."

„Bis Kreuzberg ist es z-ziemlich weit. Wir könnten in die R-Richtung gehen, ohne an den typischen T- Touristenattraktionen vorbeizukommen. Die wollten sie ja meiden."

„Schon okay, ich melde mich, wenn´s langweilig wird. Ich kenne Berlin noch gar nicht, ein bisschen Tourismus wird mir nicht schaden, wenn genug Zeit für das – essential - Wesentliche bleibt."

`Er bemüht sich, nett zu sein´, dachte Anna und entspannte sich. Sie lotste ihn „Unter den Linden" vorbei in Richtung Museumsinsel, bis David verkündete, es reiche ihm nun.

Mit der U-Bahn fuhren sie dann zur Warschauer Straße und gelangten zur Oberbaum-Brücke, einem roten Backstein-Bau mit zwei Türmen und Arkaden. Unter der U-Bahn führte ein Kreuzgang bis zum May-Ayim-Ufer auf der anderen Seite.

„Was passiert denn hier in der G-Geschichte, zu der Sie das Drehbuch schreiben sollen?"

„Eine Agentenübergabe im Kalten Krieg", erklärte er bereitwillig. „Natürlich verwoben mit einer dramatischen Liebesgeschichte zwischen Ost und West."

„K-Klingt ja mächtig spannend."

„Kennen Sie `Höllenfeuer´ denn gar nicht? Es stand wochenlang in den Bestsellerlisten – auch hier in Germany." Seine Augen musterten sie ernst.

„Nein, ich h-habe nicht viel mitbekommen in den letzten Monaten. Gibt es wenigstens ein Happy End?" Sie bemühte sich, seinen Blick von sich zu lenken.

Doch David betrachtete sie nachdenklich. „Ja vielleicht. Zeigen Sie mir auch die Mauerreste in der Eastside-Gallery?"

„Na-Natürlich, wenn Sie möchten."

„In welchem Bezirk sind Sie aufgewachsen?"

„In keinem. Ich k-komme nicht aus Berlin. Ich lebe erst seit ein paar Jahren hier."

„Wo kommen Sie denn her? Und was hat sie hierher verschlagen?"

„Ich bin in einem Dorf bei R-Rosenheim groß geworden, das liegt in Süddeutschland in der Nähe von München. Meine Eltern w-wohnen noch dort. Ich bin meinem Mann hierhin ge-gefolgt." Erschrocken hielt sie inne und ärgerte sich darüber, dass ihr das herausgerutscht war.

„Sie sind verheiratet?"

Sie zögerte. „Ja."

„Sie tragen keinen Ehering."

Herrgott, entging dem auch mal etwas? „Nein."

„Haben Sie Kinder?"

Abermals zögerte sie. „Ja. – Nein."

Wieder dieser intensive Augenausdruck, mit dem er sie musterte, als versuche er, durch die Schale auf den Kern zu schauen. `Seziermesser-Blicke´, dachte sie.

„Und, leben Sie gern hier?"

„Ja, eigentlich schon. Erst recht, seitdem ich die O-Ostbezirke für mich entdeckt habe. Die haben einen m-morbiden Charme. Das mag ich."

Es gelang ihr endlich, ihn von sich abzulenken. David fotografierte die Brücke aus mehreren Blickwinkeln und schließlich auch ungefragt Anna. „Darf ich Sie zum Essen einladen oder bekomme ich dann Ärger mit Ihrem Mann?"

Sie war sich sicher, dass er sie provozieren wollte, und beschloss, sich darauf nicht einzulassen. „Nein, er wird Ihnen k-k-keinen Ärger machen und ja, Sie dürfen mich g-g-gerne ein anderes Mal zum Essen einladen. Heute Abend habe ich etwas vor."

„Ich fliege übermorgen zurück nach L.A."

„Ist dann Ihre Recherche für das D-Drehbuch schon beendet?"

„Nun, wir werden sehen."

Monika Katuschke telefonierte angestrengt, als Anna ihr Geschäft betrat. Nachdem sie David Hurst losgeworden war und in ein Taxi zurück zum *Regent* gesetzt hatte, war sie die lange Strecke von Kreuzberg bis Friedrichshain zu Fuß gelaufen. Er war nicht unsympathisch, ganz im Gegenteil, aber er hatte entschieden zu viel Menschenkenntnis.

Wie die Königin von Saba thronte Monika auf einem Barhocker vor dem Computer, an dem sie ihre Bestellungen tätigte. Tief in ein wallendes Gewand gehüllt und mit Modeschmuck behängt, ähnelte sie einem Kunststoff-Christbaum zum Aufspannen. Die Ostberlinerin war Annas beste Freundin. Ihre sprichwörtliche „Berliner Schnauze" war manchmal ruppig, aber meistens herzlich. Die beiden hatten sich über ihre Kinder kennen gelernt. Monika arbeitete damals noch als Erzieherin. Nach der Geburt ihres Sohnes hatte sie die Gelegenheit genutzt, in der Krabbelgruppe die Betreuung der Kleinen zu übernehmen und ihr eigenes gleich mit unterzubringen. Als die Lage der Kindergärten sich infolge der Zahlungsunfähigkeit der Stadt verschlechterte, fand Monika keine neue Stelle. Sie mietete sich ein Ladenlokal in Friedrichshain und verkaufte dort Kinderbücher, Spiele, Motorikspielzeug aus Holz, Elternratgeber und alles Mögliche, was mit Kleinkindern zu tun hatte. Außerdem bot sie in einem Nebenraum auch noch Lebenshilfe-Ratgeber, Meditationsmusik, Amulette, Glücksbringer und Ayurveda-Produkte an, um ihrer heimlichen Leidenschaft nachzugehen. Sie wusste, dass das „Mekka" der Berliner Esoteriker in Kreuzberg lag. Aber zum einen wollte sie im Ostteil bleiben und zum anderen spekulierte sie darauf, dass die Konkurrenz dort nicht vergleichbar groß war. Ihre Rechnung ging auf: Nach einiger Zeit konnte sie von dem leben, was das Geschäft abwarf.

Nun winkte sie Anna zu sich herüber, umarmte sie herzlich und ihr stark geschminktes Gesicht strahlte: „Hallo! Schön, dir zu sehn."

„Ja, ich freue mich auch, d-dich zu sehen. Wie läuft´s denn so?"

„Icke hab de Woche ordentlich Reibach jemacht. Is schon erstaunlich, wa? Diesa `Regenbogenfisch´ is voll der Renna und diese Armbändchen ooch. Willste n Tee?"

„Ja, gerne." Anna wusste, es würde einen der ayurvedischen Tees geben, die Monika gerne ausprobierte. Während Monika im Hinterraum das Teewasser aufkochte, starrte Anna auf das Kinderbuch, das sich im Moment gut verkaufte und musste schlucken. So eines hatte sie auch noch zu Hause, irgendwo.

Herrgott, war sie denn nirgends vor ihrer Vergangenheit sicher?

Als Monika zurück in den Ladenraum kam, fand sie eine bleiche Anna vor, die mit leeren Augen in ihrem Bücherregal versank.

„Watt is los?", fragte sie besorgt und berührte ihre Freundin am Arm. Anna kam langsam zu sich.

„Nichts", sagte sie tonlos. „Nur das Übliche: Sarah wird nie mehr eines der K-Kinderbücher anschauen, die sie so geliebt hat… Es g-geht schon wieder."

Monika schob Flyer und Werbeprospekte auf der Theke beiseite, drehte den „Regenbogenfisch" demonstrativ auf das Gesicht und stellte zwei dampfende Teetassen ab. „Hier trink ditt. Wird dir jut tun."

„Wogegen hilft d-der?" Anna ahnte, dass Monika ihr den Tee nicht ohne Hintergedanken zubereitet hatte.

„Der is jut für Menschn, die ne Trauerphase durchleben un sich eensam fühln."

`… und das Ganze überleben wollen. Die trotz allem am Leben kleben´, ergänzte Anna in Gedanken. Sie tranken eine Weile schweigend den Tee.

„So, und nu erzähl ma! Wie isset jelofen mit dener Stadtführung?"

Anna erzählte ihr von dem Nachmittag mit David Hurst, den forschenden Fragen, die er ihr gestellt hatte und den durchdringenden Blicken. „Und zum Schluss wollte er auch noch mit mir Essen gehen", schloss sie ihre Schilderung und hob abwehrend die Hände.

Monika ignorierte die Geste. „Und, haste anjenommen?"

„Nein, ich habe ge-gesagt, er k-könne mich gerne ein anderes Mal einladen, weil ich etwas vorhätte."

„Hier bei mir in Ladn hocken und Tee sofen?! Schlag dir doch of sene Kostn ma schön de Wampe voll!" Sie klopfte sich auf ihren üppigen Bauch.

„Jetzt ist er weg und übermorgen fliegt er sowieso z-zurück nach Amerika." Anna lächelte unsicher.

„Ditt macht nischt. Der meldet sich – kannste dir droof valassn!"

„Ja und dann? Soll ich mich etwa mit ihm t-treffen? Wozu? Der d-durchbohrt mich mit seinen Blicken und guckt sich Stellen an, wo keiner hin soll – außer dir vielleicht."

Monika berührte sie entschieden und doch sanft am Arm. „Klar triffste dir mit dem Typ. Und gloob mir – der ruft dir an. Wär schön blöd, wenn der det nich täte!"

Sie sollte recht behalten. Anna hatte gerade genügend Zeit, sich einzugestehen, dass sie sich ein bisschen darüber ärgerte, eine Einladung in ein Restaurant mehr oder weniger ausgeschlagen zu haben. Davids sonnengegerbte Lachfältchen noch vor Augen begann sie am nächsten Morgen, sich für einen weiteren einsamen Streifzug durch die Stadt zu rüsten, als das Telefon klingelte und Maximilian wieder ohne Einleitung in den Hörer rief: „Ich weiß nicht, wie du das angestellt oder besser gesagt, was du mit ihm angestellt hast, aber David Hurst möchte dich für eine zweite Stadtführung engagieren!"

„Dann g-g-gib mir mal seine Nummer", erwiderte Anna so unbeteiligt wie möglich.

„Dann gib mir mal seine Nummer", wiederholte Maximilan spöttisch, „das ist mal wieder typisch Anna. Als ob ich seine Nummer hätte! Du erreichst ihn über das *Regent*, was hast du denn gedacht? Viel Spaß bei der Stadtführung." Und es klickte in der Leitung. Offen zur Schau gestellte Empathie gehört nicht zu den Eigenschaften, denen er seinen beruflichen Erfolg verdankte.

In der Simon-Dach-Straße schmiegten sich die gemütlichen Lokale aneinander und Anna überließ David die Wahl. Sie war fest entschlossen, mit keiner Silbe zu erwähnen, dass sie in der Nähe wohnte. Ihre Wohnung würde sie ihm ganz sicher nicht zeigen. David entschied sich zielsicher für den besten Italiener am Platz und gab ihr zu verstehen, dass sie bei der Auswahl ihres Gerichtes keine Hemmungen zu haben brauche. John Bruckner sei nicht knauserig. Anna zögerte einen Moment, dann bestellte sie zum ersten Mal in ihrem Leben das teuerste Menü und den besten Wein, die es auf der Karte gab, obwohl ihr nach Essen gar nicht zumute war. Sie unterhielten sich über Belanglosigkeiten und Anna entdeckte in David nun auch den Meister des `small talks´. Sie war auf der Hut und fragte sich zum wiederholten Male, was David zu dem Treffen bewogen hatte. Aber ihr Gespräch plätscherte nichtssagend vor sich hin. Ein laues Sommerabendlüftchen kräuselte sich durch die Straßen, zauste Bäume und Frisuren, streichelte nackte Haut. Mit dem Glas Wein floss die Zeit dahin und Anna entspannte sich zunehmend. Der Außenbereich des Restaurants war spärlich gefüllt und sie ließ ihren Blick zu den Passanten schweifen, die in leichten Sommerkleidern vorbeischwebten. So traf es sie unvorbereitet, als er plötzlich zuschlug.

„Erzählen Sie mir von Ihrem Mann", forderte er sie auf und lehnte sich in seinem Stuhl zurück, nachdem die Kellnerin die Nachtischreste entfernt hatte.

Der Stromschlag durchfuhr Anna bis in die Fingerspitzen. Gleichzeitig ging ihr nun endlich ein Licht auf. David Hurst witterte bei ihr eine handfeste Geschichte, eine, die er womöglich in sein nächstes Drehbuch einarbeiten konnte. Sie spürte Wut in sich aufsteigen. `Wie unverschämt und taktlos´, dachte sie und sagte laut: „E-Erzählen Sie m-m-mir d-doch etwas von Ihrer F-Frau!"

„Ich bin nicht verheiratet, ich bin nicht einmal liiert. Da gibt es nichts zu berichten. Eine Frau, die von einem Ehemann spricht, aber keinen Ring trägt und die Frage nach Kindern mit ja und nein beantwortet, hat etwas zu erzählen. Und das möchte ich gerne hören."

„D-Damit Sie es zu einem D-Drehbuch verw-wursten können?"

„Ja, vielleicht, wer weiß. Was wäre denn daran schlimm? Die interessantesten Geschichten schreibt meistens das Leben."

Anna starrte ihn eine Zeit lang wütend an. Ihre Finger verkrampften und die Knöchel schimmerten weiß auf dem Rücken der erstarrten Faust. Dann spürte sie, wie mit der Übelkeit ihres Magens noch etwas in ihr hochstieg: ein unbändiges Verlangen danach, sich einem anderen Menschen mitzuteilen. Jemandem diesen unverdauten Erinnerungsbrei vor die Füße zu erbrechen.

„Er ist t-tot", brach es aus ihr heraus. „Sie sind b-beide tot!" In ihren Ohren rauschte es, endlose Minuten lang. „B-Befriedigt das ihr B-Bedürfnis nach Tragik?"

Er antwortete nicht und sah sie unverwandt an.

„Sie s-sind b-bei einem Au-Autounfall gestorben", fuhr sie schließlich fort. „Der Wagen ist auf unge-geklärte Weise von der Straße abge-gekommen und ge-gegen einen Baum geprallt." Sie stockte und kämpfte mit den aufsteigenden Tränen.

Seine klugen Augen, die mehr von der Welt und der menschlichen Seele zu wissen schienen, als einem lieb sein konnte, sahen sie tiefgründig an. Sie wollte nicht weiter erzählen, aber nun war der Damm gebrochen und der Schwall nicht zu bremsen.

„Thomas war sofort t-tot. Sarah lag vier Tage im K-Koma."

Das Bild ihres Mädchens, das mit einem Herzfehler auf die Welt kam und um sein Leben kämpfte, tauchte vor ihr auf. Sie hatte beharrlich alle Behandlungen und Operationen erduldet, um schließlich erneut an Apparaten und Schläuchen zu hängen.

„Dann habe ich auch sie ver-verloren." Ihre rechte Hand, die auf dem Tisch lag, begann zu zittern.

Schweigend ergriff David ihre Hand und hielt sie fest.

„Auf der Straße lag kein Glatteis, der Wagen hatte

keinen D-Defekt und die R-Reifen waren in Ordnung. Es waren noch nicht einmal B-Bremsspuren auf dem Asphalt zu sehen. Die Polizei sagte, es sei unerklärlich, warum das Auto von der Fahrbahn abgekommen ist."

David ließ sie eine Weile in ihrer inneren Welt die gewundenen Wege des Erinnerns durchschweifen und hielt dabei fortwährend ihre Hand. Als sie allmählich wieder in die Realität eintauchte, bemerkte sie, dass er bleich geworden war.

„Wie konnte er das tun? Wie konnte er mich alleine lassen und auch das K-K-Kind mitnehmen?" Ihre Stimme bebte.

David drückte ihre zitternde Hand. „Aber es könnte doch trotzdem ein Unfall gewesen sein."

Anna wandte den Blick ab. „Ich kann nicht einmal an sein Grab ge-gehen. So eine Wut habe ich!"

„Vielleicht wollte er die Verantwortung für das Kind nicht Ihnen alleine aufbürden", sagte David.

Anna lachte kurz und bitter. „So kann nur ein Mann d-denken!"

Nach einer Weile sagte er: „Das war so ziemlich das Erschütternste, was mir je irgendjemand erzählt hat."

Sie war nun wieder klar und wurde sich bewusst, dass er sie festhielt. Das Zittern hatte aufgehört und sie zog langsam ihre Hand zurück. „S-Sie w-wollten es ja hören."

„Ja, das wollte ich. – Wann ist das passiert?"

„Vor einem Dreivierteljahr."

„Was haben Sie seitdem gemacht?"

„Was ich gemacht habe? Meine Familie beerdigt, meinen Job geschmissen, die Wohnung g-gekündigt, Teller gegen Wände geworfen und mir jeden Tag gewünscht, ihnen bald folgen zu können. Warum musste es die Kl-Kleine erwischen? Warum nicht mich, gottverdammt!" Seine Augen bekamen einen merkwürdig abwesenden Ausdruck, als suchten sie einen Anker in der Leere des Raums. Sie saßen sich gegenüber und waren doch allein. Dann schreckten sie beide auf, als jemand hinter David trat, ihm auf die Schulter schlug und auf Englisch dröhnte: „Hier steckst du! Ich habe halb Berlin nach dir abgesucht." Dabei sah er Anna neugierig an. Es dauerte einen Moment, bis ihr einfiel, wer dieser Mann war: Der Ältere aus dem Aufzug im *Regent*, der ständig auf ihren Presseausweis gesehen hatte.

„Derek", sagte David überrascht und fügte dann hinzu: „Was machst du denn hier?"

„Ich war mit Mick downtown unterwegs. Hatten einen Riesenspaß dabei, die Paparazzi abzuschütteln. Jetzt ist er zurück und brezelt sich für die Nacht auf." Er wies mit dem Daumen über die Schulter. „Hat was vor heute Abend, irgendein Gothic Schuppen oder so. Er meldet sich, wenn er soweit ist. Ich hatte Hunger, ein Taxifahrer hat mich hier abgesetzt. Und was sehen meine wunden Augen da? Meinen Freund David mit einer reizenden Dame…"

Abermals beäugte er Anna. David stellte sie einander vor.

„Sie kommen mir bekannt vor", erklärte Derek und schien angestrengt seine Hirnwindungen zu durchkämmen.

„Ich wüsste nicht, d-dass wir uns schon einmal begegnet sind", gab Anna vor.

„Setz´ dich doch", sagte David und schob den Stuhl neben sich ein Stück zurück, damit Derek Platz nehmen konnte. „Das Essen ist gut hier."

„Störe ich euch denn nicht?"

David sah Anna an, die den Kopf schüttelte. Sie war dankbar für die Ablenkung, auch wenn diese sie wie eine kalte Dusche zurück in die Gegenwart gerissen hatte. Derek ließ sich breitbeinig auf dem Stuhl nieder und schlug die Speisekarte auf. Dann sah er hilfesuchend zu Anna. „Ich verstehe kein Wort." Der treuherzige Ausdruck seiner Augen wirkte halb gespielt, halb echt und sie übersetzte ihm ein paar Gerichte, bis er sie unterbrach. „Ha, ich weiß jetzt, woher ich sie kenne: Sie waren gestern im *Regent*. Sie sind eine Reporterin!" Triumphierend sah er zu David, als wolle er überprüfen, ob er das wusste oder in eine Falle getappt war. Tatsächlich schien dieser einen Moment irritiert zu sein und Anna sah sich gezwungen, das Missverständnis aufzuklären.

„Mist", sagte Derek dann, „ich könnte ein bisschen Publicity gebrauchen. Wenn ich Glück habe, schlägt der Thriller mit Mick ein like hell und ich bin wieder im Rampenlicht. Aber wer weiß? Ich war ja schon ein paar Mal tot geglaubt und bin wiedergekommen." Er straffte die Schultern und grinste.

David klärte Anna darüber auf, dass Derek Schauspieler sei, und zählte ihr Filme auf, in denen er mitgespielt hatte. Anna kannte keinen Einzigen und sein Gesicht hatte sie definitiv noch nie auf einer Leinwand oder im Fernsehen gesehen. Aus Höflichkeit stellte sie sich interessiert. „Das ist b-bestimmt sehr interessant im Filmgeschäft zu arbeiten."

Derek lehnte sich zurück. „Ganz cool, ja. Alles halb so wild, eigentlich ist es ein Job wie jeder andere: Solange du tust, was dir gesagt wird, pünktlich und gut vorbereitet beim Dreh und zu den Terminen aufkreuzt, ist es easy. Und wenn die Leute mögen, was du machst, bekommst du dafür scads of money. Doch wenn's gut läuft, ja?, so wie bei Mick im Moment, wühlt jeder Idiot in deiner Mülltonne. Das ist übel - dann kannst du deinen Hintern kaum noch auf der Straße zeigen. Und wenn du es tust, erscheint deine ungeschminkte Visage am nächsten Tag auf mehreren Titelseiten und du erfährst die besten stories über dich. Aber leider nicht nur du, sondern gleich die halbe Welt. Und das ist nicht mehr cool." Er strich sich durch die Haare, ehe er fortfuhr: „Am Set wird man ständig herumkommandiert. Manchmal wird die ganze Nacht durchgedreht, und selbst wenn jemand stirbt, der dir nahe steht, wird darauf keine Rücksicht genommen. Es geht nur ums Geld. Money rules the business."

„Na, das k-klingt ja nicht so toll", sagte Anna und dachte, dass sie durch diesen Vortrag wenig Neues erfahren hatte.

„Das kommt darauf an, was man möchte. Wenn man reich und berühmt sein und in den teuersten Restaurants sofort einen Tisch bekommen will, ist es der beste Job." Derek ließ seine Zahnkronen blitzen, als sein Teller serviert wurde.

„Nun ja, wenn einem das wichtig ist."

„Sehr richtig", schloss er zwinkernd und begann schmatzend zu essen. Mit vollem Mund fuhr er dann fort: „Die Rollen können aber auch heftig sein. Ein Folteropfer oder einen Gewaltverbrecher zu spielen zum Beispiel. Da kommt man so schnell nicht wieder raus."

„Haben Sie einen solchen Part einmal gespielt?", fragte Anna. Vielleicht wurde es ja nun ein wenig interessant.

„Nee, Freunde von mir. Mir wurden eine Zeit lang nur Schnulzen angeboten. War okay, aber irgendwie langweilig. Der Action-Film mit Mick, den wir gerade promoten, der war richtig fun!"

„Dabei sind sogenannte Schnulzen wichtig. Sie geben den Menschen ihre Träume zurück", schaltete sich David versonnen ein. Anna versank in diesen Worten wie in einem weichen Bademantel.

Derek kaute hektisch auf seinem Bissen herum und stieß dann hervor: „Haha, das sagt der Mann, der am liebsten ernste, intellektuelle Dramen schreibt!" Er sah Anna an und zeigte auf David: „Raten Sie mal, wie viele Schnulzen der geschrieben hat! – richtig: keine. Und an dem Actionstreifen mitzuwirken hat er sich ganz schön geziert. Da musste Bruckner ordentlich was springen lassen, nicht wahr?" Nun sah er David an.

Der zuckte gelassen die Schultern. Dereks Handy klingelte mit einem albernen Klingelton. „Hi Mick", rief er dann so laut, dass die Leute am Nachbartisch herübersahen. Anna fühlte sich inzwischen benommen von dem schweren Wein und eine wohlige Gleichgültigkeit breitete sich in ihr aus. Sie versuchte Dereks Telefonat nicht zu belauschen, was bei seiner Lautstärke nahezu unmöglich war. Sie schnappte etwas von einem „düsteren Club" und „Heine" auf.

„Kommen Sie mit?", fragte er sie erwartungsvoll, als er sein Gespräch unüberhörbar beendet hatte. „Mick ist ein cooler Typ. Sie werden ihn mögen."

„Ach, ich weiß nicht."

„Es wäre schön, wenn Sie mitkommen würden", pflichtete David Derek bei und sah sie warm an. Das würde den gemeinsamen Abend ausweiten und er wollte gerne mehr über sie erfahren.

Ihre Knie weichten auf und in ihrem Darm flatterte unerwartet ein nervöses Küken. Worauf lief diese Verabredung noch hinaus?

„Ditt weeste erst, wenn de ditt ausprobiert hast", würde Monika sagen. Und Anna war zu benebelt, um sich ernsthaft Gedanken darüber zu machen.

„Okay, na gut", sagte sie schließlich unschlüssig, denn ihr war klar, dass sie nicht als einzige Frau mit drei Männern diesen Club aufsuchen würde.

David lächelte ihre mangelnde Begeisterung hinweg: „Schön."

Anna bat Derek um sein Handy und rief Silvana an. „Ich möchte auf dein Hilfeangebot zurückkommen. Ich brauche dringend Unterstützung heute Abend. Du m-musst mit in den *Sage Club* kommen."

Silvana zögerte einen Augenblick. „Warum ist das denn so wichtig?"

30

„Ich sitze hier mit David Hurst und seinem Freund Derek im Restaurant und habe mich überreden lassen, mit in den Club zu gehen. Da wird dann noch ein Dritter dazustoßen. Jetzt komme ich aus der Nummer nicht mehr raus."

„Ich liege schon gemütlich auf der Couch."

„Bitte! Dieser Mick ist ein bekannter Schauspieler."

„Etwa Mick Norfork?!"

„Ich glaube ja."

„Okay, ich komme."

An der U-Bahn-Haltestelle Heinrich-Heine-Straße wartete ein hagerer Mann mit wasserstoffblondierten Haaren und Schnäuzer auf sie, der trotz der heranbrechenden Dunkelheit eine Sonnenbrille trug. Er gab ihr mit einem Lächeln die Hand und fasste mit der anderen an ihre Schulter: „Hi, I´m Mick. How are you? Nice to meet you."

Es dauerte einen Augenblick, bis Anna den gelangweilten „Teenager" aus dem Aufzug in ihm erkannte. Als sei er in Berlin zu Hause, steuerte er zielstrebig den unterirdischen Club an, in dem sich vor allem freitagnachts schwarz gekleidete Gothics versammelten. Anna dachte, dass dies ein guter Moment war, um noch umzukehren, denn sie verspürte keinen Drang, sich an einem so düsteren Ort aufzuhalten. Doch dann kam Silvana, die es geschafft hatte, sich in ein dunkles Outfit zu zwängen und ihre blonden Haare zu toupieren. Nachdem Anna alle miteinander bekannt gemacht hatte, legte Derek Silvana ungeniert den Arm um die Taille und zog sie mit sich. Der Türsteher musterte sie argwöhnisch, ließ sie aber passieren. Zu fünft durchquerten sie den schummrigen Vorraum. Vereinzelte Gestalten lungerten, von einer merkwürdig unmelodischen Musik berieselt, herum. Durch dunkle Schwingtüren erreichten sie das Herz des Tempels, in welchem sich unzählige schwarze

Jünger an der Tanzfläche versammelt hatten. Über ihnen spie ein Metalldrache Feuer. Begeistert sah Mick sich um.

„What the hell!", schrie er gegen den Lärm an. In der Luft vibrierte der Beat, und mit ihm die im Tanz zuckenden Leiber. Im Herzen der Feuerfontänen erhob sich ein Table-Dance-Paar, das sich ekstatisch der Musik hingab. Ihre notdürftig in Schafsfellfetzen gehüllten Körper glänzten vor Schweiß. Eine bizarre Erotik erfüllte den Saal. Anna fühlte sich abgestoßen und gleichzeitig merkwürdig fasziniert.

„What the hell!", schrie Mick noch einmal, riss sich das Hemd vom Leib und ließ es einfach zu Boden fallen. Sein entblößter Oberkörper war sichtbar durchtrainiert. Dann zog er sich den falschen Schnäuzer und die Sonnenbrille ab, drückte Derek beides in die Hände und verschwand auf der Tanzfläche, wo er mit der wogenden Menge verschmolz. Derek grinste väterlich und wies mit dem Kopf in Richtung der Theke im hinteren Teil des Höllenkokons.

„Ich besorge uns ein paar Drinks", sagte er und zog Silvana wieder mit sich, die Anna zuzwinkerte. Als die Zwei nicht zurückkamen, hielt Anna nach ihnen Ausschau und sah sie am Tresen sitzend in ein Gespräch vertieft.

„Okay, ich kümmere mich um die Getränke", sagte David und kam kurz darauf mit Bierflaschen zurück. „Etwas anderes gibt es hier nicht", entschuldigte er sich.

Weder er wollte tanzen noch Anna, und an Unterhaltung war in diesem Lärm auch nicht zu denken. So standen sie in der Menge und ließen schweigend das Treiben auf sich wirken. Zu fortgeschrittener Stunde wurde neben der Tanzfläche eine Tür geöffnet. Sie führte über eine schmale Treppe in einen Kellerraum, in dem gemischte Dancefloor-Musik lief. David und Anna ließen sich hinunter treiben und setzten sich in eine der Nischen. An der Decke hingen Monitore, auf denen ein Computerprogramm Zufallsmuster erzeugte. In einer anderen Nische versorgte eine weitere Theke sie mit „Desperados". David trank die Bier-Tequilla-Mischung zum ersten Mal und war ganz angetan. Anna stieg sie schnell zu Kopf. Sie gesellte sich zu dem abendlichen Wein und den Nebelschwaden, die bei jeder Bewegung durch ihr Gehirn waberten. In diesem Kellerloch überkam sie ein eigenartiges Gefühl von Einsamkeit, wie es nur Menschenmengen auslösen können. Sie spürte den unwiderstehlichen Drang, sich an David anzulehnen und gab ihm schließlich nach. Der Alkohol verschob ihre Hemmschwelle hinter den Horizont. David zog sie an sich und hielt sie einfach nur fest. Lautlos liefen Tränenrinnsale über ihr Gesicht.

Als sie am nächsten Morgen erwachte, saß David an ihrem Bett und strich ihr über die Wange. „Ich muss in einer halben Stunde am Airport sein. Du kannst bis 12 Uhr bleiben. Bestell dir ein Frühstück, wenn du möchtest."
Schlaftrunken blinzelte sie ihn an, ihr Kopf war ein einziger Schmerz. Er lächelte. „Ich muss gehen. Mach´s gut." Er strich ihr noch einmal über das Haar, dann stand er auf, zog sich die Jacke an und verließ den Raum. Es war Viertel nach Sechs.
Als Anna zum zweiten Mal erwachte, zeigte der Stundenzeiger auf die Zehn. Die Sonne lugte durch den dicken geblümten Vorhang und von draußen drangen gedämpft Verkehrsgeräusche herein. Hatte sich David Hurst eben von ihr verabschiedet?
Ihr Kopf schmerzte noch immer. Ob vom Alkohol oder von dem, woran sie sich nicht mehr erinnerte, konnte sie nicht unterscheiden. Wieso lag sie hier in diesem Kingsize-Bett? Träge ließ sie ihren Blick umherschweifen. Biedermeier-Möbel, eine dezente gelbe

Tapete, Stuckverzierungen an der Decke, ein Kron-
leuchter und ein grüner flauschiger Teppichboden
überzeugten sie davon, dass sie in Davids Suite im
Regent war.

Da fiel ihr ein, dass er sie irgendwie beeinflusst hatte.
Sie hatte das gut versiegelte Fass geöffnet und erzählt,
was passiert war. Durch die Schmerzen bahnten sich
Erinnerungsfetzen ihren Weg. Sie war zum ersten Mal
in ihrem Leben im *Sage Club* gewesen und hatte zuviel
getrunken. Was war dann geschehen? Sie konnte sich
an nichts erinnern. Hatte er ihren Zustand ausgenutzt? Wo steckte Silvana? Die hatte sie in ihrem
Vollrausch aus den Augen verloren. So schnell das
Stechen in ihrem Kopf es erlaubte, schälte sie sich aus
den weichen Decken und tappte im Raum umher, der
ohne Davids Gepäck an den Ausstellungsraum eines
Möbelhauses erinnerte. Auf seinem Kopfkissen entdeckte sie einen zerlesenen Band mit Rilkes „Duine-
ser Elegien". Sie nahm ihn in die Hand und blätterte
darin. Zwischen den Seiten steckte ein bedrucktes
Zettelchen, das offenbar als Lesezeichen dienen sollte
und an vielen Stellen sah sie Markierungen und Notizen auf Englisch. Ob David das Buch vergessen hatte? Aber warum lag es dann auf dem Kopfkissen?
Hatte er es für sie liegen lassen? Allein der Gedanke,
dass David ihr diesen Gedichtband als Trost dagelas-
sen haben könnte, löste eine Welle der Wärme in ihr
aus und sie beschloss, ihn mitzunehmen.

Sie schob die verspiegelten Schiebetüren auf, die das
Schlafzimmer vom Wohnraum trennte. Als sie ihr
Spiegelbild sah, wurde ihr bewusst, dass sie fast voll-
ständig bekleidet war.

Mit der Erleichterung kehrte die Erinnerung an den
gestrigen Abend zurück: Angetrunken war sie mit ihm
vom Club mal lachend, mal weinend ins *Regent* ge-
wechselt und warm in seiner Nähe eingeschlafen. Das
war so besänftigend gewesen, dass sie sich für einen

Moment mit dem Schicksal versöhnte. Das Spiegelbild sah ihr reglos in die Augen, als sie staunend der Veränderung tief in ihrem Inneren nachspürte. Es fühlte sich an, als löse sich eine Fessel.

Sie dachte an den Abschied und beschloss, sein Angebot, bis Mittag zu bleiben und sich ein Frühstück zu bestellen, anzunehmen. Sie war entspannt wie schon lange nicht mehr und wollte sich dieses Gefühl eine Weile bewahren. Wer wusste, was dort draußen auf sie wartete. Sie zog die schweren Vorhänge auf, ließ die Sonne herein und beobachtete, wie Staubkörnchen in dem Lichtstrahl tanzten. Dann bestellte sie telefonisch ein Frühstück und durchstreifte ein Zimmer nach dem anderen. Für einen Moment hatte sie den Duft von Davids Rasierwasser in der Nase und fühlte seine Gegenwart in den verlassenen Räumen.

Es klopfte. Ein Page brachte ihr Tablett. Sie fingerte in ihrer Handtasche nach Trinkgeld und gab es ihm. Er bedankte sich höflich und verließ die Suite wieder. Was er wohl von ihr dachte? Natürlich hatte er sich nichts anmerken lassen. Vielleicht hatte er schon Frühstück in die Zimmer von Derek und Mick gebracht. Anna mochte sich nicht vorstellen, wie es dort zugegangen war in dieser Nacht. Ob Silvana sich auch hier aufhielt? Sie musste sie anrufen, sobald sie nach Hause kam.

Punkt Zwölf verließ sie das Hotel, bestieg an der Haltestelle Stadtmitte die U-Bahn und fuhr zum Alexanderplatz. Dort wechselte sie in die U5. Wie in Trance durchlebte sie immer wieder den gestrigen Abend und sie verpasste ihre Station. Von der Samariterstraße aus lief sie das Stück bis zur Boxhagener zurück. Die Sonne schien warm. Aus weiter Entfernung rauschte der Verkehr auf der Karl-Marx-Allee vorbei wie Wasser eines reißenden Stroms. Der Verkehrslärm verebbte mehr und mehr, je tiefer sie sich in das Gestrüpp der Seitenstraßen vergrub, bis ein entferntes Säuseln blieb. Sie streckte beide Arme dem Licht entgegen, als könnte es auch in ihrem Leben noch einen hellen Tag geben. Passanten warfen ihr kurz verstohlene Blicke zu, kümmerten sich aber nicht weiter. Man war hier an Spinner gewöhnt.

Anna ahnte nicht, dass an einem anderen Ort in einem finsteren Kerker schlafende Ungeheuer eingesperrt hinter dicken Gittern lauerten. Sie wurden gut bewacht. Dennoch würden sie aufwachen und sich erheben, sobald sich etwas in ihnen regte.

≈≈◻≈

Übernächtigt saß David im Flugzeug, sah vom Fenster aus auf die Tragflächen der Maschine und versuchte Ordnung in seine Gedanken zu bringen. Eine Kinderstimme rief seinen Namen und er zuckte zusammen. Der Nachhall verriet ihm, dass er die Stimme im Kopf hörte. Außerdem kannte er sie nur zu gut, auch wenn sie sich lange nicht mehr gemeldet hatte. Unkonzentriert kritzelte er sich Notizen auf ein Schmierblatt. Er wollte das Wenige, das er über Annas Geschichte wusste, festhalten, bevor ihm Details entfielen. Es war zweifelhaft, ob sich eine derart tragische Story als Drehbuch verkaufen ließ. Aber vielleicht konnte er einer zukünftigen Nebenfigur dieses Schicksal andichten, wenn sich seine moralischen Bedenken gelegt hatten.

Immer wieder rieb er sich über die geröteten Augen. Er hatte definitiv zu wenig Schlaf bekommen. Doch er konnte Anna in ihrem betrunkenen Zustand nicht einfach irgendwo absetzen. Also hatte er sie mit in sein Hotelzimmer genommen und gewartet, bis sie eingeschlafen war. Er schloss die Augen, um ihnen ein bisschen Erholung zu gönnen. Die Stewardess bot ihm eine Decke an, die er dankend ablehnte. Ihm war nicht kalt und bei dem Lärm der Triebwerke konnte er ohnehin nicht schlafen.

Sämtliche Monitore im Passagierraum waren eingeschaltet. Kinofilme, Werbung und die Position des Fliegers auf der Weltkarte flimmerten über die Mattscheiben. Abermals schloss er die Augen. Vor ihm tauchte Annas Gesicht auf, das entspannt im Reich der Träume etwas Hilfloses und Kindliches bekommen hatte. Er dachte an den sanften Schwung ihrer Lippen. Es war gut, dass er nun zurück nach L.A. flog. Instinktiv spürte er, dass ihn Tiefgreifendes mit dieser Frau verband, dem er sich lieber entziehen wollte. Komplikationen waren das Letzte, was er in seinem Leben brauchen konnte.

2

Anna nahm weder die seltsamen Gestalten wahr, die wie Giacometti-Skulpturen vor ihr auftauchten und verschwanden, noch das bunte Sammelsurium an kleinen Geschäften, die die Petersburger säumten. Die Straße verlief pfeilgerade nach Norden und je weiter sie ihr folgte, desto weniger Menschen begegneten ihr. Westlich von hier lag der Friedhof. Immer wieder der Friedhof; jeden Tag zog er sie magnetisch wie eine Kompassnadel an.

Die Rasenflächen im Petersburger Park präsentierten sich ausgetrocknet und braun gefleckt. Erschöpft sank Anna auf eine der verblichenen Holzbänke, denen Kastanien Schatten spendeten. Am Brunnen plätscherte Wasser bedächtig über die rote Marmor-Weltkugel. Wenn die Motorengeräusche auf der Straße versiegten, hörte sie Vögel zwitschern. Sie dachte an David, dem es gelungen war, wie mit einem Teleskop in ihre Seele zu schauen. Dann war er wieder dahin entschwunden, von wo er gekommen war und hatte sie allein zurückgelassen. Hätte sie doch den Mund gehalten! Wieso hatte sie ihm von sich erzählt? Das hatte die dünnen Krusten aufgerissen und die Wunden klafften nun auf.

`Wie hat er mich gebracht, ihm so viel zu erzählen?´, fragte sie sich. `Mein Innerstes umzustülpen und seinem neugierigen Blick auszusetzen? Es war doch gut versiegelt.´

Waren es die wachen Augen, die sie aufmerksam angesehen hatten? Die zu sagen schienen: „Ich weiß, wovon du sprichst." Gar nichts wusste er. Niemand konnte wissen, wie es sich anfühlte. Für einen Moment kochte Wut in ihr auf. Verflucht, Mann! Wieso hatte sie dem plötzlichen Bedürfnis nachgegeben, über all das zu sprechen? Wo das Reden doch die Bilder wieder heraufbeschwor! Das wusste sie und hatte es deshalb seit Monaten gemieden wie einen nur dünn zugefrorenen See. Grelles Sonnenlicht brach sich in der Träne in ihrem Augenwinkel, dass es schmerzte. Anna tupfte sie weg. Der Spielplatz nebenan füllte sich nach und nach mit Kindern, die über Klettergerüste, schwingende Brücken und Rutschen wirbelten.

Anna sah ihnen zu und weinte lautlos. Als das Jauchzen und Lachen unerträglich wurde, erhob sie sich und ging weiter.

Unschlüssig stand sie nun an der Kreuzung zur Landsberger Straße. Wenn sie nach links abbog, führte der Weg sie zum Kirchhof. Aus einem gefliesten Plattenbau sah ein alter Mann im Unterhemd gelangweilt auf sie herab. Tief durchatmend kehrte sie um. Nein, heute würde sie nicht zum Friedhof marschieren, sondern Monika besuchen. Sie brauchte einen Knappen, der ihr wieder in die Rüstung half.

Sphärenklänge ertönten, als sie die Glastür zu Monikas Laden öffnete und der Geruch von indischen Räucherstäbchen empfing sie. In dem kunterbunten Esoterik-Nebenraum herrschte Dämmerlicht und Meditationsmusik lief leise im Hintergrund. Es dauerte einen Moment, bis Monika sich aus dem Hinterraum schob. Stirnrunzelnd taxierte sie Anna, kam dann mit ausgebreitetem Armen auf sie zu und umarmte sie. Die Berührung tat gut.

Schließlich löste sich Monika von ihr und griff nach einem Schmuckstück. „Kiek ma hier, icke hab een Buddha-Armband für dich rausjelegt. Ditt sind Amethyste."

„Helfen die armen W-Würstchen wie mir beim Überleben?"

Monika lachte. „Ooch, nu komm schon!"

„Oder sind sie gut für Menschen, die eine Trauerphase durchleben und sich einsam f-fühlen?" Anna schluckte.

39

Monika nickte und strahlte sie mit viel Wärme an.
„Kriegste jeschenkt von mir! Willste n Tee?"
„Ja, gerne. Wo ist Nils?", fragte sie. Monika hatte angeblich keine Ahnung, wer der Vater ihres Sohnes war. Anna glaubte ihr das zwar nicht, akzeptierte aber, dass sie nicht über ihn sprechen wollte.
Sie war bei Nils´ Geburt Anfang vierzig und Mutter einer bereits zwanzigjährigen Tochter gewesen. Vielleicht dachte sie, sie könne keine Kinder mehr bekommen.
Wie auch immer – es war Monikas Angelegenheit und Tabuthemen unangetastet zu lassen, war das Fundament ihrer Freundschaft.
„Im *Nasewees*", rief Monika aus dem Hinterraum.
`Sarah wäre jetzt ebenfalls im Kindergarten´, schoss es Anna durch den Kopf. Sie spürte, wie ihre Arme eiskalt wurden und dass ihr das Atmen schwerfiel. Als Monika zurück in den Laden kam, hatte sie sich wieder beruhigt.
„Und, is Mista Amerika eenfach so verduftet oder hat er sich noch ma jemeldet?" Monika grinste.
„Beides", erwiderte Anna trocken. „Aber bevor er abgehauen ist, hat er bei mir erst mal alle W-Wunden aufgerissen."
„Liebes, schreib dir von der Seele, was dich quält", empfahl Monika und wechselte ins Hochdeutsch.
„K-K-Kann ich nicht."
„Versuch es."
„Es wird n-nicht funktionieren."
„Man bannt die Geister am besten, wenn man ihnen in die Augen sieht, glaub mir!"
„Es g-geht nicht."
„Warum nicht?", fragte Monika.
„Weil ich nur ein D-D-Durcheinander von Stimmen und Bildern im Kopf habe."
„Und wenn du einfach nur aufschreibst, was dir durch den Kopf geht?"

„Was soll das b-bringen?", entgegnete Anna resigniert.

„Dann hast du aus der Rübe und kannst es irgendwann verbrennen, wenn du es loswerden willst."

Anna erkannte, dass Monika Recht hatte – zumindest war es einen Versuch wert. „Ich wusste schon, wieso ich mich eigentlich nicht mit ihm treffen wollte. Dabei wäre ich besser g-geblieben." Sie erzählte Monika von der Begegnung mit David und ließ auch ihre Übernachtung im *Regent* nicht aus.

Monika hörte aufmerksam zu, wiegte nachdenklich den Kopf und nickte dann. „Und er hat sich noch nich jemeldet?"

Anna verneinte und kam sich dämlich vor.

„Das macht nischt. Musste eben wat warten."

„Warum…", hob Anna an, da klingelte das Telefon. Monika erhob sich. „Ick muss ma telefoniern", sagte sie und verschwand im Nebenraum.

Als sie zurückkam, betrat eine Kundin den Laden und ließ sich ausführlich über Tarot-Karten beraten: Ob das Raider- oder doch eher das Crowley-Tarot besser sei, welche Legemethoden sich für welche Fragestellung eigne und ob sie kleinere oder größere Karten kaufen solle. Monika erklärte ihr, dass das „schnuppe" sei und die Frau kaufte außer einem Päckchen Karten gleich noch zwei Bücher mit Deutungsvorschlägen. Als sie das Geschäft wieder verlassen hatte, sagte Monika, als hätte sie über nichts anderes gesprochen: „Glaub mit, ich habe trotz allem ein gutes Gefühl bei dem Ami. Ich denke, der könnte der neue Kerl bei dir werden, wenn du dich nicht dämlich anstellst…"

Anna wollte widersprechen, aber Monika legte ihr die Hand auf den Arm. „Glaub´s mir einfach. Wo ist eigentlich deine Silvana an dem Abend abgeblieben?"

„Sie sagt, D-David sei zu ihnen gekommen und habe gesagt, er bringe mich nach Hause. Sie ist noch eine

Weile in dem Club geblieben, hat sich mit Mick und Derek vergnügt und ist dann irgendwann gegangen."

„Na, die hat ja Nerven, ihre sternhagelvolle Freundin irjendenem Typm zu überlassen, der behauptet, er bringt sie nach Hause. Der hätte ja sonst watt mit dir anstellen können!"

„Sie hat nicht mitbekommen, dass ich betrunken war. Außerdem findet sie David total sympathisch. Den hätte sie auch gerne tagelang durch Berlin geschleift, sagt sie."

„Wat? Der hat behauptet, er bringt dich nach Hause und dann schleppt er dir in seen Hotel!"

Nun musste Anna grinsen. „Ich habe mich g-geweigert, ihm zu sagen, wo ich wohne."

„Na, denne kannste ja so besoffen nich jewesen sein!"

≈≈ ¤ ≈

„Tommi in die Hauptstadt zu folgen, ist mir nicht so leicht gefallen, wie ich es David gegenüber verkauft habe", schrieb Anna noch am selben Abend auf ein Ringbuchblatt. Dann strich sie „Tommi" durch und ersetzte er es durch „T".

„Ich bin ein Landei, aufgewachsen im tiefsten Bayern inmitten von Natur. Berlin fand ich bei einem Besuch zu DDR-Zeiten beklemmend. In D. gab es keine einzige Ampel und alles bewegte sich gemächlich, wie die Traktoren, die auf holprigen, unbefestigten Wegen und Schlaglöchern tuckerten. Hier grüßte jeder jeden mit Namen und man blieb bereitwillig für ein Schwätzchen stehen, um sich gegenseitig über meist belanglose Neuigkeiten auf den neuesten Stand zu bringen. Doch bereits als Heranwachsende habe ich gespürt, dass ich mein Elternhaus verlassen muss, wenn ich nicht darin ersticken will. Dass dieser Ort zwar Heimat, aber nicht Zuhause bedeutete. Dass et-

was auf mich wartete: Eine Aufgabe, die ich zu erfüllen hatte draußen in der Welt und dass ich nicht meinen Eltern, sondern mir selbst verpflichtet war. Was
ist daraus geworden?"

Sie hielt inne und sah aus dem Fenster in den Himmel, an dem Wolken rasch vorbeizogen. Von der
Straße drang das Geräusch der Tram zu ihr hinauf.
`Was ist aus *mir* geworden?´, fügte sie in Gedanken
hinzu. Dann schrieb sie weiter.

„Auch in München musste ich mich trotz aller Vor-
freude an das Großstadtgetümmel gewöhnen. Aber
ich bin froh, dass ich das gewagt habe. Es war der
erste Schritt in Richtung Freiheit. Die Atmosphäre
dort war anders als im geteilten Berlin. Hier sind mir
die Busfahrer vor der Nase weggefahren, obwohl sie
mich gesehen hatten und Verkäuferinnen behandel-
ten mich mit einer nahezu unglaublichen Arroganz.
Am Ku´Damm hasteten Menschen mit verschlosse-
nen, wehrhaften Mienen an mir vorbei und in den Ne-
benstraßen schien an jeder Ecke jemand zu stehen
und darauf zu lauern, mir Drogen verkaufen oder
mich überfallen zu können. Das Vakuum zwischen
den Häusern war kalt."

Anna erhob sich und goss sich ein Glas Wein ein.
Der Abend im Sage Club hatte ihr gezeigt, dass sich
manches mit Alkohol leichter ertragen ließ. Zumindest für den Moment. Die Erinnerung an ihre Zeit
mit Thomas in Berlin gehörte definitiv zu den Dingen, die nicht einfach für sie auszuhalten war.

Dann fuhr sie fort: „Nach dem Fall des `Eisernen
Vorhangs´ bin ich eher schweren Herzens zusammen
mit Thomas in eine überdimensionierte Großbau-
stelle gezogen: Baukräne und Lastwagen wohin man
schaute, besonders im Ostteil rund um den Potsdamer Platz. Der allgegenwärtige Lärm und die `Mauer-
Spechte´, die über die ehemalige Grenzbefestigung
herfielen, um graffitibesprühte Steinreste als Tro-

phäen mit nach Hause tragen zu können, lösten in mir wenig heimelige Gefühle aus. Das gelang dem im Sonnenlicht leuchtenden, verhüllten Reichstag schon eher. T gab sich redlich Mühe, mir seine Geburtsstadt näher zu bringen: Er zeigte mir die schönsten Cafés und Plätze, legte sich sonntags mit mir im Tiergarten in die Sonne und führte mich nach und nach in seinen Freundeskreis ein, damit ich mich nicht so verloren fühlte."

Sie nahm einen kräftigen Schluck Wein und trank dann das ganze Glas leer.

„In Schöneberg hatte sein Vater eine Bäckerei in der Nähe des Nollendorf-Platzes betrieben. Oberhalb der Ladenräume besaßen seine Eltern eine Wohnung, die T nach ihrem Tod erbte. In vielen Straßenzügen fanden sich hier dekorative Altbaufassaden und ausgewachsene Bäume. Hier ließ es sich aushalten, auch wenn Ts Freunde in erster Linie seine Freunde blieben und ich nicht richtig mit ihnen warm wurde. Aber einer stellte immerhin den Kontakt zu Maximilian her, der mich dann ohne große Formalitäten als Bürokraft einstellte. In der Agentur habe ich gerne gearbeitet und hin und wieder etwas mit Silvana und anderen netten Kollegen unternommen. Nach einiger Zeit gelang es mir schließlich, das schroffe Verhalten der Mitmenschen auf der Straße nur noch mit einem Schulterzucken hinzunehmen.

`Das ist die Berliner Art, mach dir nichts draus, das hat nichts mit dir zu tun. Die haben nur so schnell nicht gemerkt, dass sie es mit einer echten, lebenslustigen Prinzessin zu tun haben!", hat T gesagt, als ich ihm davon erzählte. Er hat mich in den Arm genommen und mir ein anderes, nettes Fleckchen von Berlin gezeigt, von dem er wusste, dass es mir gefallen würde."

Erneut zögerte Anna. Dann zerrte sie das Blatt aus dem Block und zerriss es. Entschlossen stellte sie das leere Weinglas in die Spüle, zog ihre Schuhe an und verließ die Wohnung.

≈≈¤≈

Nachdenklich sah David Hurst von seinem Computerbildschirm auf. Auf dem Sunset Boulevard herrschte der übliche Verkehr. Das Geräusch der an- und abfahrenden Autos, das Hupen und das Gelächter der Hotelgäste aus dem Innenhof des Chateau Marmont vermischten sich zu einem eigenartigen Singsang. Er konnte sich nicht konzentrieren. Nicht jetzt. Nicht gestern. Genau genommen nicht seit er aus Berlin zurück war. Immer wieder sah er Annas blasses Gesicht vor sich. Er hatte sie eine Weile im Schlaf beobachtet, bevor er sie geweckt und sich von ihr verabschiedet hatte. Sie hatte ihn berührt. Natürlich hatte er sich gleich daran gemacht, ein Storyboard aus ihrer Geschichte zu entwickeln, aber es gelang ihm nicht. Was da in ihm hochkam, gefiel ihm nicht. Ganz und gar nicht.

Ruckartig stand er vom Schreibtisch auf, schnappte sich die Sonnenbrille und verließ die Suite. Der Teppichboden in dem schmalen, dunklen Flur verschluckte seine Schrittgeräusche. Aus den Zimmern rechts und links klang gedämpftes Gelächter und Musik. An einer Tür roch er eindeutig Shit. Ungeduldig drückte er auf den Liftknopf und das uralte Ding beförderte ihn gemächlich nach unten.

„Hallo, Mister Hurst", grüßte ihn der Portier. „Alles okay bei Ihnen?"

Er hob die Hand zum Gruß und stürmte nach draußen. Nein, nichts war okay. In ihm kamen Erinnerungen auf, die er lange nicht mehr zugelassen hatte. Eine Kinderstimme, die seinen Namen rief, glasklar in seinem Ohr, als sei sie eben erst verhallt. Er schüttelte den Kopf, setzte die Brille mit den verspie-

45

gelten Gläsern auf und lief den Sunset hinunter, vorbei an dem dichten Verkehr und der Leuchtreklame. Die Sonne stach gnadenlos auf die Stadt ein, aber das war gut so. Das grelle Licht und die schmerzende Haut lenkten ihn hoffentlich von dem ab, was sich in seinem Inneren abspielte. Er hatte es provoziert, das hatte Anna richtig erkannt. Ihm war schon früh klar gewesen, dass ihr etwas Schlimmes passiert sein musste und er hatte es erfahren wollen. Hatte wie immer eine interessante Lebensgeschichte vermutet, die er einer seiner Figuren andichten konnte. War von der gebrochenen und doch attraktiven Frau merkwürdig angezogen. Jetzt war sein eigenes Drama getriggert und er bekam Anna nicht mehr aus dem Kopf. Und er hatte keine Ahnung, wie er damit nun umgehen sollte.

≈≈¤≈

Lange saß Anna abermals vor einem leeren Ringbuchblatt. „Man bannt die Geister am besten, wenn man ihnen in die Augen blickt", hatte Monika gesagt. Die hatte gut reden! Das Problem war ja, sie anzuschauen. In Druckbuchstaben schrieb sie als Überschrift: „Sieh dem Schrecken in die Augen!" und betrachtete sie eingehend.

Dann setzte sie mit großer Überwindung da an, wo sie am Tag zuvor geendet hatte: „So wie ich T geliebt habe, begann ich mit der Zeit diesen Ort zu lieben, der ihn hervorgebracht und geprägt hatte. Ich spürte, wie die Stadt mit jedem Atemzug Geschichte einsaugte und wieder aushauchte: Ob es die Einschusslöcher aus dem 2. Weltkrieg in den Kaimauern der Spree waren oder die Mauerreste an der East Side Gallery – überall gab es stumme Zeugen der Vergangenheit zu entdecken und mit der Love Parade auch lautstarke und lebendige. Berlin pochte und pulsierte, als habe man nach dem Fall der Mauer tonnenweise frisches Blut in seine Adern gepumpt. Innerhalb kürzester Zeit fand ich mich in einer Szene-Stadt mit völlig veränderter Atmosphäre wieder.

Ich gewöhnte sich so vollständig an meinen neuen Wohnort, dass ich nicht einmal darüber nachdachte, nach Bayern zurückzukehren. Zu meinen Schulfreundinnen und früheren Arbeitskollegen habe ich noch einige Zeit lockeren Kontakt gehalten. Viele von ihnen haben ebenfalls ihrer Heimat den Rücken gekehrt und sich in alle Winde zerstreut, um ihr Glück woanders zu suchen. Richtig schwierig dagegen entwickelte sich das Verhältnis zu meinen Eltern. Zu groß war deren Enttäuschung darüber, wie sich ihre `gescheite´ Tochter verändert hatte. Sie trösteten sich über meinen Verlust hinweg, indem sie sich auf meinen Bruder und dessen Familie konzentrierten."

Bitterkeit stieg in ihr auf, während sie die Sätze schrieb und sie änderte „trösteten" und „konzentrierten" in die Gegenwartsform. „Er hatte eine Frau nach ihrem Geschmack geheiratet, die ihm trotz der vier Kinder den Haushalt so perfekt führte, dass man `vom Boden essen könnte´, wie Mama gern betonte. Sie hätten auch mich lieber mit einem bodenständigen Mann vom Land gesehen, der in Trachtenuniform mit Gamsbart auf dem Hut bei Festumzügen durchs Dorf zog. Gewiss wollten sie keinen Preußen als Schwiegersohn und einen Protestanten schon gar nicht."

Sie lächelte. Es tat gut, die Dinge zu formulieren, als schreibe sie einer guten Freundin einen Brief. Mit jedem Satz befreite sie sich von einer Last und gewann ein Stück ihrer Freiheit zurück.

„Als ich T kennen lernte, war ich zweiundzwanzig, er fünf Jahre älter. Er hatte bereits zwei Jahre bei einer kleinen Firma als Betriebswirt gearbeitet und dann den Job bei der großen Unternehmensberatung in

München angenommen, bei der ich als Fremdsprachensekretärin arbeitete. Wir trafen uns anfangs zufällig und dann immer häufiger nur noch vorgeblich unerwartet in der Mittagspause. Mir gefiel dieser sympathische und gepflegte Mann, der alles verkörperte, was meine Eltern nicht mochten: Er legte viel Wert auf sein Äußeres, sprach Hochdeutsch, trank nur selten Bier und ereiferte sich nicht beim Frühschoppen über Politik und Fußball."

Ja, das stimmte genau so, wie sie es geschrieben hatte: Er war sympathisch gewesen und hatte gut ausgesehen, auch wenn sich ihr nun beim Schreiben der Magen zusammenzog.

„Bei einem unserer ersten längeren und intensiveren Gespräche erzählte Thomas mir, dass er seinen Vater zwei Jahre zuvor verloren hatte. Dessen kleine Bäckerei hatte zunehmend mit der Konkurrenz der Großbetriebe und der Billigketten zu kämpfen, die vorgefertigte Produkte aus Polen importierten. Er hatte sich selber immer mehr abverlangt, um das Geschäft halten zu können. Mit Mitte Fünfzig war sein Vater dann einem Herzinfarkt erlegen. Der Megalith seiner Kindheit, stark, massiv und unbeugsam, ein Mensch, dem das Leben nichts anhaben konnte, war im Älterwerden zunehmend ausgehöhlt worden, bis er schließlich stürzte wie eine gefällte Eiche. Thomas´ Mutter, die ebenfalls in der Bäckerei gearbeitet hatte, war über den viel zu frühen Tod ihres Mannes nicht hinweggekommen und ihm nur kurze Zeit später nach einer Krebserkrankung gefolgt. Thomas hatte nacheinander beide Elternteile verloren und das nur schwer verkraftet, zumal es keine Geschwister gab, die ihn hätten stützen können und zu den wenigen Verwandten bestand kaum Kontakt. Er musste weg aus Berlin, um Abstand zu gewinnen. Aber für ihn stand schon damals außer Frage, dass er zurückkehren würde.

In seinem Kopf reifte der Wunsch heran, sich als Betriebswirt in der Hauptstadt selbstständig zu machen, um kleinen Unternehmern und Handwerksbetrieben zu helfen und ihnen das Schicksal seiner Eltern zu ersparen. Die Tätigkeit bei der Firma in München, in der nur der Profit zählte, zermürbte ihn. Mit ihrem Chef verstanden wir uns, inzwischen ein Paar geworden, nicht besonders gut. Wir arbeiteten unter hohem Leistungsdruck, Überstunden wurden erwartet und schlecht oder gar nicht bezahlt. Als Thomas während einer Betriebsversammlung vor allen Anwesenden abgekanzelt wurde, weil er für die Firma zu wenig Gewinn eingefahren hatte, kündigte er. Ich stand plötzlich vor der Entscheidung, zusammen mit ihm in Berlin einen Neuanfang zu wagen oder alleine ohne ihn in München zu bleiben. Dass eine Fernbeziehung mit der Arbeitsbelastung nicht funktionierte, war uns beiden klar. Der Gedanke, in diesem Kühlhaus von Großstadt leben zu müssen, schreckte mich ab, aber ich wollte Thomas nicht verlieren. Und den Abstand zu meiner Familie erheblich zu vergrößern, konnte auch nicht schaden. Wir zogen in die Wohnung seiner Eltern in Schöneberg. Er erfüllte sich seinen Traum und machte sich als Unternehmensberater für kleine und mittelständische Betriebe selbstständig."

Annas Blick schweifte in die Ferne, ohne dass sie etwas wahrnahm. Warum schrieb sie das alles auf? Und doch spürte sie, wie ihre Gedanken begannen, sich zu sortieren. Kurzentschlossen packte sie ihre Sachen zusammen und nahm das vollgeschriebene Blatt mit. Sie wollte es nicht mehr nur aufschreiben und irgendwann verbrennen. Jemand sollte es lesen, eine gute Freundin.

Aufmerksam las Monika, was Anna geschrieben hatte. Dann nickte sie.

„Es ist gut, dass du anfängst, dich damit auseinanderzusetzen", sagte sie. „Mach weiter."
Anna nickte. „Ja, das werde ich. Aber jetzt brauche
ich erst einmal eine Pause davon."

≈≈□≈

Vom Fenster ihrer Wohnung im fünften Stock aus
schaute Anna hinunter auf die vorbeifahrende Tram.
Kleine Geschäfte und Kioske, die auch nachts geöffnet hatten, säumten den Straßenzug; Fußgänger
eilten vorbei auf dem Weg zur Simon-Dach-Straße
und dem Boxhagener Platz, dem Kneipen-Revier im
Viertel. Hier reihten sich Bars, Cafés und Restaurants
aneinander. Doch das Nachtleben von Berlin interessierte Anna nicht.
Trübe starrte sie in die Wohnungen der gegenüberlie-
genden Gebäude. Wenn sie sich ein wenig aus dem
Fenster lehnte und nach rechts sah, konnte sie den
Funkturm sehen, der aufgrund der Bannmeile noch
immer frei stand. Abend für Abend hielt sie sich hier
auf und beobachtete, wie sich die Nacht langsam
über die Stadt wie Schatten über die Seele senkte.
Wie die Lichter des Alex trotzig gegen den dunklen
Himmel blitzen, als wollten sie ihn küssen. Vier Wochen war seit dem Abend mit David vergangen.
Sie wusste nicht, worauf sie eigentlich wartete. David
hatte mit keiner Silbe erwähnt, dass er sich bei ihr
melden würde. Warum auch? Sie waren zwei Fremde
auf unterschiedlichen Kontinenten, die sich zufällig
begegnet waren. Sie hatte ihm ihre Geschichte erzählt
und er würde sie vielleicht einmal verarbeiten, vielleicht auch nicht. Sie trauerte immer noch, wenngleich
der Schmerz allmählich nachließ. Von ihm wusste sie
so gut wie nichts, außer dass er Menschen in die Seele
schauen konnte. Und was hatte Monikas Orakel-
spruch schon zu bedeuten – schließlich war sie keine

Hellseherin. Aber in Rilkes Gedichtband zu lesen, den er im *Regent* zurückgelassen hatte, war wie Balsam. Er schien der sprichwörtliche Silberstreif am Horizont zu sein, ein Hoffnungsschimmer, dass sich das Leben noch lohnen könnte.

Immer wieder gab es Momente, in denen sie sich fragte, ob sie Gedanken an David überhaupt zulassen durfte. Die Erinnerung an die Nacht in seinem Hotelzimmer, die keine Liebesnacht gewesen war. Und doch in gewisser Hinsicht genau das viel mehr war als so manche andere, die man als solche bezeichnet hätte.

Verbot es sich in ihrer Situation nicht von selbst, damit verbundene Gefühle zuzulassen? Sie waren sich zwar nicht körperlich begegnet, aber auf einer subtileren Ebene, und sie wunderte und ärgerte sich, dass David sich nicht bei ihr meldete. Schreckte ihn ihr Trauma ab? Oder war ihm die Entfernung zu groß?

Seufzend schloss Anna das Fenster. Ihre Geldreserven neigten sich dem Ende zu und über kurz oder lang musste sie sich eine Stelle suchen. Der Gedanke, erneut im Büro zu sitzen, gefiel ihr nicht. Dann klingelte plötzlich das Telefon, das seit dem letzten Blinken des Anrufbeantworters vor ein paar Wochen geduldig allen Staub aufgesammelt hatte. Anna hatte damals die Nummer auf dem Display gesehen und die gespeicherte Nachricht ungehört gelöscht. Nun ließ sie das ungewohnte Geräusch zusammenfahren und das Display erneut nach einem Hinweis absuchen. Fehlanzeige. Nach einigem Zögern nahm Anna ab und meldete sich.

„Servus Anna, deine Mutter ist am Apparat."

Anna konnte kaum verbergen, dass sie sich darüber wenig freute. „Hallo M-Mama."

„Gehst nur an den Apparat, wenn ich die Nummer unterdrücken lass´?"

„Sei nicht albern."

„Wir hatten schon das G´fühl, als hätten wir das Fahrzeug manipuliert. Mit dem Thomas und der Sarah, du weißt schon …"

„Mama!" Was sollte dieser Unsinn nun wieder?

„Geht's besser? Was treibst denn den ganzen Tag so?"

„Ich lebe immer noch von dem G-Geld aus der Wohnung und schreibe mir den Kummer von der Seele."

„A geh", sagte die Mutter und schwieg.

Anna schwieg ebenfalls.

„Magst nicht heim kommen? Ein Tapetenwechsel wirkt oft Wunder, weißt."

„Ja. Vielleicht. Ich weiß nicht. Nein, vielleicht d-doch lieber nicht."

Der Gedanke, nach Bayern zu fahren, behagte ihr nicht.

„A geh!" Die Gereiztheit in der Stimme ihrer Mutter war nicht zu überhören.

„Nein, ich bleibe besser hier."

Ihre Mutter seufzte. „Wenn du meinst."

Wieder entstand eine Pause.

„Dem Gemser Michi ist seine Efi durchgebrannt...", hob ihre Mutter an.

„Aha."

Pause.

„Ihr konntet´s doch gut miteinander, gell?"

Anna spürte, wie sich Wut in ihrem Magen ausbreitete.

„Bist noch da, Anna?"

„Ja, ich bin noch d-dran."

„Was sagst, zum Micha mein´ ich?"

„Herrgott! Es ist kein Jahr her, dass ich meinen Mann und meine Tochter be-beerdigen musste. Also verschone mich mit deinen Kuppel-Attacken!"

„Der Thomas war nicht der Richtige. Das haben wir immer gesagt."

Anna atmete tief durch. Dann sagte sie: „Ich muss jetzt Schluss machen" und legte auf.

Die Einsamkeit wurde wieder unerträglich. Nun da sie die Nähe zu einem anderen Menschen zugelassen hatte, schmerzte ihre deutliche Abwesenheit. Und sie begann das zu tun, von dem sie wusste, dass es ihr nicht guttat: Sie besuchte erneut regelmäßig den bereich des Friedhofs am Vivantes-Klinikum, der dem Verfall preisgegeben worden war.

Dort strich sie an großen Familiengrüften mit überdimensionalen Grabsteinen und Skulpturen entlang, die aussahen wie bröckelige Kirchenfassaden. In sich zusammengefallene Mausoleen, in denen sich ein Arsenal an alten Steinen versammelte, erhoben sich neben verwitterten und überwucherten Grabanlagen aus schwarzem Marmor. Die Beerdigungen lagen zum Teil über achtzig Jahre zurück und die goldenen Lettern erzählten von der Trauer um Söhne, die im Ersten Weltkrieg gefallen waren. Stellenweise wucherte der Weg derart zu, dass sie kaum vorankam. Aus manchen Gräbern wuchsen Bäume. Andere waren mit verwitterten schmiedeeisernen Gittern umgeben und überall verstreut blockierten umgefallene Marmorblöcke wie überdimensionale Dominosteine den Weg. Verkehrslärm hörte man hier kaum noch, stattdessen zwitscherten Vögel ein Lied von der Vergänglichkeit allen Seins. Hier inmitten der Verwesung und des Verfalls konnte sie sich hemmungslos ihrem Schmerz hingeben.

≈≈⛣≈

An vielen Orten auf der Welt standen zeitgleich Menschen fassungslos an den Gräbern ihrer Kinder. Auch auf der unteren Hälfte der Erdkugel beugte sich eine Mutter über eine Grabstelle, die sie seit

Jahrzehnten pflegte. Schmerzlich erkannte sie, dass das Unglück ihr nicht nur ein Kind genommen hatte, sondern gleich zwei. Und in ihrem Schmerz waren die Frauen verbunden über ein unsichtbares Netz, das alle Mütter verbindet.

≈≈☐≈

Das Vibrieren des Motorrads unter seinen Schenkeln beruhigte David. Geschmeidig nahm er jede Kurve, mit der sich der Mulholland Drive auf die Hügel zog. Der Abendwind streichelte besänftigend seine Haut. Die Nacht senkte sich über die Stadt und er hielt an, um ihre Lichter blinken zu sehen. Nur das Zirpen der Grillen störte die Stille. David ließ den Blick bis zum Pazifik schweifen. Inzwischen war es ihm gelungen, die Kinderstimme in seinem Kopf zum Schweigen zu bringen. Er hatte sie dahin zurückverbannt, wo sie ihm nicht die Luft abschnürte und die Finger am Schreiben hinderte. Wo sie ihn im Gegenteil zu immer größeren Leistungen antrieb und seinen Geist wachhielt, aber nicht im Leben blockierte. Stattdessen kamen andere Dinge in ihm hoch. Es war eine Frage der Zeit gewesen, bis das passieren würde, das war ihm schon lange klar. Scheinbar war es nun so weit.

Deutlich sah er das Gesicht des Vaters seines besten Jugendfreundes vor sich, der ihn ernst anschaute und erklärte: „Du bist dabei, dein Leben zu ruinieren. Ist es das wert, David? So viele Talente schlummern in dir, mach etwas daraus!"

Warum war es ausgerechnet der Vater eines anderen Jungen, der versucht hatte, ihn aus dem Sumpf herauszuziehen? Warum hatten seine eigenen Eltern ihn nicht mehr wahrgenommen und nicht gesehen, was mit ihm los war? Gedankenverloren schüttelte er den Kopf. Er wusste ja, woran das lag, und er war der Letzte, der ihnen deswegen einen Vorwurf mach-te. Wie so oft in den vergangenen Wochen schob sich Annas Bild vor alles andere. Es war ihm nicht gelungen, die Gedanken an diese zerbrechliche Frau in kreative Energie umzuwandeln. Es hatte keinen Zweck mehr, dagegen anzukämpfen.

Die Gefühle blieben, was sie waren: hartnäckig und bedrohlich. Er musste sich ihnen stellen, auch wenn er Angst davor hatte. Keine seiner Beziehungen hatte bisher funktioniert, das Risiko war groß, erneut zu scheitern. Und das durfte bei dieser verletzten Seele auf keinen Fall passieren. Er würde eine Verantwortung übernehmen, die viel zu schwer für ihn war. Doch hatte Anna ihn auf eine wundersame Art berührt, wie er es noch nie erlebt hatte. Eine Saite in ihm war neu gestimmt worden und erzeugte nun einen ganz berührenden Klang. Es war unmöglich, ihn zu ignorieren. Er musste sich eingestehen, dass er die Verantwortung bereits in Berlin auf sich genommen hatte, und dass er sich schon seit Wochen aus Angst vor einem katastrophalen Scheitern davor drückte. Irgendetwas war passiert in dieser Nacht in Berlin. Er beschloss, etwas zu tun, was er noch nie bei einer Frau getan hatte: von Anfang an mit offenen Karten zu spielen.

Und diesen Platz hier würde er Anna zeigen. Den Ort musste sie gesehen haben, wie auch immer sie sich danach entschied. Aber konnte sie sich wirklich entschließen, aus dem Leben zu scheiden, wenn sie an einem magischen Ort wie diesem gewesen war?

Er musste mit Flox reden.

3

„Hi, hier ist David", sagte er und es klang so nah, als riefe er aus dem Nachbarhaus an. Anna starrte auf das Foto von Sarah, das im Flur an der Wand hing. „Hallo?", fragte David, als er keine Antwort bekam.

„Ja. Ich b-b-bin da", sagte Anna und riss mit einem Ruck ihren Blick von dem Bild, an dem er sich festgesaugt hatte. „Hallo, David! Wie g-geht es dir?"

„Oh, I´m fine. Und dir?"

„Ganz okay." Telefonierte sie gerade mit dem David Hurst, mit dem sie einen schönen Abend verbracht und von dem sie dann wochenlang nichts mehr gehört hatte oder sprach sie mit einem alten Bekannten, den sie regelmäßig traf? Das machte offenbar keinen Unterschied.

Es entstand eine Pause. Schließlich sagte er: „Ich bin in Berlin und würde dich gerne wiedersehen und etwas mit dir besprechen."

Annas Herz klopfte. Reflexhaft antwortete sie: „Okay."

Er klang erleichtert. „Du bist nicht sauer auf mich?"

„D-Doch."

Er lachte leise. „Sorry, dass ich jetzt erst von mir hören lasse. Aber ich musste mir über einiges klar werden und dann bin ich in den letzten Wochen auch noch in Arbeit erstickt. So much work. Tut mir ehrlich leid, ich hätte mich eher melden müssen."

Anna schluckte. „W-Was möchtest du denn mit mir besprechen?"

„Darüber würde ich nicht gern am Telefon sprechen. Ich habe heute Mittag zu tun am – Potsdamer Platz. Können wir uns dort treffen?"

Anna rang mit sich. Sollte sie das tun? Nachdem er so lange nichts von sich hören gelassen hatte? Riss er wieder alle Wunden auf und ließ sie dann damit allein? Aber da war ihr Herz, das ärgerlicherweise klopfte und da war die Neugier. Was er wohl mit ihr zu besprechen hatte?

„Okay", erwiderte sie zögernd. „Im Erdgeschoss der Arkaden gibt's das Restaurant D-Diekmann."

„Sollen wir uns dort treffen?"

„Ja, das geht."

„So gegen zwei Uhr?"

„Okay."

„Bye, see you. Ich freue mich darauf, dich wiederzusehen."

„Bye", sagte Anna, als die Leitung schon tot war. Dann stand sie lange da und kämpfte mit ihren widersprüchlichen Gefühlen. Denn da war noch etwas in ihr: ein Funke Sehnsucht danach, wieder ein normales Leben führen zu können.

Als Anna gegen halb zwei am Potsdamer Platz ankam, fanden auf der Verkehrsinsel vor dem gläsernen DB-Gebäude Dreharbeiten statt. Eine grüne Leinwand war aufgebaut worden und Schauspieler wurden zwischen den vorbeifahrenden Autos geschminkt. Anna gesellte sich in die Menschentraube, die sich gebildet hatte, um dem Treiben zuzuschauen. Sie wollte nicht zu früh am Treffpunkt sein und sich eigentlich aber auch nicht näher mit dem beschäftigen, was David beruflich tat. Gleichzeitig war sie merkwürdig angezogen von dieser fremden Welt. Das hier hatte nichts Spektakuläres oder Glamouröses und erinnerte sie daran, was Derek über seine Arbeit erzählt hatte. Es passierte nicht viel, sodass sich der Auflauf langsam auflöste. David war nirgends zu sehen. Wahrscheinlich hatte er hiermit nichts zu tun. Ernüchtert wendete Anna sich ab und ging auf den spitz zulaufenden Daimler-Komplex zu, in dem Renzo Piano seine Vision von einem „modernen" Potsdamer Platz verwirklicht hatte. Es herrschte reger Betrieb – an allen Ecken pulsierte das Leben. Menschenmassen schoben sich in Richtung der glasüberdachten Arkaden, in denen sie auf drei Etagen dem Konsumdrang nachgaben. Auf der ersten gläsernen Verbindungsbrücke im Obergeschoss spielte jemand Vivaldi auf einem Bechstein-Flügel, um die Kauflaune zu steigern. Nun kam sie doch zu früh. Es war noch spätsommerlich warm und der Platz summte wie ein Bienenstock. Und so fühlte sie sich auch: Wie ein Bienenstock, den man durch Herumstochern aufgewühlt hatte. Auf der rückwärtigen Seite des Restaurants Dieckmann fand sie ein ruhiges Fleckchen. Hier kamen nur wenige Passanten vorbei. Wenn David etwas mit ihr besprechen wollte, dann besser hier als in dem Gewusel. Worum mochte es gehen? Sie musste mit allem rechnen und fühlte sich doch dazu gar nicht in der Lage. Es herrschte ein solches Durcheinander in ihr! Sie ließ sich mit Sicht auf die roten Backstein-Neubauten der Park-Kolonnaden nieder. Kurz darauf stand David vor ihr und seine blauen Augen strahlten sie so durchdringend an, dass ihr Herz überraschend schnell zu schlagen begann.

„Hallo Anna", sagte er warm. Sie umarmten sich kurz und befangen. „Schön, dass du gekommen bist."

Sie räusperte sich und antwortete holprig: „Es ist auch sch-schön, d-d-dich zu sehen."

„Du siehst gut aus. Dir geht es besser, nicht wahr? Dein Gesicht ist etwas voller geworden." Er lächelte und strich sanft über ihre Wange. „Das steht dir gut."

„D-Danke", erwiderte sie unsicher.

Sie setzten sich nebeneinander an den Tisch. Eine Weile saßen sie schweigend und sahen sich an. „Wie ist es dir in L.A. ergangen?", fragte Anna schließlich und blätterte verlegen in der Getränkekarte.

„Ganz gut. Ich habe viel gearbeitet und nachgedacht. Da ich im Moment keinen Auftrag habe, entwickle ich verschiedene Plots weiter, die mich schon länger beschäftigen. Einen davon würde ich gerne komplett ausbauen, aber ich kann mich nicht konzentrieren."

„Oh, woran liegt das?"

David seufzte und sah ihr ernst in die Augen: „Ich habe versucht, dich zu vergessen."

Annas Puls beschleunigte sich, als hätte sein durchdringender Blick in ihr einen Schalter auf Starkstrom umgelegt. Sie hatte sich also doch nicht getäuscht. Heiser fragte sie. „W-Warum?"

„Weil es tausend gute Gründe dafür gibt."

Sie schluckte. „Aber?"

„Es geht nicht. Du gehst mir nicht aus dem Kopf und deine Geschichte auch nicht."

„Ist d-das so schlimm?"

„Nein, aber ich weiß nicht, wo es hinführen soll. Und ich weiß nicht, was es zu bedeuten hat. Weil wir soulmates sind."

„Seelenverwandte? Wir? Wie kommst du darauf?"

„Ich habe auch jemanden verloren, der mir nahe stand."

Anna stockte. „Wen?"

„Mein Bruder starb, als ich klein war. Das ist dreißig Jahre her und längst verarbeitet. Aber trotzdem – ich habe keine Ahnung, was das mit dir zu bedeuten hat. Ich weiß nur, dass ich dich nicht aus dem Sinn bekomme und dass ich dir im Moment nicht mehr zu bieten habe, als ein: Lass uns sehen, was daraus wird. Wenn das für dich überhaupt in Frage kommt – wenn *ich* für dich in Frage komme."

Anna schwieg. Zu groß war das Chaos in ihrem Kopf und in ihrem Körper. Was bot dieser Mann ihr hier gerade an? Seine Freundschaft oder eine Beziehung? Schließlich hob David erneut an: „Da ist noch etwas, über das ich mit dir sprechen muss: Ich möchte ein Drehbuch aus deiner Geschichte machen, aber nur, wenn das für dich okay ist."

Anna atmete tief durch. „Ich w-weiß nicht. – Ich weiß es wirklich nicht." Warum fragte er sie um Erlaubnis? Wenn er es einfach machte, könnte sie ohnehin nichts dagegen unternehmen und bekam es vielleicht noch nicht einmal mit.

„Ich möchte es nicht gegen deinen Willen schreiben", sagte er, als habe er ihre Gedanken gehört.

Sie sah ihn an.

„Ich würde dir gerne einen Vorschlag unterbreiten: Warum kommst du nicht nach L.A. und siehst dir an, was ich dort tue? Ich mache dich mit ein paar Leuten bekannt, die mit der Umsetzung betraut wären, zeige dir, wo und wie gedreht wird und wenn du dann immer noch ein schlechtes Gefühl dabei hast, lassen wir das Ganze."

Wir? Hatte er „wir" gesagt? Sie zögerte. „Ich k-kann mir keinen Flug nach Los Angeles leisten."

„Um ehrlich zu sein, habe ich Donald Flox schon von meinen Plänen erzählt und er will das Projekt finanzieren. Er ist bereit, die Kosten für deinen Aufenthalt zu übernehmen, weil ich ihn davon überzeugen konnte, dass ich dich in L.A. brauche, um an der Geschichte arbeiten zu können."

„Was? Ist das wahr?" Sie konnte kaum glauben, was sie da hörte.

„Ja klar. Er ist sehr interessiert an der Story – und an dir."

Anna schluckte. Was mochte David diesem Donald Flox erzählt haben? Hoffentlich nicht, dass sie gleich beim zweiten Treffen in seinem Bett gelandet war. Ihre Gedanken fuhren Achterbahn. Aber, du meine Güte! Vor ein paar Tagen erst hatte die Sinnlosigkeit ihres Seins sie auf dem Friedhof überkommen und nun reichte Davids Hand ihr Flügel über den Ozean, damit sie wieder fliegen konnte. Es erschien ihr, als müsste sie spontan beschließen, ob sie leben oder doch sterben wollte. Und für einen Moment schimmerte die Verlockung ihrer Jugendtage durch: Das Leben hat noch mehr für dich zu bieten!

„Du musst das nicht sofort entscheiden", fügte er sanft hinzu. „Überleg´ es dir in Ruhe und sag´mir Bescheid, wenn du einen Entschluss gefasst hast."

„Okay", sagte Anna. Die Kellnerin kam und sie bestellten. Während sie auf die Getränke warteten, spürte Anna deutlich, dass sie nicht wollte, dass David ging, nicht wollte, dass er wieder weg war und die Hand über dem Ozean verschwand. Doch noch rang sie mit sich.

„Was hattest du denn hier am Potsdamer Platz zu erledigen?", fragte sie ihn.

„Oh, es ging nochmal um *Höllenfeuer*. Das Projekt ist momentan auf Eis gelegt. Aber Bruckner hat trotzdem einen Termin mit dem Verlag vereinbart, der die Verwertungsrechte hält, um über inhaltliche Änderungen zu sprechen, und wollte mich gerne dabei haben. Gleich muss ich noch nach Babelsberg, wo ein Großteil der Dreharbeiten stattfinden soll."

Er war tatsächlich bald wieder weg. Die Zeit, die sie nun gemeinsam hatten, war knapp und es war ungewiss, ob es ein weiteres Treffen gab. Dann würde die Dunkelheit komplett über ihr hereinbrechen. Sie war sich sicher, dass sie sich dieses Mal endgültig in ihr verlor.

„Ich k-komme", platzte es aus ihr heraus, als die Kellnerin die Getränke brachte.

Er sah sie fragend an.

„Ich k-komme nach L.A.", ergänzte sie.

„Sure?" Er sah sie intensiv an. „Ich würde mich sehr freuen."

In Annas Schläfen pochte es. „Ja, ich komme."

Er ergriff ihre Hand: „Schön. Ich denke, Flox´ Sekretärin wird sich bald mit dir in Verbindung setzen und die Formalitäten absprechen."

„Okay."

„Ich gebe dir meine cell phone number, damit du mich erreichen kannst, wenn noch etwas zu besprechen ist."

Sie notierte sich verwackelte Ziffern auf einem Bierdeckel. „Danke für alles", sagte sie, ohne recht zu wissen, warum.

„Es gibt nichts zu danken", erwiderte er sanft und hielt noch immer ihre Hand.

Sie schwieg scheu und versuchte zu verarbeiten, was hier geschah. „Wann fliegst du zurück?"

„Übermorgen. Aber wir sehen uns dann ja schon bald in Los Angeles."

Sie nickte und er sah auf die Uhr.

„Ich muss gleich los", sagte er mit einem entschuldigenden Blick und leerte sein Glas.

„Das war ein kurzes Treffen."

„Ja, tut mir leid. Heute ist alles eng getaktet."

Er legte das Geld für die Getränke auf den Tisch und erhob sich. Anna stand ebenfalls auf, denn er deutete an, sie umarmen zu wollen. Sein Geruch war wohltuend vertraut und erinnerte sie an den Duft des Rasierwassers in der Suite im *Regent*.

„Bis bald in L.A.", sagte er.

„Ja, bis bald", erwiderte Anna. Sie wollte ihm noch etwas Nettes zum Abschied sagen, doch ihre Lippen blieben versiegelt, weil eine Stimme in ihrem Kopf schrie: `Was passiert hier eigentlich?´

Misstrauisch sah der Taxifahrer im Rückspiegel immer wieder nach diesem merkwürdigen Amerikaner. Der hatte ihm nur entgegengebellt, dass er in die Babelsberger Filmstudios müsse und seitdem kein Wort mehr mit ihm gesprochen. Stattdessen starrte er mit verkniffenem Gesicht aus dem Fenster und führte Selbstgespräche in einem eigenartigen englischen Akzent.

Die Gedanken feuerten in Davids Gehirn hin und her. Ihm war nicht entgangen, dass Anna sich – anders als bei ihren früheren Treffen - geschminkt hatte und dass hinter dem Schleier der Trauer und des Schmerzes eine äußerst anziehende Frau steckte. Das vereinfachte die Sache keineswegs. Was machte er hier eigentlich? Was sollte das werden? Zwei tief traumatisierte Menschen auf einander loszulassen. Was hatte er sich nur dabei gedacht? Es gab einen toten Ehemann und ein totes Kind. Wie sollte er dem gerecht werden? Was für eine riesengroße Verantwortung übernahm er da – der war er gar nicht gewachsen! Warum nahm er sie nicht einfach mit nach Babelsberg oder verabredete sich für heute Abend noch einmal mit ihr? Er konnte nicht. Er musste weg aus diesem Restaurant, weg von diesem Bedürfnis, sie minutenlang fest an sich zu drücken, ihr über das Haar zu streichen. Sie immer wieder zu trösten. Doch wen wollte er eigentlich trösten – sie oder sich selbst? Er öffnete Hemdkragen und Seitenfenster. Das ging alles viel zu schnell. Er musste sich verdammt nochmal beherrschen!

'Was hatte das zu bedeuten?´, fragte Anna sich in den folgenden Stunden immer wieder. Ihre Gedanken kreisten wie Luftwirbel um das Auge eines Hurrikans. Brauchte David sie wirklich in L.A.? Hätte er nicht erfinden können, was ihm an Informationen fehlte oder anrufen und sie danach fragen? Warum blieb er nicht einfach längere Zeit in Berlin, um bei ihr sein zu können? Wieso erzählte er anderen von ihr und brachte diesen Flox sogar dazu, ihr alles zu bezahlen? War es eine gute Idee, wenn zwei verletzte Seelen sich auf einander einließen? Das stumme Auge im Zentrum gab ihr keine Antwort. Aber da blieb immer noch diese warme Stimme, sein „Ich würde mich sehr freuen" und nicht zuletzt Monikas Zuversicht, die ihr nicht aus dem Kopf wollte. Wie einen das beeinflussen kann! Was dieser Mensch mitten in der Trauerphase in ihr auslöste, war kaum zu fassen. Sie fühlte sich wie ein erloschener Vulkan, unter dessen Oberfläche es leise wieder zu brodeln begann. Nun würde sie also anstatt sich vor die U-Bahn zu werfen nach Kalifornien fliegen, und vielleicht wurde ihre Lebensgeschichte nun sogar verfilmt.

Schon am nächsten Tag rief Flox´ freundliche Sekretärin an und vereinbarte einen Gesprächstermin mit ihr und sie vernahm staunend, dass man ihr für zwei Wochen ein Zimmer im Beverly Hills Hotel reserviert hatte. Die Gedanken an einen Ausbruch aus ihrem trüben Dasein durchrieselten sie wie feine Rinnsale frischen Quellwassers.

Aber ging das nicht alles viel zu rasch? Er tauchte hier plötzlich auf, konfrontierte sie mit seinen Vorstellungen und im Nu war sie damit beschäftigt, sich neu zu sortieren. Sie kramte den Bierdeckel mit seiner Handynummer aus ihrer Handtasche und trug ihn eine Weile durch die Wohnung. Dann wählte sie die Nummer.

„Hallo, hier ist Anna", sagte sie, als er sich meldete.

„Hallo Anna." David freute sich spürbar. „Schön, deine Stimme zu hören!"

„Bist du noch in B-Berlin?"

„Ja, heute bin ich den letzten Tag hier."

„K-Können wir uns noch einmal treffen? Mir ging das ein bisschen zu schnell g-gestern. Ich k-kann nicht einfach meine Sachen p-packen und dich in L.A. besuchen. Ich würde gerne wissen, was ge-genau du dir vorstellst und was mich dort erwarten wird."

„I´m sorry, du hast Recht. Ich war überfordert mit der Situation. Ich habe heute Nachmittag ein paar Stunden Zeit. Was hältst du von einem Ausflug an den Wannsee?"

„Nein!", erwiderte Anna heftig. „Nicht an den Wannsee", flüsterte sie dann. Erinnerungen an den romantischen Heiratsantrag, den Thomas ihr dort gemacht hatte, schwappten aus dem Unterbewusstsein hoch und sie hielt die Luft an.

„Alles okay bei dir?", fragte David.

„Ja, a-a-alles okay", antwortete Anna gepresst. „Ich m-möchte nur nicht d-dorthin. Lass uns w-woanders treffen. Es gibt einen P-Park hier in der Nähe mit einem kleinen See. D-Das wäre mir lieber."

„Okay, treffen wir uns dort. Wohin soll ich kommen?"

„An den P-Pavillon im Volkspark Friedrichshain. Um drei. Findest du das?"

„Ich nicht. Aber der Taxifahrer. Bis später. Ich freue mich auf dich."

Im Volkspark Friedrichshain lagen viele Menschen in Badebekleidung auf der Wiese und lasen oder unterhielten sich. Begleitet von Vogelgezwitscher und gedämpftem Verkehrslärm spazierten David und Anna vom Pavillon aus in Richtung des großen Teiches. Eine warme Brise wehte durch die Bäume und über das Gras. Hummeln zogen brummend vorüber. David war sich unsicher, ob er Annas Hand fassen sollte, aber sie verbarg sie ohnehin in den Taschen ihres weiten Sommerkleides. Also schlenderten sie nebeneinander her, ohne sich zu berühren. Ein Fußball rollte vor ihre Füße und David schoss ihn vorsichtig zu dem Kind, das ihn verloren hatte.

`Thomas hätte den Ball in die Hände genommen und ihn dem Kleinen gebracht´, dachte Anna und sah dem Jungen nach, der nun zu seinen Eltern zurücklief. „Was erwartest d-du von mir?", fragte sie David, während sie weitergingen.

Überrascht sah er sie von der Seite an. „Hast du das Gefühl, dass ich etwas von dir erwarte?"

„Nun ja, irgendetwas wirst du dir doch vorstellen, wenn ich nach L.A. komme. Was g-genau hast du vor mit meinen Erinnerungen?"

Nun verstand er, worauf sie hinauswollte. „Du hast mir bisher nur wenig über das erzählt, was passiert ist", erklärte er ihr. „Ich würde gerne verstehen, wie es zu dem Unfall gekommen ist und was es mit dir gemacht hat, dein Kind zu verlieren."

Unvermittelt kam ihm eine andere Frau in den Sinn, die er das noch nie gefragt hatte. Er würde in Ruhe darüber nachdenken müssen, warum er nun bei Anna bereit war, so genau hinzusehen und sich mit dem auseinanderzusetzen, was sie ihm erzählte.

„D-Das heißt, ich müsste meine ganzen schmerzhaften Erinnerungen mit dir teilen?"

Sie waren am großen Teich angekommen und Anna lehnte sich an den Zaun. Ein Mädchen spazierte auf einem Steg auf das Wasser hinaus, um Enten zu beobachten. `Die Kleine hätte Sarahs Freundin werden können´, dachte sie und wandte den Blick von dem Kind ab.

David nickte. „Ja, das kann doch heilsam sein. Ich würde dir auch gerne L.A. zeigen. Berlin ist eine tolle Stadt, keine Frage. Aber Los Angeles ist etwas ganz anderes. Ich glaube, es würde dir guttun, einmal herauszukommen. Hier begegnen dir an jeder Ecke die Geister deiner Vergangenheit. Wie sollst du dich da von ihnen lösen können?"

Anna spürte, wie ihr Kopf und ihre Schultern sanken. Die Trauerweiden am Teichufer schienen mit langen Fingern im Wasser nach verlorenen Blättern zu angeln.

Ja, wie sollte ihr das hier gelingen, mit dem Friedhof in greifbarer Nähe, den sie täglich besuchen konnte, wenn sie wollte? Wo sie nicht einen harmlosen Ausflug an den Wannsee machen konnte, weil sie die Erinnerungen, die er auslöste, nicht ertrug.

„In L.A. gibt es Strand und Meer, da herrscht eine ganz andere Atmosphäre", fuhr David fort. „Nichts wird dich dort an das erinnern, was dich hier so deprimiert."

`Außerdem hätte ich dich gerne in meiner Nähe´, fügte er in Gedanken hinzu, wagte aber nicht, es auszusprechen, weil Anna distanziert wirkte. Stattdessen strich er ihr eine Haarsträhne aus dem Gesicht.

Sie schwiegen eine Weile, in der Anna die Dinge, die er gesagt hatte, sorgfältig von allen Seiten betrachtete. Dann löste sie sich von dem Zaun, an den sie sich gelehnt hatte. „Warst du n-nie verheiratet?", fragte sie und ging weiter.

Er setzte sich ebenfalls wieder in Bewegung. „Das kam für mich nie in Frage, weil ich noch nicht die richtige Frau dafür gefunden habe. Außerdem hat die Vorstellung, eine Familie zu haben, etwas Bedrohliches."

„Wieso?", wollte Anna nachhaken, doch dann wurde ihr klar, dass das psychisch gemeint sein konnte und dass das bei ihr selbst ja durchaus der Fall war. Ihre Familie zu verlieren hatte sie an den Rand des Selbstmords gebracht und so weit war dieser Rand auch jetzt noch nicht entfernt. Sie blieb stehen und sah ihn an. Für einen Moment hatte sie das Gefühl, ihn schon lange zu kennen.

Er strich mit der Hand über ihren Arm. „Einen Versuch ist es wert, oder?"

Sie nickte. Ja, einen Versuch war es wert.

Behutsam legte er seinen Arm auf ihre Schultern und achtete auf ihre Reaktion. Anna ließ es geschehen und sie spazierten eine Weile schweigend durch den Park. Als sie zurück am Pavillon ankamen, löste sie seinen Arm und ergriff seine Hand.

„Wer hat dich geschickt?", fragte sie leise.

„Ich hoffe, der Himmel", erwiderte er lächelnd und versuchte, die Erinnerung an seine Zweifel zu verdrängen, die ihn noch gestern im Taxi überkommen hatten.

In der folgenden Woche ließ Anna sich die Haare schneiden. Mit Davids Gedichtband in der Handtasche und mit Silvanas Hilfe – denn die war dafür entschieden besser geeignet als Monika - kaufte sie sich Kleidungsstücke, die passten. Alles, was sich in ihrem Kleiderschrank befand, war ihr fast zwei Nummern zu groß. Nun fühlte sie sich zumindest äußerlich gut gerüstet.

Als sie aus der Umkleidekabine im KaDeWe trat, umarmte Silvana sie. „Gut siehst du aus! Und ich Dämel habe dir noch dazu geraten, den Job anzunehmen, anstatt diesen Adonis selber durch die Stadt zu führen! Ich könnte mich in den Hintern beißen! Grüß Mick und Derek von mir, wenn du sie siehst und wenn sie sich an mich überhaupt noch erinnern wollen", fügte sie grinsend hinzu.

Bevor sie nach L.A. flog, besuchte sie Sarah auf dem Friedhof, um sich zu verabschieden. Vielleicht hoffte sie auch auf ihren Segen, aber sie spürte nichts dergleichen. Alles blieb stumm. Monika dagegen verabschiedete sie wortreich und begeistert: „Hab ick doch jewusst, dass ditt der neue Kerl bei dir is!"

„W-Warten wir es ab", erwiderte Anna, konnte sich aber ein Lächeln nicht verkneifen. Später schickte sie David eine SMS auf sein Handy: „Freue mich auf dich und auf L.A.."

Wenig später kam seine Antwort: „Das ist schön! Ich freue mich auch."

≈≈◻≈

Die alte Frau Down Under staunte nicht schlecht, als der UPS-Dienst ein riesiges Paket an ihrer Tür ablieferte. „Aidan, hast du das bestellt?", fragte sie ihren Mann.

„Nein", antwortete er.

„Is alles bezahlt", erklärte der Bote.

Aidan und ihre Schwägerin halfen ihr, das Paket mit dem übergroßen Flachbildschirm ins Haus zu tragen und auszupacken.

`Ich hätte lieber mein Kind zurück´, dachte die alte Frau, während ihre Schwägerin zufrieden vor einem Cricketspiel auf dem Sofa sitzend einschlief.

4

Am LAX, einem der größten Flughäfen Kaliforniens, wurde das Ameisenvolk übermüdeter Passagieren durch endlose, verwinkelte Gang- und Schaltersysteme geschleust. Und wie ein solches, zudem jetlaggeplagtes Insekt fühlte sich Anna, als sie nach zwölf Stunden Flug an der Westküste der USA ankam. Der Landeanflug über dem sonnenbestrahlten, ausufernden Stadtbrei, aus dem wenige Wolkenkratzer einsam und zerbrechlich in den Himmel ragten, war atemberaubend.

Nun stand sie ernüchtert in der Warteschlange an einem der vielen Passkontrollschalter. Wie gut, dass sie sich wenigstens um den Weitertransport keine Gedanken machen musste!

Sie hatte zwar nicht ernsthaft erwartet, dass David sie am Flughafen abholte (immerhin hatte er ihr eine Nachricht geschickt, dass er ein wichtiges Meeting habe), aber insgeheim hatte sie gehofft, dass er doch kam. Nun war sie enttäuscht, dass er nicht erschien. Schmal irrte sie Orientierung suchend durch die vielen Menschen, die geschäftig und scheinbar zielstrebig an ihr vorbei eilten. Sie konnte sich noch immer nicht mit großen Menschenaufläufen, dem Stimmengewirr, dem Klappern von Absätzen und den vielen Gerüchen anfreunden. Von Zeit zu Zeit blieb sie stehen und sah sich hilflos um.

Plötzlich tauchte in der klimatisierten Ankunftshalle ein bekanntes Gesicht in der Menge auf: Mick strahlte ihr entgegen – allerdings nur von den Titelseiten des „Daily Variety" und des „People-Magazine", die am Kiosk auslagen. Die Werbe-Maschinerie für einen neuen Action-Reißer lief an und zeigte ihn in inniger Umarmung mit Eliza Elliot, seiner flammend schönen Filmpartnerin. Bei der Erinnerung an Micks Auftritt im *Sage Club* und seine alberne Verkleidung musste Anna unwillkürlich lächeln.

Dann entdeckte sie den von Flox´ Sekretärin angekündigten Taxifahrer. Erleichtert übergab sie ihm das Gepäck und wenige Minuten später schwebte sie am futuristischen Flughafen-Tower vorbei über den fünfspurigen San Diego-Freeway Richtung Beverly Hills. Ihr Körper entspannte sich. Sie lehnte sich in den Sitz zurück und sah hinaus auf die Stadt unter dem Smog-Schirm, die vorbeirauschenden Spielzeug-Häuser und den blauen Pazifik, den sie im Westen erahnte. Sie fühlte sich erschöpft und aufgeregt zugleich. War es eine gute Idee, hierher zu kommen? Als richtig bereit für diese Reise empfand sie sich nicht. Die Trauer und das Trauma lagen ihr trotz allem, was inzwischen passiert war, schwer im Magen. Was erwartete sie hier und wie würde ihr Wiedersehen mit David verlaufen? Der Gedanke an ihn ließ sie für einen Moment erschauern und den Kloß in ihrem Bauch vergessen.

Nervös glitt Davids Blick immer wieder unauffällig zu der verchromten Wanduhr, die kaum hörbar neben der Glasfront mit Aussicht auf Downtown tickte. In regelmäßigen Abständen sah David Passagiermaschinen im Sinkflug über der Stadt schweben. In einer der Maschinen musste sie gesessen haben.

Die Besprechung zog sich wie Bubblegum, die Luft der Klimaanlage schmeckte steril und er war nicht bei der Sache. Er hätte Anna am Flughafen abholen sollen. Es war nicht gut, dass sie die ersten Stunden in dieser Umgebung allein verbrachte.

„Mister Hurst?"

David zuckte zusammen. „Wie bitte?"

„Wie denken Sie darüber?" Der Executive sah ihn erwartungsvoll an.

David hatte keine Ahnung, wovon er sprach und richtete sich räuspernd in seinem Sitz auf. Joe Campton kam ihm lässig zu Hilfe: „Wir werden es uns in Ruhe durch den Kopf gehen lassen. Wir melden uns morgen bei Ihnen."

„Okay. Aber warten Sie nicht zu lange. Ich weiß nicht, wie lange ich den Greenlighter noch hinhalten kann!"

Dankbar nickte David Campton zu. Er hatte etwas gut bei ihm.

Nach dem Ende der Besprechung wollte er das Gebäude schnell verlassen, um Anna in ihrem Hotel aufzusuchen. Doch der Wagen, mit dem er zusammen mit Campton hierher gekommen war, war abgeschleppt worden, weil sie vor einem Hydranten geparkt hatten.

„So ein Mist!", schimpfte er und schlug mit der flachen Hand gegen die Wasserzapfstelle, die sie beide übersehen hatten.

„Nur die Ruhe", entgegnete Campton gelassen und hielt ein Taxi an.

„Kannst du mich bitte am *Marmont* absetzen und das mit dem Auto alleine regeln?", fragte David ihn beim Einsteigen.

Campton sah ihn aufmerksam an. „Wo musst du denn so eilig hin?"

David zögerte. Er fühlte sich Joe nicht so nah, als dass er ihm Details über Anna anvertrauen wollte.

„Ich bekomme heute Besuch aus Deutschland", antwortete er ausweichend.

Joe lächelte. „Damenbesuch?"

David nickte und sah aus dem Fenster.

„Okay, mein Freund. Mache ich."

Sie schwiegen eine Weile, während das Taxi sich durch den Verkehr in Downtown schob.

„Woran arbeitest du im Moment eigentlich?", wollte Joe dann wissen.

„Ich drifte momentan zwischen mehreren Projekten. Noch hat mich keins so gepackt, dass ich mich festlegen könnte."

„Hat eines davon etwas mit deinem Besuch aus Deutschland zu tun?"

David drehte ihm langsam das Gesicht zu und sah ihn mit großen Augen an. Dann dämmerte es ihm.

„Konnte Don mal wieder nicht die Klappe halten?"

Joe zuckte die Schultern. „Halte sie bloß von seiner Besetzungscouch fern."

Eine Nobelkarosse nach der anderen zog an ihnen vorbei und Anna beugte sich wieder vor, um in eine hineinsehen zu können. Aber hinter dem Steuer eines Porsches saß ein Halbwüchsiger mit Flaum am Kinn und dem Stempel „von Beruf Sohn" auf der Stirn. Aus einem Lamborghini starrte ihr ein unangenehmer Mensch entgegen, der wohl ebenfalls erwartet hatte, einen Star zu erspähen. Als dann hintereinander mehrere BMW3-Cabrios an ihr vorbeirauschten, in denen geliftete und stark geschminkte ältere Damen saßen, wendete sie sich irritiert ab.

Schließlich bog der Fahrer vom Santa Monica Boulevard auf den Beverly Drive ab und lenkte den Wagen durch eine Palmen-Allee, rechts und links gesäumt von prächtigen Villen. Keine Fußgänger weit und breit. Einige der Palmen duckten sich klein und buschig, als wollten sie der Geißelung durch die erbarmungslose Sonne entgehen. Andere streckten sich wie dünne Pinsel mit gespreizten Haaren dem Himmel entgegen und tupften milde Farbnuancen in das kompromisslose Azur. Je luxuriöser die Straßenzüge wirkten, die sie passierten, desto minderwertiger fühlte sich Anna in ihrer KaDeWe-Kleidung. Schließlich umfuhr der Chauffeur eine kleine Parkanlage mit Springbrunnen und setzte sie vor dem überdachten

Eingang des Beverly Hills Hotel am Sunset Boulevard ab, auf dessen Grundstück ebenfalls lange, dünne Palmen wie Size Zero-Models in den Himmel stachen.

Anna fühlte sich von der bayrischen Provinz nach Beverly Hills teleportiert. Unbehaglich wand sie sich in ihrem Sitz und wäre am liebsten gar nicht ausgestiegen. Noch weniger am richtigen Ort konnte Anna sich kaum fühlen als in diesem pinkfarbenen Palast im Mission-Revival-Stil. Sie beglückwünschte sich selber für ihren weisen Entschluss, ihr restliches Geld in ein neues Outfit zu investieren und für Silvanas fachkundige Beratung. Andernfalls wäre sie einfach im Taxi sitzen geblieben und zurück zum Flughafen gefahren. Nun mischte sie sich unter die Männer in den italienischen Designeranzügen und glatt polierten Schuhen, die in die *Polo Lounge* strebten.

An der Art-Deco-Theke des Empfangsbereichs standen dann aber lässig gekleidete Hotelgäste und Anna atmete auf. Eine Empfangsdame führte sie durch tapezierte Flure, die die tropische Bepflanzung des Gartens aufgriffen. Zum dritten Mal binnen kurzer Zeit wurde Anna gefragt, wie es ihr gehe. Dann erkundigte die Dame sich, woher sie komme und ob sie Urlaub mache. Die beiden Frauen wechselten höflich ein paar Worte. Dann stand Anna allein und verloren in ihrem „Deluxe Guestroom". Zur Begrüßung hatte die Sekretärin Blumen mit einer Karte ins Zimmer bringen gelassen, auf dem der Termin für den Lunch mit Donald Flox angegeben war. Erneut fragte sich Anna, was David ihm über sie erzählt haben mochte. Ihr Kopf brummte von den vielen Eindrücken und für ihren Körper war jetzt Nacht. Seufzend packte sie den Koffer aus und verstaute im Ankleideraum ihre schicken neuen Sommerkleider, die ihr noch fremd waren und wie aus einer anderen Welt vorkamen.

Als sie damit fertig war, wusste sie nicht, was sie tun sollte. Zum Hörer greifen oder auf seinen Anruf warten? L.A. ansehen? Sie ließ sich auf dem watteweichen Bett nieder und sah unschlüssig auf den Balkon hinaus, auf dem zwei Liegen und eine leere Sitzgruppe sie stumm auf ihr Alleinsein hinwiesen. Nach der langen Reise fühlte sie sich nun erschöpft.

Das Klingeln des Telefons riss sie aus ihren Überlegungen. Die Sekretärin der Produktionsfirma erkundigte sich, ob der Flug angenehm war und ob alles zu ihrer Zufriedenheit sei. Auch wenn sie wusste, dass dies amerikanische Höflichkeitsfloskeln waren, taten sie Anna doch gut. Schön, dass sich wenigstens irgendjemand um sie kümmerte! Die Sekretärin teilte ihr mit, dass der Lunch mit Donald Flox morgen Mittag von der „Polo Lounge" ihres Hotels ins „Spago" verlegt worden sei. Dann wünschte sie Anna noch einen angenehmen Aufenthalt und verabschiedete sich. Anna hätte sie gern gefragt, ob sie wisse, wo David war, ließ es dann aber doch. Es war ihr unangenehm. Nach dem Telefonat saß sie eine Weile auf dem Bett und starrte das Telefon an. Sie beschloss, sich den Pool anzusehen, an dem so viele Filme gedreht worden waren.

Die Vegetation im Garten war üppig und roch tropisch, überall standen versteckt Sitzgruppen mit Esstischen. Am Ende des Pfades stieß sie auf einen Tennisplatz. Dies war offensichtlich nicht der Weg zum Pool. Kurz darauf entdeckte sie, dass der nur durch das Untergeschoss zu erreichen war. Sie schlenderte an Geschäften und dem Fitness-Raum vorbei, betrachtete eingehend die Schwarzweiß-Fotos, die die Dreharbeiten vergangener Zeiten im Hotel dokumentierten. Das war alles so fremd und so weit weg von ihrer momentanen Lebenssituation, als hätte das Flugzeug sie auf einem fernen Planeten abgeladen, wo merkwürdige Wesen mit unverständlichen Lauten kommunizierten! Schließlich fand sie die Treppe zu dem Schwimmbecken und den Cabanas. Doch sie hatte keine Lust zu schwimmen. Sie war müde und wollte David sehen, das einzige Alien-Wesen, das ihre Sprache kannte. Entschlossen ging sie zurück in ihre Suite, tapste benommen durch das rötliche Marmorbad und schlief mit Davids Rilke-Band in der Hand ein, sobald sie auf dem Bett lag.

Zwei Stunden später weckte sie das erneute Klingeln des Telefons. Der Portier teilte ihr mit, dass ein Besucher zu ihr heraufzukommen wünsche.

„W-Wer?", fragte sie und spürte ihr Herz holpernd gegen die Rippen klopfen. Ein paar Minuten später stand ihr ein attraktiver Mann in Jeans und T-Shirt gegenüber, dessen blonde Haare verschwitzt am Kopf klebten. In der Hand hielt er zwei Motorradhelme. Sie hätte David fast nicht wiedererkannt.

„Want a ride?", fragte er und grinste breit über das sonnengebräunte Gesicht.

Verdutzt sah sie ihn an. Sie schluckte. „Ja, w-warum nicht", sagte sie schließlich.

Breitbeinig betrat er das Zimmer, nahm sie kurz in die Arme und sagte: „Hi, schön dich zu sehen!"

Er warf die beiden Helme aufs Bett und ließ sich in den Armsessel plumpsen. „Wie war dein Flug?", fragte er.

„Okay", erwiderte sie. „Steht da unten jetzt ein fettes M-Motorrad, auf das ich steigen soll?"

„Da unten steht nicht irgendein fettes Motorrad, sondern eine Harley `Fat Boy´!", entgegnete er mit Nachdruck und benutzte den Fußhocker ungeniert mit Schuhen.

`Also habe ich mit *fett* doch gar nicht so daneben gelegen´, dachte Anna.

Sein Blick fiel auf den abgegriffenen Gedichtband, der inzwischen auf dem Nachttisch lag. Er lächelte. „Du hast ihn also gefunden?"

Sie errötete und nickte.

„Schön. - Ich werde dir jetzt ein bisschen die Gegend zeigen", kündigte er an.

„Was soll ich anziehen?" Sie bereute die Frage, kaum dass sie ausgesprochen war.

David rollte die Augen. „Irgendwas, bei dem du den Wind auf der Haut spürst. Draußen sind es fast hundert Grad Fahrenheit!"

Während sie im Ankleidezimmer in der Kommode wühlte und sich dann „irgendetwas" anzog, hörte sie David an der Minibar hantieren. Als sie aus dem Nebenraum trat, trafen sich ihre Augen in dem Spiegel über dem Kühlschrank. Es durchzuckte sie und ihr wurde wieder bewusst, dass er sie dazu gebracht hatte, um den halben Erdball zu fliegen.

Nervös schwang sie sich hinter ihn auf die „Fat Boy". Zuerst befremdete es sie, sich zwangsläufig an ihn schmiegen zu müssen, doch nach einer kurzen angespannten Phase genoss sie es zunehmend, ihn so zu spüren. Wie lange schon war sie niemandem mehr so nah gewesen? Der Nachmittag trieb sanften Wüstenwind in die Stadt. David lenkte die Maschine über den Sunset in östliche Richtung.

Auf diesem Abschnitt des Boulevards sah man kaum Häuser, weil sie hinter hohen Hecken und Sträuchern versteckt lagen. Sprinkleranlagen bewässerten die Grünstreifen am Straßenrand. Nach dem Doheny Drive erschien ein überdimensionales Filmplakat, das über die komplette Westfassade des Hochhauses reichte.

Sie näherten sich dem Sunset Strip und was Anna bald ins Auge sprang und in Erinnerung blieb, war die völlige Abwesenheit von Kultur. Flache, zum Teil lieblose Bauten säumten die Straße ohne jegliches Flair zu versprühen, was gewiss eine Folge der schweren Erdbeben war, die vieles zerstört hatten.

Aber mussten denn diese riesigen Plakatwände überall sein? Werbung, soweit das Auge reichte.

Am Hyatt Hotel hielt David an, zeigte auf einen der Balkone und erklärte, dass Jim Morrison sich dort außen ans Geländer gehängt hatte, zehn Stockwerke über dem Sunset Strip. Er hatte zuviel getrunken und Koks genommen. Im Oliver Stone-Film „The Doors" habe man diese Szene an einer Kulissen-Fassade des Chateau Marmont nachgespielt. Dort habe Jim Morrison zwar auch eine Weile gewohnt, aber die „Balkon-Szene" habe am Hyatt stattgefunden.

David grinste: „Glaube nichts, was du in einem Film siehst, es könnte gelogen sein."

Anna nickte stumm und versuchte sich zu erinnern, wer Jim Morrison war und ob sie diesen Namen schon einmal gehört hatte. Ihr war nicht nach einer Stadtführung. Aber sie wollte David nicht enttäuschen, der in seinem Element zu sein schien.

Vor einem Loire-Schloss inmitten eines palmen- und zederngesäumten Hanges hielt David erneut an.

„Dies ist das *Chateau Marmont*. In dem Hotel feiern Filmstars seit Jahrzehnten wilde Partys."

Anna hatte auch von diesem Hotel noch nie gehört und fand, dass der Bau in der kulturlosen Umgebung etwas deplatziert wirkte.

„Ist es noch in Betrieb?", fragte sie, um nicht uninteressiert zu wirken.

„Klar. Und auch heute noch nisten sich dort eine Menge Promis zum Teil monatelang ein. Ich zurzeit auch. Bei der nächsten Gelegenheit zeige ich es dir richtig und dann erzähle ich dir von seiner Geschichte, wenn du möchtest."

„Ja, gerne." Alleine die Aussicht, dass David Zeit mit ihr verbrachte, war es wert, sich etwas über ein altes Gemäuer anzuhören. Sofern man bei einem amerikanischen Gebäude – und besonders an der Westküste – von alt sprechen konnte.

David lenkte die Maschine wieder auf die Straße und steuerte die Hollywood Hills an. Dann bog er in den Mullholland Drive ein, der sich kurvenreich an den Hügeln entlang schlängelte. Am Runyon Canyon hielt David an und stieg ab.

„So, jetzt zeige ich dir noch den *Rundown* Canyon", sagte er.

„Heruntergekommen? Warum denn das?"

„Weil er von Hundehaufen übersät ist." Sie ließen ihre Blicke über den Canyon und die Hills streifen. Die Villen der Reichen und Filmstars hockten vereinzelt in der kargen Hügellandschaft, in der Ferne bewacht von den Buchstaben des Hollywood-Schriftzugs. Obwohl es bereits früh am Abend war, stand die Hitze über dem Canyon. Unbeirrt joggten unzählige Menschen schweißüberströmt mit puterroten Gesichtern auf dem steilen Betonweg. Hinter ihnen führte das Schachbrettmuster der Straßen von L.A. ins Endlose.

Es kam Wind auf, der rasch auffrischte. David und Anna gingen zurück zum Motorrad und fuhren weiter. Inzwischen fand Anna es wunderbar, so selbstverständlich hier mit ihm durch die Gegend zu fahren und sie beschloss, keine unangenehmen Gedanken mehr zuzulassen. David hatte Recht. Nichts hier erinnerte sie an das, was in Berlin passiert war. Und das tat gut!

Am Mount Olympus stoppte David ein letztes Mal. Nach dem Sonnenuntergang war es schnell dunkel geworden. Sie sahen auf die glitzernden, blinkenden Lichter der Stadt hinunter, die ihnen zu Füßen lag. Der Smog hatte sich verzogen, sie atmeten klare Luft, die nach Eukalyptus duftete.

Als Anna fröstelte, legte David den Arm um sie. „Na, wie hat dir die Sightseeing-Tour gefallen?"

`Gut, weil du dabei warst!´, hätte sie am liebsten geantwortet. Stattdessen antwortete sie: „Bis jetzt ganz gut. Natürlich kann ich zu Los Angeles nichts sagen, ich habe ja nicht allzu viel gesehen ...“

„Na ja, ein paar Tage bleibst du ja noch“, sagte er.

`Und dann?´, dachte sie. `Was ist dann?´

Er sah sie lange an und strich ihr eine Haarsträhne aus dem Gesicht. „Hast du über meine Idee mit dem Script nachgedacht?“

Sie nickte.

Er zog sie näher an sich. „Und, kannst du dir vorstellen, daran mitzuarbeiten?“

„Ich wusste gar nicht, dass ich mitarbeiten soll.“

„Nun ja, zunächst musst du natürlich damit einverstanden sein, dass ich deine Geschichte – wie hast du gesagt? Verwurste! Was bedeutet das überhaupt?“

Anna lachte. „Zu Wurst verarbeiten.“

„Okay, also dass ich deine Geschichte zu Wurst verarbeite. Und wenn du dich dann noch entschließt, an dem Script mitzuarbeiten, könnte ich dich Donald als meine Co-Autorin vorstellen. Und dann wärst du auch an der Gage beteiligt.“ Er sah sie warm an.

Sie wandte den Blick ab. „Warum tust du das?“

„Weil wir soulmates sind.“

Sie sah ihn an.

„Und weil mein Herz weich wird, wenn du in meiner Nähe bist“, flüsterte er in ihr Ohr.

Hatte Derek nicht gesagt, dass David keine Schnulzen schrieb? Herzerweichender hätte man an diesem Ort keine Romanze inszenieren können. Unsicher erwiderte sie seine Umarmung, überwältigt von einem Gefühlschaos, und er drückte seine Lippen in ihr Haar, während die Ungeheuer in ihrem Kerker tief schliefen. Nur der Hauch einer Regung berührte sie, noch konnte ihr Bewacher sicher sein, dass sie sich nicht erhoben.

≈≈◘≈

Donald Flox gehörte zu den profilierten Produzenten Hollywoods. Er war lange Zeit sehr erfolgreich gewesen, und hatte auf der ganzen Welt Filmpreise abgesahnt. Im Wohnzimmer seines Anwesens in Pacific Palisades standen sie aufgereiht wie Zinnsoldaten und regelmäßig entstaubt auf einem Sideboard und erzählten Besuchern stumm von seinen längst vergangenen Triumphen. Flox hatte sich diese Schlachtanordnung aber auch aufgestellt, damit sie ihn anspornte, den Kampf noch einmal zu gewinnen. Bereits mit Anfang Vierzig war er Studio-Boss bei MovieFactory geworden, einer neugegründeten Produktionsfirma. Dort landete er einen Kassenschlager nach dem anderen und erwirtschaftete damit ein Vermögen für sich und auch für das Studio. Sämtliche Preise, die sich auf seinem Sideboard in die Schlacht warfen, stammten aus dieser Zeit. Das Blatt wendete sich, als er begann sich als Produzent zu betätigen. Die Projekte, die er in dieser Funktion in den Sand setzte, ruinierten ihn finanziell fast. Den Rest besorgten mehrere teure Scheidungen und anspruchsvolle Geliebte. Dann sandte ihm David, der sich zu der Zeit mit Nebenjobs über Wasser hielt, ein Drehbuch zu. Der Film, der danach entstand, wurde ein recht ordentlicher Erfolg, der sie sanierte. Daraus war eine langjährige intensive Zusammenarbeit und so etwas wie Freundschaft zwischen den beiden gewachsen.

Anna war froh, dass David sie am nächsten Tag zu dem Lunch-Termin mit Donald Flox ins *Spago* begleitete. Oberhalb des Wilshire Boulevard warteten auf dem Canon Drive mehrere livrierte Angestellte außerhalb des Gebäudes. Sie brachten die Autos der Gäste zum Parkplatz und holten sie dort wieder ab. Ein grauhaariger Mann stand an einem Pult, auf dem das Buch mit den Reservierungen lag.

Als er David sah, grüßte er freundlich: „Sie werden erwartet."

Durch einen Vorraum betraten sie das Restaurant. Dort wartete auch schon der nächste Angestellte an einem Pult. Er war für die Zuteilung der Tische zuständig und führte sie nach rechts in den grünen Patio.

Um die Mittagszeit war es hier voll, viele größere Gruppen saßen zusammen und unterhielten sich laut und angeregt. Hinter dem Patio befand sich der überdachte Restaurantbereich.

Donald Flox saß mit seiner Sekretärin am Tisch und studierte die Speisekarte, als David und Anna mit vom Helm platt gedrückten Haaren erschienen. Er begrüßte David herzlich mit einem freundschaftlichen Klaps auf die Schulter. David machte Anna mit ihm bekannt.

Das unvermeidliche „Nice t´ meet ye", huschte über Donalds schmale Lippen, um gleich von dem ebenso unvermeidlichen "How d´ ye do", ergänzt zu werden. Anna rollte innerlich die Augen. Aber nun gut, das musste hier anscheinend so sein. Nachdem die Höflichkeiten ausgetauscht waren und Anna an der Sekretärin die Stimme wiedererkannte, die sie gestern am Telefon so freundlich willkommen geheißen hatte, ging es recht zügig zum geschäftlichen Teil des Meetings über.

Anna war von Donalds Äußerem überrascht. Sie hatte einen dickbäuchigen, lüsternen alten Kerl erwartet. Stattdessen saß ihr ein schlanker, durchtrainierter Sechzigjähriger mit graumeliertem Haar und zierlicher Nickelbrille gegenüber. Hellwach schaute er aus seinen grauen Augen.

„Also, Mrs. Wendland. David hat mir bereits viel von Ihnen erzählt. Mein Beileid übrigens. Das Leben kann schon hart sein. Aber wir werden aus Ihrer Geschichte einen ganz wunderbaren Film machen", eröffnete er ohne Umschweife das Gespräch und entblößte seine überkronten Zähne. Anna lächelte steif zurück und fragte sich, was genau ihr an diesem Menschen direkt so unsympathisch war.

Noch immer lächelnd fuhr Flox fort: „David hat mir allerdings erklärt, dass er das Script nur mit Ihrem Einverständnis und Ihrer Mitwirkung schreiben wird."

Anna sah zu David herüber und sah, dass der nachdrücklich nickte. Es schien ihm ernst zu sein.

Flox lächelte süffisant. „Warum auch immer. Egal. Also, Mrs. Wendland, kommen wir ins Geschäft?"

Anna öffnete den Mund, doch David kam ihr zuvor: „Nun überfall sie nicht gleich so! Lass sie erst mal in Ruhe ankommen und schauen, wie wir hier arbeiten, ehe sie sich entscheidet. Das hatte ich ihr zugesagt und wir hatten das so besprochen, Don!"

Der bleckte die Zähne. „Krieg dich wieder ein, Mann. Ich frag ja bloß. Ich kann hier nicht ewig rumtrödeln und nichts tun. Wenn das hier nicht vorangeht, such ich mir ein anderes Projekt."

Anna spürte, wie sich ihr Magen zusammenzog. Dezidiert äußerte sie, dass sie leider kurz zur Toilette müsse, stand auf und suchte das Weite, damit sie nicht gleich zu Beginn der Besprechung die Beherrschung verlor. Als sie aus der Damentoilette kam, lehnte David an der Wand zum Gastraum und fuhr sich mit der Hand durch die platt anliegenden Haare. „Na, wieder beruhigt?", fragte er.

„Was ist das denn für ein Monstrum von Mensch? Dem geht's ja scheinbar nur ums Geld und wie ich mir dabei vorkomme, ist wohl scheißegal, was?"

„Der ist eigentlich gar nicht so. Aber seine vierte Frau sitzt ihm im Nacken. Sie hat die Scheidung eingereicht und will ihm das Fell über die Ohren ziehen. Okay, einfühlsam ist er nicht gerade und zimperlich auch nicht. Manchmal benimmt er sich eher wie ein *vampire*. Doch er hat einen guten Riecher für Filme und er will das Projekt unbedingt realisieren. Er glaubt, dass es ein Erfolg werden kann, weil die Story so ergreifend ist."

„Warum schreibst du dieses Script, das er haben will, nicht einfach?"

Er nahm ihre Hand. „Weil ich dich dabei haben will. Ich habe großen Respekt vor dir und vor dem, was dir passiert ist. Ich möchte nichts tun und auch nichts schreiben, was dich verletzen könnte."

Lächelnd fügte er hinzu: „Ich möchte dich nicht zu Wurst verarbeiten."

Widerwillig musste sie lachen. Dass er darauf immer herumritt!

Sie gingen zurück an den Tisch. Inzwischen war das Essen serviert worden; der Vampir und seine Sekretärin speisten in aller Seelenruhe. Befremdet registrierte Anna, dass beide eine Hand im Schoss liegen hatten und nur mit der Gabel aßen. Ein Blick auf die anderen Restaurant-Gäste offenbarte, dass sie nicht die Einzigen waren, denen es diesbezüglich an Tisch-Manieren mangelte. David und Anna setzten sich wieder zu ihnen und Anna überließ David das Gespräch, dem sie sprachlich ohnehin nicht folgen konnte, denn insbesondere Flox sprach schnell und in Satzfragmenten. Sie verstand nur soviel, dass sie überlegten, welcher Regisseur und welche Schauspieler für die einzelnen Rollen in Frage kommen, welche Handlungsstränge verändert werden und wie die Dialoge geführt werden sollten. Zum Abschied verkündete Donald Flox, dass es ihm ein Vergnügen sein werde, mit Anna zusammenzuarbeiten. Anna glaubte ihm kein Wort, zumal sie überzeugt war, dass sie mit ihm gar nicht mehr viel zu tun haben werde. Wie sehr sie sich doch täuschte!

Nachdem Flox sich mit der Sekretärin im Schlepptau in seine Gruft zurückgezogen hatte, bestellte David Anna ein Glas Sekt, damit sie sich beruhigte. Während sie den Sekt trank, fragte sie ihn, welches Honorar er denn wohl für das Drehbuch bekommen werde.

David schloss die Augen und verschränkte die Arme im Nacken. „Schätze 250.000 Dollar."

Anna verschluckte sich an ihrem Sekt. „250.000 Dollar?", wiederholte sie ungläubig.

„Das ist doch nicht viel. Spitzenautoren bekommen hier ein oder sogar zwei Millionen Dollar pro Drehbuch."

Anna lehnte sich wieder zurück. „250.000 Dollar! Und wie viel wird für mich herausspringen, wenn ich mitmache?"

„50.000."

Anna schluckte. Das war eine Menge Geld, die ihr da unverhofft ins Haus flattern würde, wenn sie sich überwinden könnte, an ihr eigenes heißes Eisen heranzugehen.

„Das ist für einen völlig unbekannten Autor ohne Drehbucherfahrung ein mehr als ordentlicher Preis", fügte David hinzu. Er beugte sich zu ihr herüber und ahmte Flox´ Stimme nach: „Es wäre mir eine Ehre, mit Ihnen arbeiten zu dürfen, Mrs Wendland."

Sie musste unwillkürlich lachen. Er sah ihr lange in die Augen und ergriff ihre Hand. Plötzlich war ihr gar nicht mehr nach Lachen zumute.

„Lass uns von hier verschwinden", raunte er.

Ein Schauer durchrieselte sie.

„Gleich wimmelt es hier ohnehin nur so von Paparazzi", fügte er hinzu. „Da drüben ist schon so ein Geier."

Anna sah sich um; sie konnte niemanden erkennen, der ein Objektiv auf wen auch immer gerichtet hätte. Unauffällig wies David auf einen Mann, der an einem Tisch in der hintersten Ecke des Patios saß und möglichst beiläufig zu einem Nachbartisch herübersah, an dem Eliza Elliot saß. Er trug einen Kopfhörerstöpsel im Ohr. Anna dachte an das, was Derek über öffentliche Personen erzählt hatte, deren Schritte verfolgt und in der Klatschpresse dokumentiert werden.

„Woher wusste er, dass sie hier ist?"

„Keine Ahnung, vielleicht ist einer der Kellner hier geschmiert worden und hat ihn angerufen."

David bezahlte die Getränke und gab dem Angestellten den Schlüssel seines Motorrads, damit das vom Parkplatz geholt und vor die Restauranttür gefahren werden konnte. Bevor sie ins Freie traten, stülpten sie sich die Helme über die Köpfe und stiegen dann auf die wartende Harley. Aus den Augenwinkeln sah Anna, dass jemand aus einem Auto heraus ein Kameraobjektiv auf das Restaurant richtete und wendete ihr Gesicht ab. Sie wollte sich auf keinem Foto erkennen, das morgen in einer Klatschzeitung auf diesem eigenartigen Planeten erschien.

Zum Glück stand auch nichts in irgendeiner Zeitung davon, dass David sie direkt in seine Suite im Chateau Marmont fuhr und sie dort so lange im Arm hielt, bis sie eingeschlafen war. Nur die Ungeheuer, die in dunklen unbewussten Verliesen schlummerten, rührten sich unmerklich. Eine Regung hatte sie erfasst. Etwas geschah da draußen, das sie betraf und ein Unbehagen in ihnen auslöste. Es war mehr als nur der Hauch einer Empfindung. Es waren die ersten Anzeichen einer ernsthaften Bedrohung.

5

Gedämpft drangen die Geräusche vom Sunset in das Schlafzimmer der Suite. David schlief. Vorsichtig schob Anna ihre Bettdecke beiseite und erhob sich. Warum kamen ihr ausgerechnet jetzt Thomas und Sarah in den Sinn?

Lange betrachtete sie den schlafenden Mann. War sie schon bereit, diese Tür zu durchschreiten? Ein Bild blitzte in ihrer Erinnerung auf: Thomas zusammengerollt wie ein Embryo in ihrem Ehebett, im Schlaf mit den Zähnen knirschend. Sarahs Stimme rief deutlich in ihrem Ohr nach ihr: „Mama? Was machst du?"

Sie wendete sich ab und schlich ins Bad, das wie der Rest der Suite überraschend schlicht und im Stil der 20er Jahre eingerichtet war. In der Küche hatte sie sogar einen Gasherd aus dieser Zeit entdeckt. Obwohl sie sich so leise wie möglich bewegt hatte, lag David wach, als sie zurück ins Schlafzimmer kam. Aus der Musikanlage im Regal erklang gedämpft klassische Musik. Davids Augen ruhten auf der leeren Wand. Als sie hereinkam, lächelte er. Sie lächelte unsicher zurück.

Sein Blick fiel auf ihre Waden und wortlos strich er mit dem Finger über die feinen Narben als befühle er den Prägedruck einer chinesischen Tuschezeichnung. „Wie ist das passiert?", fragte er dann sanft.

Sie schüttelte unwillig den Kopf. „Nach dem Unfall." Sie wendete ihr Gesicht ab.

Er strich über ihren Rücken. „Hast du Hunger?", fragte er schließlich.

„Nein, aber Durst."

„Dann zeige ich dir jetzt die Bar."

Ein enger, alter Aufzug brachte sie hinunter in die schummrig beleuchtete Lobby mit der gotisch anmutende Decke und verschiedenen Formen und Arten antiker Sitzmöbel.

„Spukt es hier?", fragte Anna, um ein unverfängliches Gespräch in Gang zu bringen.

„Und wie! Es soll einen Hausgeist geben, der es auf weibliche Gäste abgesehen hat."

Anna lachte. „Was für ein Blödsinn!"

„Wer weiß!"

Der Essbereich bot Platz für zwölf Personen und war durch einen Paravent von der Lobby abgetrennt.

„Große Fressgelage scheinen hier nicht stattzufinden", stellte Anna lakonisch fest.

„Nein, hier ist es immer ruhig", sagte David und fügte dann hinzu: „Weil die meisten auf dem Zimmer essen. Dann glotzt ihnen niemand auf den Teller."

Er zwinkerte und wies sie mit dem Arm nach draußen. An der Bar und im Patio brannten Fackeln. Nur wenige Leute saßen in den Korbstühlen, abgeschirmt vom Sunset Boulevard durch eine dichte Hecke.

Anna nahm mit Aussicht auf die Grünfläche und den Seitenflügel des Hotels Platz. Sie schaute auf die Arkaden mit den dämmrig beleuchteten Spitzbogenfenstern und die der Renaissance nachempfundene Fassade. Auf der zweiten Etage fand eine private Party statt. Schöne, sich ihres Äußeren bewusste Menschen standen auf dem Balkon unter einer gestreiften Pergola, tranken Champagner und sahen gelangweilt auf die Bar hinab. Mehrere blonde Frauen lachten laut. Auf die Entfernung glichen sie sich wie Klone. Die Männer probierten sich in eingeübten Posen. Hier unten herrschte eine angenehmere Atmosphäre. An der runden Theke unmittelbar vor der Hecke saßen ein paar zerzauste Musiker und an den Tischen vereinzelte Gruppen, die sich benahmen, als seien sie aus dem Filmgeschäft. Da nicht viel zu tun war, standen die Kellner zusammen und unterhielten sich. Dennoch wachten sie aufmerksam über die Wünsche der Gäste. Nein, hier war wirklich so gar nichts wie in Friedrichshain.

David nahm das Gespräch wieder auf. „Was möchtest du denn gerne in den nächsten Tagen unternehmen?" Er schien darum bemüht, die Spannung weiter aufzulockern.

„Keine Ahnung", antwortete Anna, „darüber habe ich mir noch keine Gedanken gemacht. Gibt es etwas, das ich sehen sollte?"

„Das kommt darauf an, was dir wichtig ist: Kultur oder Natur, Menschen oder Sehenswürdigkeiten."

Anna dachte nach. „Du hattest gesagt, du würdest mich mit Leuten bekannt machen, die an dem Projekt beteiligt sein werden. Ich hoffe, damit hast du nicht nur Donald Flox gemeint."

David lachte und nahm ihre Hand. „Nein, natürlich nicht!"

„Aber wenn ich schon mal hier bin, würde ich gerne im Meer baden und am Strand spazieren gehen." Sie lehnte sich an ihn und spürte, wie sie sich in seinem wohligen Geruch wieder entspannte.

„Das ist kein Problem, können wir von mir aus morgen machen", sagte er und zog sie an sich. Anna versuchte, das prickelnde Knistern zwischen ihnen zu überspielen, und fragte: „Was ist denn nun so besonders an diesem Hotel? Ich finde ja, dass es eher etwas von einer Filmkulisse hat."

„Dabei ist es einem echten Loire-Schloss nachempfunden! Außerdem steht es für den `alten´ Hollywood-Glamour schlechthin. Nun, das Besondere sind die vielen Geschichten, die sich hier angeblich oder wirklich zugetragen haben. Zum Beispiel ist John Belushi hier an einer Überdosis gestorben."

„Wie schrecklich! Ist er nun dieser Hausgeist, der zu fremden Gästen ins Bett steigt?"

David lächelte. „Wer weiß. Außerdem gleicht kein Zimmer dem anderen. Und am Pool stehen einfache

Holzhäuschen, die wie die Behausungen der Schauspieler aussehen, die in West Hollywood noch auf ihren Durchbruch warten. Und obwohl sie hier ein Schweinegeld dafür bezahlen müssen, bleiben manche Leute monatelang."

„Du auch?"

„Nein, das kann ich mir nicht leisten. Ich wohne hier nur übergangsweise, weil meine Wohnung gerade komplett renoviert wird."

„Ist das der Grund, warum viele Leute hierher kommen – weil viele Prominente hier gewohnt haben?!"

„Glaub ich nicht. Die meisten kommen hierher, um allein zu sein und ihre Ruhe zu haben."

„Und du? Warum bist du hierher gekommen?"

Er grinste. „Recherche. Man kann hier wunderbar unauffällig Leute beobachten. Zum Beispiel an der alten Tischtennisplatte neben dem Pool im Hotelgarten."

„Wen kann man denn da beobachten?!"

„Die neuen A-Liga-Schauspieler."

Ungläubig sah Anna in den Garten. „Schickimickis treffen sich an einer alten Tischtennisplatte?!"

„Das sind keine Schickimickis. Momentan ist es eher in, wie ein Waldschrat mit Rauschebart und vergammelter Kleidung herumzulaufen."

„Dann ist Donald Flox out."

„Definitiv! Aber so rumlaufen kann hier auch nicht jeder."

„Zeigst du mir den Pool?"

David nickte. „Okay. Mach dich auf etwas gefasst."

Er winkte dem Kellner und bat um die Rechnung. Über eine schmale Steintreppe erreichten sie das Erdgeschoss und traten ins Freie. Zwei Sicherheitsleute bewachten den Eingang und die Garage daneben. Einer von ihnen war ein hochgewachsener Schwarzer mit einem Medusenhaupt voll geflochtener Zöpfe. Am Gürtel trug er ein Funkgerät, das leise schnarrte. Ein wenig hochmütig sah er zu Anna hinunter. Als er David erkannte, lächelte er breit und entblößte dabei eine Reihe weißer Zähne. „Hi Mister Hurst. How are you?"

„O great", erwiderte David automatisch. „How are you today?"

`Diese ständige Fragerei nach dem Wohlbefinden!´, dachte Anna. Die beiden Männer tauschten ein paar Floskeln aus, dann schloss David das Tor zum Gartenbereich auf.

`Wie würden die wohl reagieren, wenn man antwortete, dass es einem miserabel geht?´, fragte sich Anna. Als sie die Treppe zu den Bungalows hinaufstiegen, empfing sie üppiger, tropischer Pflanzenwuchs.

„Hast du gesehen, wer da gerade gekommen ist?"

Anna hatte keine Notiz von den Leuten genommen, die David meinte. Sie schüttelte den Kopf. „Nein, wer war das denn?"

„Das war der Sänger von *Paradise*."

„Ach."

„Hm. Der zertrümmert hier gerne mal die Zimmereinrichtung. Oder es wird das Gerücht in die Welt gestreut, dass er es tut."

„Ist bestimmt gut für das Image eines Rock-Musikers."

David drehte sich zu ihr um und entgegnete in gespieltem Ernst: „Das ist nicht nur gut für dieses Image, es ist existenziell."

Anna lachte. „Vielleicht kann er die Entschädigungszahlungen ja von der Steuer absetzen."

Sie schlenderten links an den Bungalows vorbei durch den schummrig beleuchteten Garten. Als der Weg nach rechts abknickte, schlug ihnen ein starker Thymiangeruch entgegen und Anna entdeckte ein kleines Becken, in dem zwei Fische schwammen. Sie wollte David gerade fragen, ob dies echte Koi oder Imitate seien, da zogen lautes Gelächter und das Geräusch von aufspritzendem Wasser ihre Aufmerksamkeit auf sich. Linkerhand lichtete sich der Garten-Urwald und gab die Sicht frei auf etwa zwanzig nackte Körper, die sich im ovalen Pool und auf den rings herum stehenden Gartenstühlen und Liegen tummelten.

„Ups", sagte Anna und wich einen Schritt zurück. Fahles Licht schimmerte auf feuchter weißer Haut. Vom Sunset drang hier recht laut der Verkehrslärm herein. „Ist das nicht Eliza Elliot?"

„Hm", bestätigte der. „Und nicht nur die – da hinten ist auch Mick Norfork, den du in Berlin ja schon kennen gelernt hast. Ich sagte ja: Mach dich auf etwas gefasst. Möchtest du mitmachen?"

„Nein danke. Ein anderes Mal vielleicht." Sie fühlte sich wie eine bayrische Klosterschülerin im Sündenbabel Hollywood.

David nahm sie in den Arm, als ahnte er das und versicherte ihr: „Schon okay. Komm, ich zeig dir noch die Penthouses und dann ziehen wir uns gepflegt zurück." Sie stiegen eine schmale, steile Treppe hinauf und spähten auf die privaten Terrassen der Bungalows, in deren Wohnzimmern Licht brannte.

„Hier ziehen Leute ein, die absolut nicht gestört werden wollen", raunte David. „Die haben sogar ihren eigenen Parkplatz vor der Tür."

Anna verkniff sich die Bemerkung über fremde Wesen auf einem noch fremderen Planeten, die ihr auf den Lippen lag. Stattdessen drückte sie sich im Schatten der Bäume fest an David, ihrem Anker auf diesem merkwürdigen Himmelskörper und in der Welt, als wollte sie in ihn hineinkriechen. Seine Zunge schmeckte gleichzeitig salzig und süß und die feinen Härchen auf ihren Unterarmen knisterten elektrisiert unter jeder Berührung. Ein längst vergessen geglaubter Lebenshunger übermannte sie. Nein, sie wollte nicht sterben. Sie wollte leben, und wenn es auf diesem fremden Planeten sein sollte. Sie wollte ihren Alptraum überwinden und sie wollte diesen Mann erkunden, der sie daraus befreit hatte.

Als sie später wach neben ihm lag, gingen ihre Gedanken auf Wanderschaft. Im Hintergrund lief immer noch die Klassik-CD, die er eingelegt hatte. Bevor er einschlief, hatte David sie gefragt, ob es ihr gutgehe und sie hatte überzeugt bejaht. Doch nun rotierte einiges in ihrem Kopf herum: Der unsympathische Flox, von dem sie sich bedrängt fühlte, die fremde Stadt und die vielen Eindrücke, die sie hinterlassen hatte. Am meisten erschreckte sie der Gedanke an Thomas und Sarah. Durfte sie das alles hier überhaupt erleben, während die beiden in ihren kalten Gräbern lagen? Was für eine unerträgliche Vorstellung. Sie drehte sich zur Seite, um sie zu verscheuchen, und sah in Davids friedlich entspanntes Gesicht.
Was bedeutete das mit ihm? Wieso fühlte sie sich zu ihm hingezogen, obwohl sie noch trauerte? Äußerte sich hier nur die Verzweiflung, der Wunsch, die grausame Einsamkeit zu überwinden und dem Todessog zu entkommen? Konnte sie jemals wieder einen Mann lieben nach dem, was ihr passiert war? Und doch spürte sie eine warme Welle der Zärtlichkeit, wenn sie ihn betrachtete. Was sah David in ihr? Hätte eine Beziehung zwischen ihnen überhaupt Zukunft? In weniger als zwei Wochen flog sie zurück nach Berlin. Was wird dann aus ihnen werden? Und wieso erzählte er ihr alles Mögliche, aber so gut wie nichts von sich? Die CD endete mit beruhigenden Piano-Akkorden.

Am nächsten Morgen bekam David einen Anruf von John Bruckner, der ihn bat, dringend ins Studio zu kommen, sie brauchten einen Script-Doktor.

„Was bedeutet das?", fragte Anna müde. Sie hatte die halbe Nacht wach gelegen und verstand nur, dass sich ihr gemeinsamer Tag am Meer gerade als Fata Morgana entpuppte.

„Dass er überstürzt ein Drehbuch gekauft hat, weil ihm der Stoff gefiel oder weil er verhindern wollte, dass jemand es ihm wegschnappt und dass er nun während des Drehs gemerkt hat, dass es Mist ist. Ich soll retten, was zu retten ist."

Er setzte sich zu ihr auf die Bettkante und streichelte ihr Gesicht. „Kommst du alleine zurecht?"

„Klar. Ich werde mir die Gegend anschauen", erwiderte sie und küsste seine Hand.

Er beugte sich zu ihr herunter und raunte ihr ins Ohr: „Ich rufe dich an, wenn ich fertig bin. Pass auf dich auf und lass dich von keinem Talent-Scout ansprechen, der dir eine Rolle als Prinzessin anbieten will!"

Anna erstarrte, ohne dass David es merkte, denn er steuerte schon auf die Tür zu, nachdem er ihr einen Kuss auf den Mund gedrückt hatte.

Prinzessin. Es dauerte eine Weile, bis Anna aus dem Bett steigen konnte. Nun blieb ihr nichts anderes übrig: Sie musste sich bewegen und durch die Straßen laufen, um das wieder abzuschütteln. Also streifte Anna, während David arbeitete, mit einer Straßenkarte in der Handtasche durch Los Angeles wie ein Forscher, der eine komplett neue Welt entdeckt. In der kleinen Mall gleich gegenüber dem Marmont beobachtete sie, dass Pilgerscharen gutaussehender Menschen die Rolltreppe des Plazas hinaufströmten.

Sie folgte ihnen neugierig und stand schließlich vor dem *Crunch*, das sich als unspektakuläres Fitnessstudio entpuppte. Es verwunderte sie nicht wirklich, Eliza Elliot und Mick hier auf einem Laufband schwitzend und im Fernsehen den Entertainment- Channel E! verfolgend anzutreffen.

In West Hollywood begegneten ihr skurrile Gestalten, von denen sich die Touristen noch als die harmlosesten entpuppten. Am Sunset Plaza sah sie Malcolm Grey, den mehrfachen Oscar-Gewinner und Multimillionär, den sie für einen Stadtstreicher hielt und erst erkannte, als zwei kichernde Japanerinnen ihn um ein Autogramm baten. Perplex starrte sie hinter dem Mann her, der in einem grauen Parka, fleckigen Jogginghosen und ausgelatschten Turnschuhen die Straße entlang schlurfte und dabei wie ein Hot Dog-Stand roch. Das konnte unmöglich einer der bestbezahlten Schauspieler Hollywoods sein! Sie sah erst weg, als sie merkte, dass er sich durch ihr Anstarren belästigt fühlte und unbehaglich mit der Hand durch sein wucherndes Bartgestrüpp fuhr. Na, bei dem konnte sie sich vorstellen, dass er im Marmont an einer alten Holz-Tischtennisplatte Kumpels traf! `Wenn seine Fans wüssten, wie der im echten Leben aussieht!´, dachte Anna und setzte ihren Weg kopfschüttelnd fort. Es war so anders, hier durch die Straßen zu laufen! Das war kein Lauf gegen den Todessog, das war eine Expedition!

Müde und hungrig vom langen Marsch auf dem Asphalt betrat sie später ein gewöhnliches Restaurant, dessen Eingang sie erst suchen musste. Dort entdeckte sie bald ein Pärchen in ausgefransten, abgetragenen Kleidern, das als Hollywoods Traumpaar galt. Anna konnte kaum glauben, was sie sah und fragte sich, ob sie mit diesem Auftreten still gegen das Glamour-Gehabe der älteren Generation protestierten. Wer wusste das schon?

Anna begegnete jedoch nicht nur den *Fuzzy Guys*. Auch die Vertreter der anderen Fraktion traf sie überall an. Die ersten sah sie im Beverly Hills Hotel, in das sie inzwischen mit dem Taxi zurückgekehrt war. David hatte ihr eine Nachricht geschickt, dass es spät werde. Sie ahnte nicht, dass er drei ganze Tage weg sein würde. Auf dem Parkplatz gaben sich exklusive Limousinen vor den Rhododendren-Büschen ein Stelldichein und in der Lobby sah sie Studiobosse und Agenten mit ordentlichen Haarschnitten und makellos rasierten Gesichtern mit zwei Telefonen gleichzeitig hantieren. Donald Flox war also gar nicht out, er gehörte nur zu den „Gelackten".

Nun, da sie ohne David zurechtkommen musste, stellte sie fest, dass man in L.A. ohne fahrbaren Untersatz aufgeschmissen war. Ein Auto zu mieten, traute sie sich nicht, denn sie hatte seit Thomas´ und Sarahs Unfall nicht mehr hinter einem Steuer gesessen. Sie würde ganz sicher nicht jetzt in dieser fremden Stadt mit den sechsspurigen Autobahnen wieder damit anfangen.
Also erkundete sie von ihrem Hotel aus den Rodeo Drive, denn der war gut zu Fuß zu erreichen. Da die Geschäfte dort jedoch viel zu teuer und exklusiv waren, landete sie zügig im „Patisserie Artistique". Das Café öffnete sich zum Innenkarree des Beverly Hills Centers hin mit einem kleinen Balkon, auf den nur zwei winzige runde Tische passten. Dort ließ sie sich nieder, trank einen bezahlbaren Orangensaft und stieß genüsslich ihre Gabel in einen herrlichen Schokoladenkuchen mit saftigem Rum. Wie lange hatte sie sich das nicht mehr gegönnt! Diese Stadt machte etwas mit ihr, das sie heilte, als wehte der Wüstenwind eine Spinnwebe nach der anderen aus ihrem Gemüt.
Während sie aß, ließ sie ihren Blick über den gläsernen Aufzug und das marmorne Innenkarree schweifen, das mit Bäumchen bepflanzt war, die rote und gelbe Blüten trugen. Er blieb an manchem gelifteten Gesicht mit aufgespritzten Lippen und unverhältnismäßiger Schminke hängen. Krasser hätte der Unterschied zu ihrem Wohnviertel in Ostberlin nicht sein können. Verschiedener könnten auch ihr Lebensstil

und der von David nicht sein. Der bloße Gedanke an ihn ließ ihr Herz schneller schlagen. Sie befand sich mitten in seiner Welt, als halte sie ihren Finger an seinen Puls. Mit angehaltenem Atem lauschte sie diesem Rhythmus. Würden sie ihre Rhythmen je einander angleichen können? Anna fasste den Entschluss, dass sie es zumindest versuchen wollte und dafür war sie bereit, noch einmal durch die Hölle ihrer Erinnerungen zu gehen.

Als David endlich mit dem Job bei Bruckner fertig war, teilte sie ihm mit, dass sie bereit war, mit ihm an dem Script für Flox zu arbeiten. Er nahm sie lange in den Arm, küsste sie und strich ihr sanft über den Rücken. „Ich freue mich. Danke. Ich weiß, was das für dich bedeutet und wie schwer dir diese Entscheidung gefallen sein muss."

Gleich am nächsten Tag fuhren David und Anna zu Donald Flox´ Villa in Pacific Palisades, wo ein „kreatives Gespräch" stattfinden sollte. An diesem Sonntagmorgen war der Sunset Boulevard nahezu frei. David lenkte das Motorrad gemächlich über die Straße, die sich schier endlos in Schlangenlinien durch zum Teil einsame Gegenden Richtung Westen zog und in Palisades mündete. In der kleinstädtischen Ortsmitte saßen draußen vor dem Starbucks eine Menge Leute, die Kaffee tranken, Zeitung lasen und sich unterhielten. Jeder schien jeden zu kennen, wie in einer großen Familie oder wie in dem Dorf, in dem sie aufgewachsen war. Die Straße gegenüber war abgesperrt, weil dort der Farmer´s Market stattfand und die Händler aus dem Umland frisches Obst und Gemüse verkauften. Außen um dieses Zentrum herum gruppierten sich Villen mit grünen, bunt blühenden Auffahrten. Flox´ Villa war einem römischen Patrizierhaus nachempfunden. Seine mexikanische Hausangestellte führte sie in den privaten Vorführraum des Produzenten und sie ließen sich in den dicken Ledersesseln an der Rückwand des Raumes nieder. Aus den Lautsprechern ertönte die Filmmusik zu „Spiel mir das Lied vom Tod".

„Hierher lässt er einen immer antanzen, wenn er etwas von einem will", raunte David ihr zu. „Und am Set duldet er dann keinen Widerspruch mehr."

Das hätte Anna gerne näher erläutert bekommen, doch in diesem Moment betrat Flox im Golfdress den Vorführrraum.

Ohne Begrüßung polterte er los, als habe er Davids Bemerkung gehört: „Am Set habe ich das Sagen, nicht der Regisseur, nicht der Kameramann oder sonst einer dieser Hampelmänner. Wer mit mir arbeiten will, muss das akzeptieren oder er lässt es gleich bleiben."

Betreten sah Anna zu David, doch den schien das nicht zu kümmern. Scheinbar war er derartige Ausbrüche von Flox gewöhnt und war sich seiner Position sicher. Donald trug Papiere unter dem Arm.

„Als ich angefangen habe in diesem Business, da hat man Verträge per Handschlag besiegelt. Heute wird man erst einmal mit Vertragspapieren zugemüllt, ehe ein sogenannter `Star´ sich herablässt, an einem Film mitzuwirken", brummte er und legte die Papiere beiseite. An Anna gewandt fuhr er fort: „Und was für idiotisch hohe Gagen die Fuzzis von heute verlangen – das ist ruinös! 20 Millionen Dollar hat Malcolm Grey den Produzenten für *Owl* aus der Tasche gezogen. Das ist Wahnsinn! Was macht der Kerl mit dem Geld?"

„Er läuft herum wie ein Stadtstreicher", bemerkte Anna lakonisch.

Flox Handy klingelte. Er nahm das Gespräch an und nuschelte unverständliches Zeug in den Hörer. Dann beendete er das Telefonat, ohne dass sein Gesprächspartner zu Wort gekommen war.

Flox seufzte und wendete sich wieder Anna zu: „Wenn man die Hauptdarsteller nach dem Erfolg eines Films bezahlen dürfte, würden sie das Studio bei einem Flop wenigstens nicht komplett ruinieren." Davids Miene blieb ausdruckslos.

Noch immer an Anna gewandt fuhr Flox fort: „Die Leute werfen mir ständig vor, dass wir Produzenten Filme nur finanzieren, um damit einen Haufen Geld zu verdienen. Das ist Unsinn. Filme sind mein Leben! Wissen Sie Anna, ich würde liebend gerne ungewöhnliche Ideen umsetzen. Das ist nur leider inzwischen fast unmöglich."

David stand auf. „Ich gehe mal für kleine Jungs", sagte er und verschwand zielstrebig durch die Hintertür, als kenne er sich hier bestens aus. Flox beachtete ihn nicht, sprach aber erst weiter, als er den Raum verlassen hatte: „David ist ein anständiger Kerl. Er könnte viel höhere Honorare verlangen, wenn er das wollte."

„Warum tut er es nicht?"

„Ich glaube, es ist ihm egal. Der hat ganz andere Sorgen, als mehr Geld zu scheffeln."

„Sorgen? Welche Sorgen?"

„Vermutlich schleppt er noch immer dieses Trauma mit sich herum."

Anna horchte auf. „Welches Trauma? Meinen Sie den Tod seines Bruders?"

Donald hob an, verstummte aber sofort, als David in den Vorführraum zurückkam. Seufzend kramte Flox dann Davids Rohentwurf hervor, in dem er mit einem roten Stift ein Blutbad angerichtet hatte. „So, Kinder, dann lasst uns endlich anfangen. Ich habe nicht den ganzen Tag Zeit!"

Staunend sah Anna ihn an. An den Umgangston in der Filmindustrie würde sie sich so schnell nicht gewöhnen können. Außerdem ärgerte es sie, dass sie die Chance verpasst hatte, etwas über Davids Vergangenheit zu erfahren. Sie nahm sich fest vor, ihn bei der nächsten Gelegenheit danach zu fragen.

Damit sie intensiv an dem Drehbuch arbeiten konnten, zog Anna zu David ins Marmont. Seine Wohnung in Santa Monica bekam sie nie zu Gesicht; wenn sie ihn nach ihr fragte, wich er aus: „Die wird renoviert und sieht aus wie ein Trümmerfeld. Ich zeige sie dir, wenn du das nächste Mal da bist. Bis dahin ist sie hoffentlich fertig."
Zeit, um Freunde von David kennenzulernen, blieb auch keine, denn Flox hatte ihnen eine enge Deadline gesetzt. Seine Musik-Sammlung bot ihr leider wenig Ablenkung. Sie wollte weder ständig Klassik noch die alten Rock-Scheiben hören, die aus „seiner wilden Zeit" stammten.
Während David wie ein Besessener arbeitete, unternahm sie deshalb weiterhin Spaziergänge durch Los Angeles, um die Bilder wieder loszuwerden, die er bei ihr hervorlockte. Sie gab ihm die ersten Seiten ihres Tagebuchs, die sie in Berlin verfasst hatte und schrieb weiter an ihren Erinnerungen. Es fiel ihr leichter, die Dinge aufzuschreiben, als sie ihm zu erzählen und ihn dabei anzusehen. Die Rückblicke waren intim und nun war die neue Intimität zu ihm dazugekommen, die auf einer anderen Ebene fußte. Das machte es nicht einfacher, sich ihm anzuvertrauen.

„Bereits während der schwierigen Anfangszeit in Berlin wurde ich schwanger und mit Sarahs Geburt veränderte sich mein Leben noch einmal einschneidend, denn das Kind war herzkrank und musste intensiv betreut werden", schrieb sie. „Die Liebe, die ich für dieses Häufchen Mensch empfand, überwältigte mich: Dieses Wesen war *mir* anvertraut worden! T schenkte mir eine Halskette mit einem Tauben-Anhänger aus Weißgold mit den Worten:

`Sie wird das schaffen.´ Mit ihren ausgebreiteten Flügeln schien die Taube irdischer Schwere enthoben über den Dingen zu schweben, als könne sie alle Hoffnungen und Wünsche direkt dem Himmel überbringen. Ich habe den Anhänger Tag und Nacht getragen.

In der Krabbelgruppe ich Monika kennen gelernt und schätzte sie mehr und mehr als aufmerksame Zuhörerin und Beraterin in allen Lebensfragen. Mit ihrer unkomplizierten, herzlichen Art unterschied sie sich deutlich von den Menschen, mit denen ich bisher in Kontakt gekommen war. Als T und Sarah verunglückten, war Monika immer für mich da und half, wo sie konnte. Und das ist bis heute so geblieben."

Die emotionale Achterbahn dieser Tage war manchmal kaum auszuhalten und die 50.000 Dollar, die Anna dafür bekommen würde, kamen ihr nun gar nicht mehr so übertrieben viel vor. Thomas mit der neugeborenen Sarah im Arm in ihrer Erinnerung wieder auferstehen zu lassen, kostete sie eine übermenschliche Überwindung. Bilder von dem glücklichen Kinderlachen des Mädchens brachten sie fast um den Verstand. Danach zu forschen, wann das Glück sie verlassen und wann das Glas kippte, war nahezu unmöglich. Gab es etwas, das sie übersehen hatte? Etwas, das sie nicht wahrhaben wollte? Einen Punkt, an dem sie eingreifen konnte und es nicht getan hatte? Hätte es sie stutzig machen sollen, dass Thomas irgendwann anfing, nachts mit den Zähnen zu knirschen, sich ihr immer seltener liebevoll näherte, sich zunehmend verschloss und nur noch ab und zu mit seinen Freunden traf? Ja, das hätte sie stutzig machen sollen. Warum hatte sie nicht nachgefragt? Weil sie so sehr mit sich selbst und ihrem kranken Kind beschäftigt war. Auch, weil sie sich nicht eingestehen wollte, dass es nicht gut lief, weil sie

Angst vor der Wahrheit hatte? Angst davor, dass Thomas das Schicksal seines Vaters ereilen könnte und dass er ebenfalls stürzen könnte wie eine gefällte Eiche? Sich derartige Fragen zu stellen, riss die kaum verheilten Wunden auf und in ruhigen Momenten spürte sie, wie ihr Herz unrhythmisch polternd schlug.

„Der Beisetzung meiner Familie wohnte ich wie in einem dicken Nebelschleier bei", schrieb sie am nächsten Tag. „Monika hatte alles in die Hand genommen, weil ich dazu nicht in der Lage war. Sie überzeugte mich davon, Sarah in Friedrichshain zu beerdigen, damit sie in meiner Nähe blieb. T hatte in einem Testament verfügt, dass er in Schöneberg bei seinen Eltern beerdigt werden sollte. Es war das erste und zugleich letzte Mal, dass ich an seinem Grab stand. Und meinem kleinen Mädchen gegenüberzutreten, das ich nicht besser beschützt hatte, war qualvoll.
Ts Freunde hatten sich nach dem Unglück zunehmend zurückgezogen. Da sie mir ohnehin nicht sonderlich nahe gestanden hatten, waren sie nun mit meiner Trauer und Schmerz überfordert. Einige von ihnen hatte der Verlust des Freundes hart getroffen. Sie kamen nicht damit zurecht, dass ich mehr und mehr den Verdacht hegte, T könnte den Unfall absichtlich herbeigeführt haben, nachdem ich zuerst in seinen Bankunterlagen das wahre Ausmaß unserer Verschuldung entdeckte. Und dann fand ich auch noch die Police der Risikolebensversicherung und das Testament, von deren Existenz ich bis dahin nichts gewusst hatte. Und über dieser Entdeckung schwebte das Bild eines zarten Mädchens mit braunen Zöpfen, das mit einem Herzfehler auf die Welt gekommen war und tapfer für sein Leben gekämpft hatte.

Das war mehr, als ich ertragen konnte. Tagelang habe ich keinen Fuß vor die Tür gesetzt, apathisch ins Leere gestarrt, mir einzeln die Härchen an den Unterarmen ausgerissen und meine Waden zerkratzt. Ich durchwanderte die Hölle. Nach jedem mühsam errungenen Schlaf kam am Morgen das Entsetzen mit unverminderter Härte zurück. Es verschlug mir sprichwörtlich die Sprache: Über lange Zeit konnte ich nicht mehr zusammenhängend reden. Ich wollte mir nicht vorstellen, wie Sarahs letzte bewusste Augenblicke verlaufen waren. Nachts erwachte ich aus Albträumen. Ich hatte nichts, was mich hätte aufrichten können. Niemanden, um den ich mich kümmern konnte. Nicht einen, für den ich die Verantwortung trug. Keinen außer mir selbst und den Vorwürfen, die ich mir täglich machte. Um mich und in mir herrschte Einsamkeit. Mein Bruder und meine Eltern kamen nach Berlin, doch ich ertrug ihre Anwesenheit kaum. Silvana und die anderen Kollegen aus der Agentur versuchten, mich zu unterstützen, so gut sie konnten. Aber mein Trauerkokon war undurchdringlich. Stundenlang schleuderte ich, was mir in die Finger kam, gegen die Wände, bis sich die Nachbarn beschwerten. Schließlich beschloss ich, die Wohnung zu verkaufen, um damit die Schulden zu bezahlen, die noch aus Thomas´ Geschäftsgründung zurückgeblieben waren, und suchte nach einer kleinen, erschwinglichen Mietwohnung."

Die kalifornische Sonne tat gut, dennoch rief sie immer wieder von einer Telefonzelle aus Monika an, um David nicht zu stören. Manchmal auch Silvana und sogar ihre Eltern. Monika sprach ihr Mut zu: „Mensch Anna, ditt schaffst du. Du bist auf eenem juten Weg, Schätzchen, du stotterst jar nich mehr. Trag immer schön de Amethyste und lass mir bloß den Kerl nich von der Angel!"

103

David sah, dass sie litt, und fragte sie mehrmals, ob sie es bleiben lassen sollten.

„Nein", sagte sie, „jetzt sind wir so weit gekommen, nun ziehen wir es durch."

Zweifelnd sah er sie an. „Bist du dir sicher?"

Anna nickte.

„Ich versuche gerade zu verstehen, wie es Thomas ergangen sein muss in den Wochen vor dem Unfall."

Annas Herzmuskel zog sich schmerzhaft zusammen.

„Ihm muss klar gewesen sein, dass er genau daran zu scheitern drohte, wogegen er angetreten war. Seinen Vater nicht dadurch rehabilitieren zu können, dass er andere Kleinunternehmer vor dem Konkurs rettete."

„Musste sein Vater denn rehabilitiert werden?"

„In seinen Augen ja. Es muss ihn innerlich umgebracht haben, das nicht zu schaffen. Er hat seinen Vater hemmungslos bewundert."

David sah sie wieder lange an. „Du bist dir sicher, dass er den Unfall absichtlich herbeigeführt hat? Warum sollte er so etwas tun?"

„Weil er den Gedanken nicht ertrug. Weil er mir nicht mehr in die Augen sehen konnte", fügte sie flüsternd hinzu und rang um Fassung.

Er nahm ihre Hand. „Es tut mir leid, dich damit zu belasten. Bevor du zurück nach Deutschland fliegst, unternehmen wir etwas Schönes, versprochen!"

Anna nickte mühsam, dann stand sie auf und verließ den Raum, um wieder durch die Straßen irrend ihren Frieden zu finden und weiter schreiben zu können.

„Monika brachte im Schaufenster ihres Geschäftes einen Aushang an. Schon bald meldete sich jemand, der mir eine Wohnung in der Boxhagener Straße anbot – eine der besseren Wohngegenden von Friedrichshain, einem von Arbeitslosigkeit und Kriminalität geplagten Viertel in Ostberlin. Der Mietpreis war um einiges günstiger als in den West-Bezirken und das kam mir sehr entgegen. Nun wohnte ich in Monikas Nachbarschaft, und die brauchte ich jetzt mehr als alles andere. Die Einzige, deren Nähe ich überhaupt ertragen konnte. Sie hatte mich davon abgehalten, Sarah den Tauben-Anhänger mit ins Grab zu legen.

`Begrab´ doch nich de Hoffnung!´, hatte sie gesagt und die Kette für mich aufbewahrt.

Vom Restgeld aus dem Verkauf der Wohnung konnte ich einigermaßen leben, denn ich war monatelang unfähig, zu arbeiten. Als seien mir beide Arme amputiert worden. Unmöglich, mir in dieser Lage eine neue Stelle zu suchen! Stattdessen ertrug ich die Qual der Einsamkeit. Der Drang, T und Sarah in den Tod zu folgen, keimte in mir auf und wurde kraftvoll. Wie schlingert man durchs Leben, wenn einem plötzlich die Glieder fehlen? Welche Gedanken lässt man zu? Warum stehe ich Morgen für Morgen auf? Warum atme ich noch?

Monika sah mich lange an, wenn ich ihr diese Fragen stellte, und sagte dann: `Das hat einen Grund, den du jetzt noch nicht verstehst.´

Nach drei Monaten ertrug ich die Enge meiner Wohnung nicht mehr und ich begann, ziellos durch die Straßen zu irren. Das Sprechen fiel mir noch immer schwer. Monika, die ich regelmäßig in ihrem Geschäft besuchte, war die Einzige, mit der ich überhaupt sprach. Stundenlang lief ich durch die Stadt bis zur Erschöpfung, die mich in einen bleiernen Schlaf fallen ließ, aus dem ich nun seltener schreiend erwachte. Gehen als Selbsterhaltungstrieb. Den Körper in Bewegung zu halten erwies sich als funktionierende Abwehr gegen den dunklen Drang in mir. Ich konnte, ich durfte das Leben, das Geschenk und Aufgabe zugleich war, nicht einfach wegwerfen. Bezirk um Bezirk verleibte ich mir ein, bis das Bedürfnis zu laufen nachließ. Dann kamen die Bilder wieder: Ts zerschundener Körper auf der Totenbahre, Sarahs bleiches Kindergesicht, das zerbrechliche Persönchen an medizinische Apparate angeschlossen, ihre dünne Haut zerstochen von Spritzen und Kanülen. Sarahs Stimme, die nach mir rief."

Anna hielt im Schreiben inne und atmete mehrmals tief durch. Dann schrieb sie nur noch darunter: „Den Rest kennst du. Danke, dass du in mein Leben gekommen bist!"

David nahm sie lange in den Arm, als er das gelesen hatte und flüsterte ihr ins Ohr: „Ich habe dir zu danken."

≈≈◻≈

An ihrem letzten Tag in Los Angeles mietete er ein Cabrio und fuhr mit ihr vom Santa Monica-Freeway durch den Tunnel auf den Highway 1 Richtung Norden. Rechterhand ließen sie erst Santa Monica, dann Pacific Palisades hinter sich und fuhren mit freiem Blick auf das Meer in den Sonnenuntergang hinein nach Malibu. Vor dem *Nobu* hielt er an. „Lust auf Sushi?"

„Habe ich noch nie gegessen. Rohen Fisch fand ich immer eklig."

„Dann werde ich dich jetzt mal bekehren und lade dich zum besten Sushi von ganz Malibu, wenn nicht sogar von ganz L.A. ein. Wenn wir überhaupt einen Tisch bekommen! Ohne Reservierung läuft hier nämlich normalerweise gar nichts."

Der Türsteher mit dem Reservierungsbuch schüttelte bedauernd den Kopf und bot ihnen an, einen Tisch für nächste Woche zu buchen.

Durch die geöffnete Tür sah Anna Derek mit einer blonden Frau an einem Vierertisch sitzen. „Sieh mal, da ist Derek. Vielleicht können wir uns bei denen mit an den Tisch setzen."

Derek hob erfreut beide Arme, als er sie sah und rief laut: „Mein Freund David und die deutsche Reporterin! No, jus´ kidding, Anna. Was für eine Überraschung! Schön euch zu sehen. Wie geht es euch? Kommt, setzt euch zu uns. Anna, das ist Brenda, meine Beautyqueen."

Anna gab der bildschönen, überschlanken Frau die Hand und schätzte, dass sie etwa zwanzig Jahre jünger als Derek sein musste.

Sie freute sich, ihn zu sehen. Egal, wie viele Klischees er bediente: Er besaß eine gewinnende Herzlichkeit und Offenheit.

Und so setzte sie sich mit Freude zu den beiden, froh ein bisschen Ablenkung und gerne auch seichte Unterhaltung zu finden. Sie fühlte sich gleich weniger verloren in dieser fremden Stadt.

Neugierig beugte Derek sich zu ihr: „Hat David es also geschafft, Sie nach L.A. zu locken?"

Verlegen erzählte Anna ihm, warum sie hier war und sah, dass David ihr dabei mit einem liebevollen Blick zuhörte. Als sie geendet hatte, ergriff er auf dem Tisch ihre Hand, damit auch das geklärt war.

Derek lehnte sich zurück und klopfte David gönnerhaft auf die Schulter. „Lucky you, ich gönne es dir, mein Freund. Ich gönne es dir von Herzen."

An Anna gewandt fügte er hinzu: „Er hat wochenlang von nichts anderem gequatscht. Es war kaum auszuhalten!"

Und von da an riss er die Unterhaltung am Tisch an sich, nur unterbrochen von dem beflissenen Kellner, der ihnen ein Menü vorschlug und anschließend ein köstliches Essen brachte.

Da warf David ein: „Anna findet rohen Fisch eigentlich eklig."

Brenda, die bis dahin noch nichts gesagt hatte, lächelte Anna an. „Wirklich?", fragte sie und das sollte ihr einziger Gesprächsbeitrag an diesem Abend bleiben.

Derek fiel dröhnend ein: „Das wird sich ab nun ändern!" Und dann riss er die Unterhaltung erneut an sich, erzählte lustige und weniger lustige Anekdoten aus seiner Karriere, von den Marotten seiner berühmten Kollegen und von gemeinsamen Unternehmungen mit David. Der sah Anna immer wieder entschuldigend an und zuckte die Schultern. Aber Anna fand es angenehm, sich unterhalten zu lassen und natürlich auch, mal etwas mehr von David zu erfahren.

„Wissen Sie eigentlich schon, dass ich vor zehn Jahren mit David in einer WG gehaust habe, als er sich noch mit Gelegenheitsjobs rumgeschlagen hat?", fragte Derek.

„Damals hat Derek in dieser grässlichen Soap mitgespielt", ergänzte David.

„Für die du dann an der Storyline mitgearbeitet hast", konterte Derek.

„Schlimme Zeiten", gab David zu. „Gut, dass du dieses Engagement hier bekommen und mich überredet hast, mitzukommen. Sonst würde ich immer noch da unten festhängen."

„Nonsens, du hättest es überall geschafft – bei deinem Talent und Perfektionismus!"

„Was heißt hier Perfektionismus? Ich versuche nur, die Sachen so gut wie möglich zu machen. Daran ist wohl nichts auszusetzen, oder?"

Für einen Moment blickte Derek ihn ohne das übliche Lächeln an und die Stimmung am Tisch erhielt eine ernste Wende, als er entgegnete: „Nein, daran nicht. Aber man muss nicht sein Leben lang versuchen, etwas wiedergutzumachen." Die beiden sahen sich lange an, bis David den Blick abwendete.

„Was denn wiedergutmachen?", fragte Anna irritiert.

„Nichts", erwiderte David und warf Derek seinerseits einen warnenden Blick zu. Dann ging er zur Toilette, kam aber bald wieder zurück. Derek nutzte seine kurze Abwesenheit, um Anna zu erzählen, dass

108

David während seiner Schulzeit ziemlich neben der Spur gelaufen und von einigen Schulen geflogen sei.

Das Essen war kaum abgetragen worden, – Brenda hatte mehr als die Hälfte ihrer Portion wieder zurückgehen lassen – verkündete Derek, dass er nun mit seiner Beautyqueen die Segel streichen werde. Am nächsten Morgen müsse er um halb sechs am Set sein.

„Bei welcher Produktion?“, fragte David.

Derek winkte ab. „Peanuts. So´ne kleine Rolle in einer Fernsehserie, `ne Figur, die nur ein paar Mal auftaucht und dann erschossen wird. Morgen ist der einzige Drehtag für mich.“ Er zögerte. „Ist bei der Sache, an der du da gerade für Flox arbeitest, nicht etwas für mich dabei?“

„Könnte sein, aber wohl eher eine Nebenrolle.“

„Egal.“

„Ich werde sehen, was ich tun kann.“

Dankbar klopfte Derek ihm auf die Schultern und raunte ihm ins Ohr: „Diese Lady lässt du in dein Leben, okay mate? Das hat sie verdient und du auch!“

Brenda lächelte zum Abschied huldvoll und stöckelte dann neben ihm aus dem Lokal, ihn mit ihren Highheels fast überragend. Auch David und Anna brachen bald auf, denn David wollte noch weiter auf dem Pacific Coastal Highway Richtung Norden fahren, ohne ihr Näheres zu verraten. Irgendwann bog er dann links ab und fuhr unter einer Unterführung hindurch.

„Ich hatte dir versprochen, dass wir an den Strand gehen. Und hier wird uns niemand über den Weg laufen“, sagte er und zog sie mit sich. Arm in Arm schlenderten sie in der romantischen Dämmerung am Strand entlang. Sie hatten noch nicht darüber gesprochen, wie es weitergehen sollte, wenn sie zurück nach Berlin geflogen war. Er hatte ihr nicht angeboten, ihren Aufenthalt zu verlängern und einfach bei

ihm zu bleiben, und sie hatte ihn nicht danach gefragt. Unausgesprochen schien beiden klar zu sein,
dass sie nach dieser schwierigen Woche Abstand
brauchten. Schweigend gingen sie neben einander
her, bis Anna die Frage nicht mehr zurückhalten
konnte, die auf ihrer Zunge hüpfte: „Was hat Derek
eben damit gemeint, als er sagte, du sollst nicht dein
Leben lang versuchen, etwas wieder gutzumachen?"
„Ach, nichts. Er nervt manchmal ein bisschen rum.
Denkt, nur weil er fünfzehn Jahre älter ist, muss er
auf mich aufpassen und großer Bruder spielen. Aber
er ist kein schlechter Kerl, er hat das Herz auf dem
rechten Fleck, das wirst du schon noch merken. Du
zitterst ja! Ist dir kalt? Sollen wir zurück zum Auto
gehen und irgendwo etwas Heißes trinken?"
„Ja, gerne."
Sie fuhren zurück nach Malibu und ließen sich in der
Colony Plaza in einem Südstaaten-Café nieder, in
dem Ventilatoren und Attrappen von Kaffeebohnen-
Säcken an der Decke hingen. Über dem Sitzbereich,
in dessen ausladenden Sesseln Anna versank, hing ein
gewaltiger Leuchter mit fünf Glastellern von der
hohen Decke herab. David ging zur Theke und bestellte die Getränke.
Währenddessen blätterte Anna in Immobilienheft-
chen. Die Häuser wurden mit Fotos und Preisen angeboten. Anna fragte sich, wie es sein konnte, dass
auf diesem Fleckchen Erde so viele extrem reiche
Menschen wohnten. Als David mit den dampfenden
Pappbechern zurückkam, blickte sie nachdenklich
aus dem Fenster. Sie dachte daran, dass sie bald wieder in Berlin sein und an jeder Straßenecke den Geis-
tern ihrer Vergangenheit begegnen würde, die nun in
ihrem Kopf wieder sehr lebendig waren. Wie würde
sie damit ohne ihn klarkommen?
„Wenn du das nächste Mal kommst, zeige ich dir
noch, dass L.A. auch Kultur zu bieten hat."

Anna fragte sich, wie er ihren Blick gedeutet hatte, dass er das jetzt äußerte.

„Und was wäre das?", fragte sie.

David lehnte sich zurück. „Ach, es gibt einiges. Lass dich überraschen! Du sollst ja Lust haben, wiederzukommen. Ich glaube, in dieser Woche habe ich dich eher vergrault."

„Ich habe es überlebt."

Er zögerte einen Moment, ehe er sagte: „Wenn ich das Script fertig habe, komme ich nach Berlin, okay?"

Sie lehnte sich an ihn: „Ja, das ist mehr als okay. Komm bald."

Ernst küsste er ihr Haar und sie schmiegte sich an ihn.

6

Nach dem Luxus, den sie in L.A. erlebt hatte, kam sich Anna in Friedrichshain vor wie Alice im Wunderland, die aus einem Traum erwacht und in die Realität zurückkehrt: In diesem ehemaligen Arbeiterviertel mit seinen Mietskasernen ging es nicht ums große Geld, um teure Autos oder darum, einen Tisch in einem Nobelrestaurant zu bekommen. Hier trieben sich Studenten und Lebenskünstler herum und hielten das rege Kneipenleben am Laufen. Sie kam mit gemischten Gefühlen zurück, befürchtete, dass sie hier wieder in den Sog aus Trauer und Depression zurückfiel.

Von finanziellen Sorgen vorerst befreit, gönnte Anna es sich, stundenlang in Straßencafés zu lesen oder „ihre" Musik zu hören und den Dingen ihren Lauf zu lassen. Streifzüge durch die Stadt vermied sie nun, um nicht mehr als nötig an das erinnert zu werden, was noch gar nicht lange hinter ihr lag. Sie telefonierte regelmäßig mit David, der mit der Arbeit am Drehbuch beschäftigt war. Es war schön, wenigstens seine warme Stimme im Ohr zu haben und zu hören, dass er an sie dachte und sich auf ihr Treffen in Berlin freute. In diesen Tagen wurde ihr bewusst, dass sie immer weniger mit dem Schicksal haderte, das ihr Mann und Kind genommen hatte. Die Erinnerungen taten noch weh wie der dumpfe Widerhall eines fernen Gewitters, aber etwas Neues hatte begonnen.

Sie traf sich regelmäßig mit Silvana und Monika, über die sie nun auch ihren Bekanntenkreis in kleinen Schritten erweiterte, denn das Bedürfnis nach Zurückgezogenheit war geblieben. Das Alleinsein war nun wohltuend und nicht mehr vergiftet durch Einsamkeit und Trauer. Sie hatte keinen Rückfall erlitten und war froh darüber. Und so nahm sie nach ein

paar Wochen das Tagebuch mit ihren Erinnerungsfetzen aus dem Schrank und verbrannte es im Park.
Sie brauchte es nicht mehr.

An einem gemütlichen Abend saß sie bei Rotwein
und Crackern mit Monika und deren erwachsener
Tochter Freya zusammen, die im Selbstverlag ein
Kinderbuch herausgebracht hatte. Das verkaufte sich
gut in Monikas Geschäft und nun wollte sie es gerne
auf Englisch übersetzen lassen. Dafür hatte sie Monikas Cousine im Visier, die als Übersetzerin arbeitete.
Sie war im Bezirk Tiergarten aufgewachsen und hatte
nur selten Kontakt zu Monika.

„Sie is eene von die Wessis, die nie nich freiwillich
in Osten jehn würdn", erklärte Monika mürrisch.
„Ick find se nich so dolle."

„Würdest de se trotzdem anrufen und fragen, ob se
den Text übasetzt?", bat Freya sie.

Monika seufzte. „Jut, weil du ditt bist. Icke schalte
den Lautsprecher een, damit de gleech hörn
kannst, mit wat für ne Typ wir ditt zu tun habn..."

„Katuschke," schnarrte es kurz darauf aus dem
Lautsprecher des Telefons.

Anna sah Monika überrascht an. Die Stimme der
Cousine klang genauso wie die ihrer Freundin.

„Ja, hier ooch", knurrte Monika zurück.

Eine Pause entstand.

„Ach", sagte die Cousine dann. „Biste doch nich
aus de Welt."

„Ditt sieht janz so aus", erwiderte Monika im gleichen Tonfall.

„Wat willste?"

„Dat de ditt Kindabuch meener Kleenen ins Englische übasetzt."

Wieder war es erst einen Moment lang still, ehe
man die Cousine erneut hörte: „Soll dat n Witz
sein?"

„Nee."

„Mensch, de weeßt janz jenau, det seriöse Dolmetscha sohne Texte nur inne egne Muttasprache übasetzen."

„So een könn wa uns nich leistn."

Die Cousine seufzte.

„Also, wat machste nu?"

„Bis wann isset denn nu so eilich?"

„Bis nächste Woche."

„Ey. Sonst jehts dir aber noch jut, wa? Meenste, ick hätte sonst nischt zu tun?"

„Doch. Icke ooch."

„Wie looft'n deen Jeister-Beschwörer-Schuppen?"

„Jut. Machst et?"

„Ja mach ick."

„Dufte. Icke bring dir ditt Manuskript heut Abend um die Ecke."

Die Cousine knurrte etwas Unverständliches.

„Danke", sagte Monika und legte auf.

Freya drückte ihr dankbar das Textbuch in die Hand und verabschiedete sich bald darauf wieder.

„Deine Cousine hört sich ja genauso an wie du", sagte Anna, als Freya gegangen war.

Monika verschränkte die Arme und schwieg.

„Wie alt ist sie?"

„Genauso alt wie icke." Monika blickte derart finster, dass Anna sich verunsichert fragte, ob sie etwas Falsches gesagt hatte.

Schließlich fügte Monika hinzu: „Sie ist nicht meine Cousine. Sie ist meine Halbschwester."

Perplex sah Anna sie an. „Deine Halbschwester und im gleichen Alter? Wie kann das denn sein?"

„Vater hat eben auf zwei Hochzeiten getanzt. War'n Grenzhopser. Als sie unterwegs war, ist er gleich in Westen geblieben und hat Muttern sitzen gelassen."

Anna schwieg betroffen. Schließlich sagte sie: „Muss ein wahnsinnig netter Typ gewesen sein."

Monika lächelte säuerlich. „Die Kleene wees nix davon. So sollet ooch bleeben, okay?"

Anna versprach es ihr und nahm Monika in den Arm.

Ende November kündigte David endlich seinen Besuch in Berlin an. Der Prinz verließ das Schloss – wollte er sehen, ob Anna der verlorene Schuh passte? Sie fragte ihn nicht danach. Sie freute sich, dass er kam, lieh sich Monikas Kleinwagen und holte ihn damit am Flughafen ab. Es war lange her, seit Anna das letzte Mal Auto gefahren war. Den Weg von Friedrichshain nach Tegel kannte sie nicht. So fuhr sie mit schweißnassen Händen und pochendem Herzen los. Den aufgeschlagenen Stadtplan auf dem Beifahrersitz bahnte sie sich mühsam ihren Weg von der Frankfurter Allee aus über den Storkhower Weg bis zum Schumacher Damm. Ihr war durchaus bewusst, dass sie sich der Straße näherte, auf der Thomas und Sarah verunglückt waren. Der Ort war noch immer ein Tabu für sie und würde es wohl bleiben. Der Schmerz war so groß wie am ersten Tag.

`Von wegen, die Zeit heilt alle Wunden´, dachte sie bitter und wurde erneut angehupt, weil sie nicht auf die grüne Ampel reagierte. Durchgeschwitzt erreichte sie viel zu spät den Flughafen Tegel.

David stand mit seinem Koffer alleine in der Ankunftshalle, umarmte sie aber ohne ein Wort des Vorwurfs, als sei kaum Zeit vergangen, seit sie sich das letzte Mal gesehen hatten. Anna presste sich gegen seine Brust, damit dieser aufgeregt hüpfende Muskel in ihrem Inneren sich beruhigte. David lachte, als er das kleine Auto sah. „Passen wir da beide rein?"

Da er nichts von einem Hotel erwähnte, fuhr sie ihn in ihre Zwei-Zimmer-Wohnung. Als er sein Gepäck ausgepackt hatte, überreichte David ihr das fertige

Manuskript und sagte: „Ich habe es für dich geschrieben. Wenn ich es erst dem Studio verkauft habe, mit dem Flox zusammenarbeitet, ist es Freiwild und ich habe wenig Einfluss mehr darauf, was damit passiert."

„Davon war bisher keine Rede."

„Ändert es etwas?"

Anna dachte nach. Nun eigentlich nicht mehr. Die Handlung war auf amerikanische Verhältnisse umgeschrieben und es hatten ohnehin Änderungen vorgenommen werden müssen, die mit ihrer Person nicht mehr allzu viel zu tun hatten. Das für sie Entscheidende war der Entstehungsprozess gewesen und Anna verstand sehr wohl, was David mit „Ich habe es für dich geschrieben" meinte. Sie schüttelte den Kopf. „Nein, es ändert nichts. In keiner Beziehung. Danke!" Sie umarmte ihn und hielt ihn lange fest.

Als sie sich später an diesem Tag auf den Weg machten, präsentierte Berlin sich in einer „goldenen" Herbst-Stimmung. Für einen Novembertag ungewöhnlich strahlender Sonnenschein tauchte die Stadt in freundliches Willkommenslicht. David erzählte ihr, was in der Zwischenzeit in Los Angeles so passiert war, was nicht besonders ergiebig war, denn er hatte fast die ganze Zeit gearbeitet. Anna hatte auch nicht wirklich viel aus den letzten Wochen zu berichten. Sie besuchten Monika in ihrem Geschäft. Hinter seinem Rücken hielt sie den Daumen hoch und nickte Anna bestätigend zu. Hatte sie doch Recht behalten mit ihrer Vermutung, dass David „der richtige Kerl für sie" sei.

Anschließend schlenderten sie Hand in Hand durch das Zentrum und Anna lotste David unauffällig von den Orten weg, die sie mit Thomas und Sarah verband. Sie beschloss, dass dies eine gute Gelegenheit sei, mit David die neu eröffnete Glaskuppel auf dem Reichstag zu besteigen, falls die Besucherschlange vor dem Reichstagsgebäude nicht bis hinunter zur Straße des 17. Juni reichte. Sie hatten Glück. Von oben konnten sie am Brandenburger Tor deutlich den einstigen Verlauf der Mauer erkennen, die sich wie eine Kobra durch die Stadt geschlängelt und jedes Leben in ihrer Reichweite vergiftet hatte. Wo die Kobra als „antifaschistischer Schutzwall" gelegen hatte, wuchsen weder Bäume noch Gebäude. Anna prägte sich diesen vergänglichen Anblick ein. Früher oder später würde das Schlangengift aus der Erde ausgesaugt und ausgespien. Zu kostbar war der Baugrund.

Später ließen sie sich in einem Café in den Hackeschen Höfen nieder. Schweigend hingen sie ihren Gedanken nach, bis Kaffee und Kuchen gebracht wurden.

„Warum bist du eigentlich von so vielen Schulen geflogen?", unterbrach Anna die Stille zwischen ihnen und schob ein Stückchen Schokoladentorte in ihren Mund.

„Woher weißt du das denn?", fragte David verwundert.

„Hat Derek mir im Nobu erzählt, als du auf dem Klo warst!", erklärte sie.

Er seufzte gottergeben und dachte nach. Schließlich erwiderte er nachdenklich: „Ich glaube, ich hatte damals Probleme mit mir selber."

Anna ließ die Kuchengabel sinken. So offen hatte David lange nicht über sich gesprochen. „Warum?"

„Ich wäre am liebsten jemand anderes gewesen: Ein anderer Mensch in einem anderen Land und mit einer anderen Familie. Und das nicht nur mal eben aus einer Laune heraus. Das hat mich lange total blockiert."

Er fixierte den Kaffee in seiner Tasse. „Wenn man sich mit solchen Dingen herumschlägt, hat man keinen Sinn für Mathematik oder Grammatik. Am liebsten wäre ich abgehauen und nicht wiedergekommen."

Anna hörte ihm aufmerksam zu. Was als spielerische Neckerei begann, hatte unerwartet Tiefe erhalten. „Woher kam das?"

„Keine Ahnung. Es war einfach da. Ein Psychologe würde sicher sagen, das sei eine pubertäre Sinnkrise gewesen. Doch es war mehr als das und vor allem heftiger, als es meine Klassenkameraden traf. Wenn sie es überhaupt hatten."

„Wussten deine Lehrer davon?"

„Wenige. Eigentlich nur einer, der sich um mich bemüht hat. Aber letztendlich konnte er nichts tun. Schule hat nun mal feste Regeln. Wer sich nicht dran hält, muss mit Konsequenzen rechnen."

„Und wie hast du das Dilemma gelöst, jemand anders sein zu wollen?"

Schon während sie die Frage aussprach, wusste sie die Antwort. „Da lag das Schreiben nahe, nicht wahr?"

Er nickte. „Ja, es bietet die Möglichkeit, zumindest zeitweilig in ein neues Leben abzutauchen."

„Und, hat das geholfen?"

„Es hilft immer noch."

Sie sahen sich ernst an. Anna zögert lange, ehe sie fragte: „Hat das vielleicht etwas mit dem Tod deines Bruders zu tun?"

Sein Gesicht verschloss sich. „Nein", sagte er und blickte starr geradeaus. Die Ungeheuer rührten sich merklich. Da waren auf einmal Dinge im Raum, die dort nicht sein sollten und die die beißende Glut in ihnen entfachen konnten. Eine Weile herrschte eine angespannte Stimmung am Tisch und Anna bereute die Frage.

„Erzähl mir, wie es nun mit deinem Script weitergehen wird", bat Anna, um die Spannung wieder aufzulockern. „Hat Flox es schon abgesegnet oder will zen?"

Dankbar ging David darauf ein: „Das soll er mal wagen! Ja, er hat es abgesegnet. Aber er steht mir ständig auf den Füßen und will so schnell wie möglich mit der Vorproduktion beginnen."

„Um seine Frau ausbezahlen zu können?"

„Ich weiß nicht. Manchmal habe ich eher das Gefühl, er hat Angst zu sterben, bevor ihm noch ein letzter großer Coup gelingt."

„Weißt du schon, welcher Regisseur den Dreh übernehmen wird?"

„Soweit ich weiß, ist Ron Peters im Gespräch mit Flox."

„Wer ist das?"

„Ein junger Regisseur, der noch nicht so viele Filme gemacht hat. Aber ich glaube, der wäre der Richtige. Er hat Biss, ein Auge für Bildeinstellungen und Situationen. Außerdem ist er sensibel und kann die Akteure führen. Das kann noch lange nicht jeder Regisseur. Bei ihm wäre das Script in guten Händen, er gibt alles, wenn er an einem Film arbeitet."

„Das klingt beruhigend. Hoffentlich macht er es."

David nahm das Portemonnaie aus der Tasche, um die Rechnung zu bezahlen.

Anna sah, dass sich darin seine Papiere befanden. „Darf ich deinen Pass sehen?", bat sie.

Er reichte ihn ihr.

Anna betrachtete das Foto, das einen wesentlich jüngeren Mann zeigte.

„Du bist Australier!?"

„Ja, ich bin in Darwin aufgewachsen. Wusstest du das denn nicht? Derek hat dir doch erzählt, dass wir in Sydney in einer WG zusammen gelebt haben."

„Von Sydney war keine Rede! Dann hat er in einer australischen Soap mitgewirkt?"

David nickte.

„Kein Wunder, dass ich ihn noch nie im Fernsehen gesehen habe."

„Na ja, er hat dann ja ein Engagement in L.A. bekommen und mich überzeugt mitzukommen. Mein Drehbuch war nämlich überall abgelehnt worden und er meinte, ich solle es mal in L.A. versuchen."

„Und dann hat Flox es genommen?"

„Nope, leider nicht. Ich musste mich wieder mit Jobs über Wasser halten. Erst das nächste, das ich in den USA geschrieben habe, konnte ich ihm unterjubeln. Und dann ging es bergauf."

Nachdem David die Rechnung beglichen hatte, sagte er bedeutungsvoll: „Wir müssen noch etwas erledigen."

„Nämlich?"

Er nahm ihre Hand. „Du musst mit mir zu den Gräbern von Thomas und Sarah gehen."

Nun war es Anna, die erstarrte. „Ich war seit einem Jahr nicht mehr an Thomas´ Grab", erwiderte sie in aufkommender Panik.

„Dann lass uns wenigstens zu Sarah gehen. Es ist wichtig", entgegnete David ruhig. Annas Handflächen wurden feucht und das Atmen fiel ihr schwer. Mit David an Sarahs Grab gehen, ihr David als neuen Mann an Annas Seite präsentieren? Das alte Leben in das neue einbinden? Konnte sie das schon? Wollte sie das überhaupt? Welches Chaos würde das wieder auslösen? Sie spürte, wie die Angst sich kalt um ihre Luftröhre legte und versuchte ruhig zu atmen. Und wenn er Recht hatte? Wenn sie wirklich erst richtig mit der Vergangenheit abschließen musste, wenn sie mit ihm einen Neuanfang wagen wollte? Die Kälte im Hals wich einem Kloß und sie bemühte sich, ihn hinunter zu schlucken. Er wollte das gemeinsam mit ihr durchstehen. Konnte sie das ablehnen?

„Ich habe Angst", sagte sie.

„Ich bin bei dir", erwiderte David mit Bedacht.

Am frühen Abend betraten sie den Friedhof durch das schmiedeeiserne Tor, das in der Backsteinmauer eingelassen war. Hohe, grüne Tannen und Laubbäume säumten das Gelände und spendeten reichlich Schatten. Sie gingen den breiten Sandweg hinunter und es wurde zunehmend stiller. Linkerhand lagen Gräber, die durch mannshohe Hecken abgeschirmt waren. Auf vielen Grabsteinen standen lediglich Namen und Daten, selten ein Spruch. Dazwischen fanden sich leere Flächen mit Blumen, die einfach in die Erde gesteckt worden waren. Anna fiel eine Inschrift ein, die sie in dem alten, verwitterten Bereich des Friedhofs gelesen hatte:
„Du opfertest Jugend und Lebensglück
und kehrtest nie mehr in die Heimat zurück."
Sie verlangsamte ihre Schritte. Am liebsten hätte sie auf dem Absatz kehrtgemacht und wäre davongerannt. David ergriff ihre Hand. Mechanisch ging sie weiter, bis sie das geometrisch angelegte Areal erreichten, in dem die Kindergräber in spitz zulaufenden Feldern untergebracht waren. Inmitten der Urnengräber stach es als eines der wenigen Ruhestätten heraus. Schweigend blieben sie stehen. Obwohl ein Jahr vergangen war, kam unmittelbar das Gefühl in ihr auf, ein Teil ihrer selbst liege dort unter der Erde. Vor ihren Füßen verweste und zerfiel dieses Mädchen, das in ihr herangewachsen war und dem sie das Leben geschenkt hatte. Es war unerträglich. Weinend schwankte sie, als habe ihr Körper vergessen, wo sein Mittelpunkt ist. David nahm sie in den Arm und hielt sie fest. Nach einer Weile las er halblaut die Inschrift auf dem Grabstein: „Was man tief in seinem Herzen besitzt, kann man nicht verlieren." Er drückte sie noch fester an sich und sie standen lange still. Dann sagte er: „Lass uns auch zu Thomas gehen."
Anna zögerte. Dann schüttelte sie den Kopf. „Nein", entgegnete sie mit Bestimmtheit. Wieder standen sie

schweigend. Anna atmete schwer. Zorn krallte sich in ihre Brust. Ihre Kiefer pressten sich aneinander und die Kaumuskeln traten sichtbar hervor. „Wie konnte er mir das antun? Wie konnte er mir das Kind nehmen und mich so alleine zurücklassen?" Ihre Stimme bebte.

David drückte ihre zitternde Hand. „Anna, es war ein Unfall!"

Anna wandte den Blick ab. Das Thema hatten sie doch nun zur Genüge durchgekaut. „Die Polizei sagte, er sei auf `ungeklärte Weise´ von der Straße gerutscht. Ich kann nicht an sein Grab gehen. Ich habe eine solche Wut!"

Nach einer Weile erklärte David ruhig und bestimmt, als sei dies eine schlichte Tatsache: „Du musst aufhören, ihn für das, was passiert ist, zu hassen."

Die Worte sickerten langsam in Annas Bewusstsein. War das Hass, was sie empfand? Und wenn ja, was machte dieser Hass mit ihr? Als Davids Worte den Schmerz in ihr erreicht hatten, ging sie in die Knie und berührte die Erde über dem Grab. Als ihr Atem wieder ruhig floss, erhob sie sich und nahm erneut Davids Hand. „Danke, dass du da bist", sagte sie. Sie sahen sich wortlos an und verließen langsam den Friedhof.

In dieser Nacht entdeckten sich David und Anna neu. Sein Körper war eine warme Kuhle, in die Anna sich einrollen konnte. Seine Haut schmeckte und duftete nach Geborgenheit. Ihre Lippen konnten nicht voneinander lassen und ihre Augen verhakten sich ineinander. Sie verschmolzen zu einem Körper und ihre Seelen verbanden sich. Unter seinem zärtlich-dunklen Blick schloss sie immer wieder ihre Augen, als wollte sie ihrem Körper dabei von innen zuschauen, wie er sich auflöste. Und in der Hitze der Vereinigung schmolz das letzte Eis in ihr.

≈≈◻≈

Nach Davids Abreise vergingen mehr als acht Wochen. Dann bemerkte Anna, dass sie schwanger war.
Ein Neujahrsgruß der besonderen Art, denn es hätte
eigentlich nicht passieren können. Da ihr zunächst
keine Unregelmäßigkeiten auffielen, dachte sie an eine Hormonschwankung, als die folgende Blutung
ausblieb. Sie war überwältigt und gleichzeitig zutiefst
erschrocken, als die Frauenärztin ihr auf dem Ultra-
schallgerät den winzigen Menschen zeigte, der es sich
in ihr bequem gemacht hatte. Panik überfiel sie und
ihr wurde schwarz vor Augen.

7

Während ihres Fluges zu den Dreharbeiten nach Los Angeles las Anna in dem Ratgeber „Ein neuer Start in Kalifornien", dass es dort „Newcomers´s Clubs" gab, wo man Kontakte zu anderen Einwanderern knüpfen konnte. Sie unterstrich den Satz und knickte ein Eselsohr in die Seite. Sie hatte David noch nicht über seine Vaterschaft informiert. Schließlich war die alles andere als geplant und sie hatte Angst vor seiner Reaktion. Zu deutlich hatte sie seine Äußerung im Ohr, dass er es bedrohlich finde, eine Familie zu haben. Sie wusste selber nicht, warum sie diesen Ratgeber gekauft hatte, denn eigentlich widerstrebte es ihr, sich auf einen längeren Aufenthalt in den USA vorzubereiten.

Nachdenklich blickte Anna aus der Fensterluke auf Island hinab, dessen Konturen und Gebirgszüge sich messerscharf vom europäischen Nordmeer abzeichneten. Der Himmel war nahezu wolkenlos. Auf dem Bordmonitor sah sie, dass die Maschine auf Grönland zuhielt. Sie schloss einen Moment die Augen und wünschte sich, bald da zu sein. Ihr war übel. Die Zwischenlandung in Düsseldorf war unangenehm gewesen. Der kleine Mensch in ihr regte sich kaum merklich. Selbst wenn David das wollte, für eine Abtreibung war es längst zu spät. Für sie wäre das ohnehin nicht in Frage gekommen. Panikattacken hin oder her. Sie las weiter, dass das Mittagessen in Kalifornien oft nur aus einem Imbiss bestehe, da die eigentliche Hauptmahlzeit das Dinner am Abend sei. `Na, ob ich mich daran gewöhnen könnte?´, dachte sie ironisch.

Mit zwiespältigen Gefühlen sah sie auf die kalbenden Eisberge und die bizarre weiße Landschaft Grönlands herab, die ihr Innerstes zu spiegeln schien.

David merkte sofort, dass sie verändert war. Er hatte sich Zeit genommen, um sie am Flughafen abzuholen, und erwartete sie in der Ankunftshalle. In der kleinen Halle ging es zu wie an der Börse vor Kursschluss. David stand in Lederkluft und Helm abseits der Menschenmenge, die den Ankömmlingen an der Absperrung entgegen wogte. Benommen stieg Anna die Rampe zur Halle hinauf. Als sie ihn weder am Informationsstand noch am Kiosk entdeckte, steuerte sie die Telefonzellen an, die sich beidseitig an drei Stellwänden befanden. Als sie den Hörer in die Hand nahm, war er auch schon bei ihr.

„Geht's dir gut?", fragte er, nachdem sie sich begrüßt hatten. „Du siehst verändert aus. Fast ein bisschen so, als seiest du krank!"

„Nein, nein. Alles in Ordnung. Lass uns schnell von hier verschwinden. Die Luft ist so schlecht hier drin." Tatsächlich hätte sie sich am liebsten sofort übergeben. Besorgt sah er sie an, während er ihren Koffer durch die Glastür aus der Halle trug. Niemand achtete auf sie.

„Möchtest du lieber mit dem Taxi fahren?"

Sehnsüchtig sah Anna zu dem Taxistand, aber sie wollte nicht, dass David merkte, was los war. Das wollte sie ihm nicht hier am Flughafen sagen, sondern in Ruhe in einem geeigneten Moment. Also lächelte sie tapfer. „Nein, ich möchte mit dir fahren."

„Sicher?"

„Ja."

David übergab ihr Gepäck einem Taxifahrer und forderte ihn auf, ihm zu folgen. Sie gingen an einer Stretch-Limousine vorbei, aber Anna machte sich nicht mehr die Mühe, hineinzusehen. Es würden ohnehin nur Touristen darin sitzen. Am Busbahnhof stand Davids Motorrad. Sie atmete tief durch. Leben kehrte in ihre Wangen zurück und sie setzte den Helm auf, den David ihr reichte. Seufzend nahm sie hinter ihm Platz und schmiegte sich an ihn. Es tat so gut, ihn zu spüren! David startete die Maschine und lenkte sie in Richtung Harbor Freeway. Sanft rauschte das Häusermeer an ihnen vorbei. Plötzlich scherte David aus, hielt am Straßenrand und stieg ab. Erschrocken folgte der Taxifahrer seinem Manöver.

„Ist es das, was ich denke?", fragte David.

Anna schlug das Herz bis zum Hals. `Doch nicht jetzt und hier!´, dachte sie. Sie hatte furchtbare Angst, ihn zu verlieren und wusste nicht, was sie antworten sollte. Also nickte sie nur stumm.

David starrte sie an. Dann legte er seine Hand auf ihren Bauch und fühlte die Rundung. Sein schwer atmendes Schweigen schien eine Ewigkeit lang zu dauern. „Aber wir haben doch...", hob er schließlich an und merkte, wie ihm kalter Schweiß ausbrach. Das war das Letzte, womit er gerechnet hatte.

Anna nickte. „I-Irgendetwas muss schief gegangen sein. Die F-Frauenärztin meinte, dass es zwar wirklich s-selten passiert, aber ein R-Restrisiko von ein bis zwei P-Prozent bleibt. Und das haben wir wohl erwischt", brachte sie heiser hervor.

`Sie muss mindestens im vierten Monat sein´, schoss es ihm durch den Kopf. `Wieso hat sie mir nichts gesagt und stellt mich vor vollendete Tatsachen?´

Der Taxifahrer drehte sich eine Zigarette. Schließlich umarmte David Anna bleich, stieg wieder auf und sie fuhren weiter zu seiner Wohnung in Santa Monica. Es schien Anna, als fahre David vorsichtiger als zuvor. Vielleicht war das aber auch nur Einbildung. In ihren finsteren Kerkern erwachten die Ungeheuer. Die beißende Glut in ihnen war entfacht worden und hatte sie mit einem jähen unbewussten Schmerz geweckt.

Santa Monica schaute von einer ockerfarbenen Klippe auf den Pazifik herab wie eine Diva auf ihren Bewunderer. Aus mit Palmenblättern lang bewimperten Augen genoss sie betörende Sonnenuntergänge, die in weiter Ferne das Hereinbrechen der Nacht ankündeten und war sich jederzeit bewusst, welche Kostbarkeiten sie zu bieten hatte: Sonne, angenehme Brisen und weitläufige Sandstrände mit atemberaubendem Panorama. Davids frisch renovierte Wohnung besaß drei Zimmer und bot eine ungehinderte Sicht auf den Pazifik, den man von einer großen Terrasse oder durch die Glastüren genießen konnte. Das Arbeitszimmer stellte er Anna großzügig als eigenen Raum zur Verfügung.

Das Appartement war eher schlicht und funktional eingerichtet, eine typische Junggesellenwohnung. Da sie aufgeräumt und sauber war, hatte er vermutlich eine Reinigungskraft engagiert. `So lässt es sich wohl aushalten´, dachte Anna. Freuen konnte sich darüber jedoch nicht, denn sie war zu sehr damit beschäftigt auszuloten, was in David vorging. Er hatte sich seit ihrer Ankunft in der Wohnung noch nicht zu dem unerwarteten Kindersegen geäußert, nahm ihr aber alles aus der Hand und forderte sie ständig auf, sich auszuruhen. Sie war sich selber nicht im Klaren, wie sie zu der Situation stand.

Sie wusste nur, dass der Himmel ihr dieses Kind geschickt hatte und dass es nun neben David einen weiteren Grund gab weiterzuleben. Bald würde es wieder ein Wesen geben, für das sie Verantwortung trug. Und dieses Mal musste sie der Verantwortung gerecht werden. Allerdings schnürte ihr der Gedanke daran manchmal vor Angst die Kehle so zu, dass sie erneut stotterte.

„So, lass uns etwas essen. Das Read Through beginnt schon morgen. Es wäre schön, wenn du dabei sein könntest."

„W-Was ist denn ein Read Through?" Wieso sagte er nichts zu dem Kind?

„So nennt man das erste Skriptlesen", antwortete David. Als er sah, dass Anna ihn noch immer fragend ansah, fügte er hinzu: „Dabei lesen die Schauspieler ihre Rollen nur aus dem Textbuch vor."

Anna überlegte einen Moment, ob sie ihn direkt fragen sollte, aber irgendetwas ließ sie davor zurückschrecken. Keine Reaktion war besser als eine abweisende. Also ließ sie sich mit einem flauen Gefühl im Magen auf das Thema ein, das er angeschnitten hatte: „Ach, dann steht die Produktion noch am Anfang?"

„Na ja, am Anfang nun nicht gerade. Die Vorproduktion ist schon gelaufen. Das Skript stimmt und die Besetzung ist gecastet, viel schief gehen kann jetzt eigentlich nicht mehr. Natürlich beginnt nun die Hauptarbeit für die Schauspieler und Kameraleute."

„Übernimmt Ron Peters die Regie?"

„Ja, er hat das Casting entscheidend mitbestimmt."

„Das klingt gut! Hat Derek eine Rolle bekommen?"

„Nein, weder Flox noch Ron wollten ihn. Er sei zu alt für die Figur, meinten sie."

„Ach, das tut mir leid für ihn. Wer wird mich spielen?"

„Juliet Bangel." David zeigte ihr das Foto einer schönen Frau mit dichten, dunkelroten Haaren, die ihr wie eine dicke Pinselquaste über die Schulter fielen. Die Frau machte einen intelligenten und sensiblen Eindruck.

„Ist sie gut?"

Er zuckte die Schultern. „Zumindest lockt sie die Zuschauer scharenweise in die Kinos."

Erst spät abends, als Anna schlief, stieg David auf sein Motorrad und fuhr zum Mount Olympus, dem Ort, an dem er zur Ruhe kommen konnte. Lange betrachtete er die blinkenden Lichter der Stadt und versuchte, Herr über die Gefühlsarmee zu werden, die ihn überrannt hatte. Er liebte diese Frau, da war er sich sicher. Aber er hatte nie eine Familie gewollt. Erst recht nicht so schnell. Sie mussten sich doch noch aneinander gewöhnen! Wie sollte ausgerechnet er ein Kind großziehen können? Mit diesen widerstreitenden Kräften musste er jetzt erst einmal klarkommen. Und das würde am besten mit Arbeit funktionieren.

Und dabei ging es ihm nicht ums Geld, sondern darum, anderen vom Schmerz zu erzählen, von Verlust und Trauer. Davon wollte er so vielen Mensch wie möglich berichten, um für einen Moment die Anerkennung und Liebe zu bekommen, die ihm nach Michaels Tod verwehrt geblieben war. Er war der Bessere von ihnen beiden gewesen. Es wäre passender gewesen, wenn Michael überlebt hätte. Zumindest glaubte er, das damals in den Blicken seiner Eltern zu lesen. Vielleicht war Anna deshalb so attraktiv für ihn gewesen, weil sie zwei verletzte Seelen waren, die zueinandergefunden hatten. Das war ein anderes Zusammensein als mit einer gesunden Seele, die alles vom Leben erwartete. Die verletzte Seele zog sich zurück und verkapselte sich. Sie erwartete nicht mehr, dass das Leben ein Fest sein würde.

Ron Peters hatte die Regiearbeit übernommen, weil ihn die Geschichte interessierte. David hatte sich entschieden, den Unfall im Drehbuch so darzustellen, dass es offenblieb, ob er unbeabsichtigt war. Dem wollte auch Ron Peters folgen. Er unterhielt sich lange mit Anna darüber, was in Thomas vorgegangen sein mag und wie sie mit dem Verlust umgegangen war. Sie erklärte ihm, wie sehr das Scheitern und der Tod seines Vaters Thomas geprägt hatten. Ihr selber hatte das Gefühl, mit zwei abgerissenen Armen alleine gelassen worden zu sein, ebenso zugesetzt wie der Selbstvorwurf, versagt zu haben. Inzwischen fiel es ihr leichter, über diese Dinge zu reden, und auch das Stottern ließ bald nach. Das neue Leben, das in ihr heranwuchs, verstärkte ihren Lebensmut.

Außerdem war Ron Peters ein ausgesprochen sympathischer Mensch: leise, nachdenklich, behutsam und respektvoll. Mit seinen raspelkurzen schwarzen Haaren und der Nickelbrille wirkte er intellektuell, das weiche Gesicht und die aufgeworfenen Lippen ließen ihn verletzlich wirken. Dennoch wusste er genau, was er wollte. Doch gegen manches war er machtlos. Erstaunt stellte Anna beim Skriptlesen in den Räumen von MovieFactory fest, dass David zwei Drittel der Dialoge hatte umschreiben müssen. Damit nicht genug. Auch beim Read Through wurde an dem Skript herumgemäkelt. Juliet gefiel erst dieses nicht, dann jenes. Sie wollte die Szenen, in denen sie ihrer Meinung nach schlecht wegkam, verändert wissen. Mal mit schönen Worten, mal mit Druck und mal mit Tränen setzte sie eine Änderung nach der anderen durch und David wurde immer wütender. Schließlich weigerte Juliet sich, mit dunklen Ringen unter den Augen ihr totes Kind in den Armen zu wiegen, wie das Skript es vorsah. Das ging David zu weit. Er lehnte es entschieden ab, diese Szene auch noch ändern.

Ron nahm David und Anna unauffällig beiseite und erzählte ihnen in einem vertraulichen Gespräch, dass es Juliet zurzeit nicht besonders gut gehe. Ihre Mutter sei unheilbar an Krebs erkrankt und ihr Vater habe daraufhin das Weite gesucht. Juliet hatte ihre Mutter zu sich genommen und eine Krankenschwester engagiert, die sich um sie kümmerte. Es sei für Juliet unerträglich, miterleben zu müssen, wie ihre Mutter Tag für Tag weniger werde. Vielleicht sei der Grund, warum sie nicht mit Ringen unter den Augen gefilmt werden wollte, dass sie ihrer todkranken Mutter dann zu ähnlich sah. Bestürzt musste Anna an Thomas denken, für den auch der Krebstod seiner Mutter traumatisch gewesen war. David blieb bei seiner Ablehnung, denn für ihn war diese Szene das Herzstück des Films. Schließlich kannte Juliet das Drehbuch vorher und wusste, was auf sie zukam. Insgeheim hoffte er, die Bangel würde ihren Vertrag aufkündigen und durch eine weniger anstrengende Schauspielerin ersetzt, die ihm nicht im Drehbuch herumfuhrwerkte.

Ron bekniete David mehrmals erfolglos, obwohl dieser die Vertragsbedingungen kannte und wusste, dass er nicht mehr über das Manuskript bestimmen konnte. Schließlich mischte sich der Vampir ein. Donald Flox erschien persönlich im Studio, nachdem Juliet gedroht hatte, ihren Vertrag aufzukündigen. Bevor sie in das Gespräch mit Flox gingen, raunte Anna David zu: „Pass auf deine Kehle auf!"

„Juliet wusste von Anfang an, dass diese Szene im Skript steht. Warum hat sie die Rolle überhaupt angenommen, wenn sie das nicht spielen will?", fragte David.

„Weil ich sie haben wollte", entgegnete Flox.

„Sie lockt Zuschauer in die Kinos, ich weiß", bestätigte David. „Aber das tun andere auch."

Flox nickte bedächtig. „In dieser Produktion steckt nicht nur mein Geld. Ich will, dass sie Gewinn bringt."

„Ersetz sie. Sie ist ohnehin fast zu alt für die Rolle."

„Das Aufkündigen der Verträge und Casten einer neuen Besetzung kosten uns ein Vermögen. Der ganze Apparat ist doch schon angelaufen!"

David seufzte. Ihm war klar, dass er nicht mehr viel ausrichten konnte. Es klopfte an der Tür. Flox drehte sich um. „Ah, Joey, komm rein. Darf ich vorstellen, Anna: Joe Campton, einer der erfolgreichsten Drehbuchautoren Hollywoods. Zwei Oscars hat er bereits für seine Arbeit bekommen ...“

„Drei“, berichtigte Joe Campton ihn höflich.

„Drei Oscars“, korrigierte Flox sich, „und Joe, dies ist Anna Wendland, deren Lebensgeschichte wir bald verfilmen.“

Joe lächelte Anna an und gab ihr die Hand. „Ja, ich habe davon gehört. Mein Beileid.“

„Setz´ dich zu uns, Joe. Wir haben ein Problem.“

Joe ließ sich auf dem Sessel nieder, nickte wissend und fragte: „Männlich oder weiblich?“

„Juliet Bangel.“

Joe rollte die Augen. „Das ist ja ganz was Neues“, sagte er ironisch. „Was will sie diesmal?“

„Sie will, dass David eine Szene umschreibt“, erklärte Flox.

„Eine Szene ist stark untertrieben“, warf David wütend ein. „Sie hat bereits das halbe Drehbuch – das ich im Übrigen ohnehin kaum wiedererkenne! - ausgeweidet!“ Vorwurfsvoll sah er Flox an, der den Blickkontakt vermied.

„Und diese Szene möchtest du auf keinen Fall umschreiben, weil sie das zentrale Element des Drehbuchs ist“, ergänzte Joe.

„Woher wissen Sie das?“, fragte Anna misstrauisch.

„Ich mache das hier seit etlichen Jahren und musste auch schon manches einstecken: Aus dem sympathischen Familienmenschen, den ich in *My Place* hineingeschrieben hatte, wurde ein Draufgänger der übelsten Sorte, weil Martin Matt genau so einem unbedingt mal spielen wollte. Im Laufe der Vorproduktion werden aus Kindern Greise, aus Kleinkriminellen Amokläufer, aus gutmütigen Omas Giftmischerinnen und umgekehrt. Sie ahnen gar nicht, wie viel ich schon umschreiben musste, nur weil irgendein Darsteller sich in der Szene nicht gefiel!“

Resigniert lehnte Anna sich zurück.

„Hochbezahlte Stars sind dabei am schlimmsten", sagte Joe an Flox gewandt.

Der hob die Hände. „Wem sagst du das? Aber ich brauche sie!"

Mitleidig sah Joe wieder zu David. „Damit ist dann leider alles gesagt."

Eine lange Pause entstand.

Schließlich erhob Flox sich und sagte: „Ich lasse euch mal alleine. Ich glaube, ihr könnt das besser mit einander bereden. Vielleicht kannst du David bei der Überarbeitung helfen, Joey. Über deinen neuen Scheiß reden wir dann später. Ich gehe jetzt mal die Bangel beruhigen."

Anna wusste, dass Produzenten in Hollywood Drehbücher gerne als „Scheiß" bezeichneten, dass Flox das in Joes Anwesenheit tat, wunderte sie dennoch.

„Der Künstlername Devil würde besser passen", raunte Anna, als Flox aus dem Zimmer gegangen war.

Joe nickte, nahm gelassen eine von Flox' teuren Zigarren aus dem Humidor und zündete sie gemächlich an. „An der habe ich mir auch schon die Zähne ausgebissen. Bedauerlicherweise ist es so, wie Flox sagt: Sie füllt die Kinos. Und das ist leider das Einzige, was im Business zählt."

„Wie kann so eine Frau so erfolgreich werden?", fragte Anna verständnislos. „Bei diesen Macken?"

Joe zog nachdenklich an seiner Zigarre. „Sie war zu den richtigen Zeitpunkten mit den richtigen Männern zusammen."

„Und das reicht, um ein Star zu werden? Ich dachte, da müsste man schon ein bisschen Talent mitbringen und hart arbeiten."

„Talent ist nicht wichtig. Viel entscheidender ist, dass man bereit ist auf Freunde, ein ungestörtes Privatleben und echte Liebe zu verzichten. Und das kann sie - Juliet Bangel lebt für den Ruhm. Außerdem steht hinter ihr ein ganzer Beraterstab, der jeden Auftritt bis ins kleinste Detail plant. Die Öffentlichkeit bekommt sie nie so zu Gesicht, wie sie wirklich ist."

„Und dafür hat sie jetzt am Set auch etwas zu sagen."

„Ja, leider. Und die Geschichte interessiert sie nicht im Geringsten, ihr ist nur wichtig, wie sie in der Rolle rüberkommen wird. Und das sollte natürlich so vorteilhaft wie möglich sein. Tut mir leid, David."

Joe Campton sah ihn mitfühlend an; um seine Augen kräuselten sich sympathische Lachfältchen. „Ich glaube dir, dass diese Szene wichtig ist für den Film. Aber hier wirst du den Kürzeren ziehen. Mach das Beste draus. Ich helfe dir gerne, zu retten, was zu retten ist."

David atmete tief durch. Er wusste, dass Campton Recht hatte. Schließlich nickte er. „Ich gebe mich geschlagen."

„Das ist bedauerlich aber vernünftig", bestätigte Joe. „Und nun lass uns mal sehen, was aus der Szene noch zu machen ist, damit da draußen weiter gearbeitet werden kann."

Das Ergebnis dieser Überarbeitung wurde Juliet gezeigt, die sich dann huldvoll bereit erklärte, die Szene zu spielen. Flox klopfte David und Joe auf die Schulter. Dann verschwand er wieder mit Joe in seinem Büro, um mit ihm über sein neues Projekt zu sprechen. „Blutsauger", dachte Anna mit Blick auf Flox. Joe war es gelungen, sowohl Davids als auch Juliets Interessen bei der Überarbeitung zu wahren. Er verstand sein Handwerk, keine Frage. Sie fragte sich, ob er wirklich zufällig vorbeigekommen war.

„Da siehst du es", sagte David und nahm sie in den Arm. „Die Filmerei ist ein Scheiß-Geschäft."

Mit Beginn des fünften Schwangerschaftsmonats begann Annas Bauch sich sichtbar zu wölben, aber die kleine Kugel ließ sich noch gut unter der Kleidung verstecken. Nur zu Hause, in Davids Wohnung, trug sie sie offen zur Schau und genoss es, wenn David darüber streichelte und sein Ohr an den Bauch drückte, in der Hoffnung, er könne etwas hören. Doch meist war es nur das Knurren ihres Magens, der wie ein Abflussrohr alles wegzuspülen schien, was sie ihm anbot. Aber schon bald war klar, dass der Darm keineswegs das Essen nur wegspülte, sondern in Fettdepots für schwere Zeiten umwandelte. Daran störte Anna sich nicht. Nach Sarahs Geburt waren die Pölsterchen ebenso rasch verschwunden, wie sie gekommen waren. Sie vertraute darauf, dass es auch diesmal so sein würde. David jedenfalls schien es zu gefallen, dass sie weicher wurde.

„Ich freue mich auf das Kind", sagte er eines Tages endlich, „hoffentlich wird es ein Mädchen. Eine süße kleine Anna!" Er nahm sie in den Arm. Sie sahen sich lange und intensiv in die Augen.

Anna lächelte und verschwieg, dass sie auf einen Jungen hoffte, einen, der sie in keiner Weise an Sarah erinnern würde. Und sie war froh, dass er keine Zweifel äußerte, denn das hätte ihr Kartenhaus umgefegt und die Alpträume, die sie hin und wieder heimsuchten, bestätigt. Ihr Familienhaus entstand auf einem wackligen Fundament. Stattdessen küsste sie ihn so lange, bis er sie hochhob und zum Bett trug. Der Duft seiner Haut war betörend und ihr wohliges Seufzen, das bald in kehligere Laute überging, übertönte die unangenehmen Gedanken.

Die Arbeit am Set war nicht annähernd so aufregend, wie Filmliebhaber es sich vielleicht vorstellen. Die Innenaufnahmen wurden in angemieteten Studios im Santa Clarita Valley nördlich von Los Angeles gedreht. Dort waren inmitten von Industriehallen schmucklose Filmproduktionsstudios errichtet worden. Im Sommer herrschte hier eine Hitze von über 100 Grad Fahrenheit, die im Tal zu stehen schien. Außen an den Hallen parkten klimatisierte Wohnwagen, in denen die Schauspieler geschminkt wurden und in die sie sich in den Drehpausen zurückziehen konnten. Anna nutzte diese Trailer, sooft es ging. Im Verlauf der drei Monate, die der Dreh in Anspruch nahm, erschien Anna die Arbeit am Film mehr und mehr als nervenaufreibende Tätigkeit. Nicht selten begann die Crew morgens um sechs mit der Arbeit, die sich auch schon mal bis mitten in die Nacht ziehen konnte. Anderseits gab es Phasen, in denen über Stunden gar nichts zu passieren schien, was ihre Geduld auf eine harte Probe stellte.

Auch die anderen Schauspieler am Set entpuppten sich als sensible Menschen, die nicht selten problembeladen waren und mit Fürsorge behandelt werden mussten. Sie saßen auf einem Schleudersitz, lebten von einem Engagement zum nächsten, ständig in der Angst, nicht mehr gefragt zu sein. Das konnte jederzeit passieren. Selbst ein Kinohit war keine Garantie für neue Angebote. Und damit konnte die ganze Lebensplanung zusammenbrechen. Der Erfolg war eine labile und zerbrechliche Geliebte. Anna beneidete sie nicht um ihren Beruf. Sie hatte den Eindruck, dass hier alle ausgequetscht wurden wie saftige Orangen in der Fruchtpresse.

Auch das Gewusel der unzähligen Mitarbeiter, deren Aufgabenbereiche sich ihr nicht erschlossen, machte sie nervös.

Was ein Executive Producer war und was er tat, leuchtete ihr ohne weiteres ein: Er war ein Vampir und vertrieb sich seine Zeit mit Blutsaugen. Zumindest war dies das Bild, das Flox ihr vermittelte. Aber was um Himmels willen tat ein Location Manager, ein Unit Production Manager, ein Camera Loader, ein Shopper (einkaufen wahrscheinlich!), ein Boom

Operator, ein Sound Utilitiy Technician, ein Gaffer, ein Best Boy oder ein Dolly Grip?!

Anna wurde es müde, David nach all diesen Leuten und ihren Aufgaben zu fragen, denn es interessierte sie als stille Beobachterin nicht wirklich. Sie merkte auch schnell, dass die Filmproduktion unter einem enormen Druck stand. Die Filmcrew verbrachte über Wochen und Monate die ganze Zeit miteinander. Schlafen war bald die einzige Möglichkeit, dem Gruppenkoller zu entkommen. Es wunderte sie nicht mehr, dass Ehen in die Brüche gingen, Liebesbande geknüpft und Intrigen ersonnen wurden. Man brauchte unter den Umständen eine Menge Selbstbeherrschung. Und die hatte nicht jeder. Ein Glück, dass David und sie außerhalb der eigentlichen Produktion standen und ihre Beziehung nicht der Belastung ausgesetzt war. Sie fuhren abends in seine Wohnung und beschäftigten sich dann mit sonstigen Dingen. Ihr war klar, dass die meisten anderen diesen Ausgleich nicht hatten. Nein, Anna beneidete sie nicht. Am allerwenigsten den Regisseur.

Ron Peters stand in der Hackordnung zwar oben, aber die Luft dort war dünn. Er war der Dreh- und Angelpunkt für alle, schaffte es mit bewundernswerter Gelassenheit, Streitigkeiten zu beenden, Eitelkeiten zu befriedigen und irgendwie den Drehplan einzuhalten. Doch man sah ihm an, dass Flox die Daumenschrauben bei ihm extrem eng angesetzt hatte. Flox und das Studio wollten Ergebnisse sehen. Und das hieß in erster Linie einen finanziellen Erfolg, der ihre Konten füllte. Dann kam lange Zeit nichts mehr. Sollte es ein nettes Filmchen werden, umso besser.

Zwei Wochen später fand sich ein weiteres Kamerateam am Set ein. Das Fernsehen wollte einen „Insider"-Bericht über die Filmproduktion drehen. Das

„Making of" sollte auch auf der DVD zum Film erscheinen. Anna staunte nicht schlecht, wie viel Spaß auf einmal alle zu haben schienen. Es galt den schönen Schein der Glitzerwelt zu wahren.

Ron Peters erwähnte mit keiner Silbe die Panikattacken, die ihn nachts und zum Teil am Set befielen, weil er dachte, der Film werde ein Misserfolg.

Juliet Bangel präsentierte sich wie ausgewechselt: Eine sympathische, hart arbeitende Schauspielerin, die die Story innig liebte und die alles dafür gegeben hätte, an diesem fantastischen Projekt mitwirken zu dürfen.

Doch als David an der Reihe war, spielte auch er das Spiel mit, so gut er konnte. Er erzählte, wie das Drehbuch entstanden war und wie sehr es ihm am Herzen lag. Dass es im Laufe der Produktions-Maschinerie hoffnungslos verstümmelt worden war, verschwieg er. Sonst hätte Flox ihn aus der Sendung herausschneiden und stattdessen Joe Campton als Skript-Doktor interviewen lassen.

Am Set standen etwa vierzig Leute die meiste Zeit einfach nur herum und warteten. Alle hatten ihre spezielle Aufgabe zu erfüllen und wenn ihr Job erledigt war, gab es für sie unter Umständen lange Zeit nichts mehr zu tun. Man wartete darauf, dass der Beleuchter fertig wurde, man wartete darauf, dass die Kameras richtig positioniert und eingerichtet waren. Man wartete darauf, dass die Schauspieler aus der Maske kamen. Endlich begannen die Stellproben, ehe die Szene mehrfach durchgespielt wurde.

Ron dirigierte die gesamte Mannschaft nach seinen Vorstellungen und wenn es gut lief, war die Sequenz schnell „im Kasten". Wenn es schlecht lief, dauerte auch das ewig. Nicht selten wurden nur Sekunden-Shots gedreht und danach musste für den „Gegen-Schuss" erst einmal eine halbe Stunde lang umgebaut werden.

Das Warten war momentan nicht Annas Stärke. Mit der sichtbaren Wölbung des Bauches lagerte sich in ihren Beinen Wasser ein und die Füße taten weh. Dauerhaftes Stehen wurde unerträglich. Sobald es ging, setzte sie sich hin und es sollte nicht lange unentdeckt bleiben, dass sie schwanger war. Die Crew freute sich mit ihr. Selbst der „Assistent des Aufnahmeleiter-Assistenten", der stets durch das Studio fegte, als sei er an Wichtigkeit kaum zu überbieten, nahm nun schon fast rührend Rücksicht auf sie. Einzig Juliet Bangel blieb merkwürdig distanziert und Anna fragte sich, ob das damit zusammenhing, dass sie selber bereits Ende dreißig und kinderlos war.

In einer Drehpause traf Anna sie weinend auf der Toilette an. Auf ihre besorgte Nachfrage antwortete Juliet nur ausweichend: „Meiner Mutter geht es nicht gut." Dann nahm sie wieder Haltung an. Und in der gnadenlosen Sanitär-Beleuchtung fiel Anna zum ersten Mal die feine Narbe in Juliets Haaransatz auf, die von einem Face-Lifting stammen musste. Das war einer der Preise, die Juliet für ihr Bedürfnis nach Ruhm zahlte und an dem das Heer an Schönheits-Chirurgen von Los Angeles sich eine goldene Nase verdiente. `Und das alles, um für Sekunden auf der Leinwand wie ein perfektes Abziehbild zu erscheinen, ein unerreichbares Ideal, nach dem sich Millionen von Frauen sehnen´, dachte Anna. `Eine große Lebenslüge, die Glück verheißt und über die Seelennot hinwegtäuschen soll. Aber noch nicht einmal das gelingt.´

Sobald die Kamera lief, vollzog Juliet eine wundersame Wandlung. Sie nahm eine komplett andere Persönlichkeit an und wurde zu dem Charakter, den sie darstellen sollte. Bewegt sah Anna sich selbst gespiegelt und sie erkannte, dass diese schwierige Schauspielerin wohl doch nicht talentfrei erfolgreich geworden war. Mehrmals verließ Anna das Set, weil sie nicht mit ansehen konnte, wie ihr eigenes früheres

Ich blind in die Katastrophe rannte, Anzeichen übersah, Chancen nicht wahrnahm, die das schlimme Ende verhindern konnten. Die Liebesszenen zwischen Juliet Bangel und dem Schauspieler, der Thomas darstellte, ertrug sie ebenso wenig. Und wenn ihr Blick dann Davids traf, erkannte sie, dass sie auch ihm nicht gleichgültig waren.

„Warum tun wir uns das eigentlich an?", fragte sie ihn an diesem Abend, als sie auf der Terrasse saßen und versuchten, Abstand zu der Arbeit im Studio zu gewinnen.

David sah in den Nachthimmel. „Um Dinge zu verarbeiten, die sonst im Unterbewusstsein vor sich hingären. Und um anderen, die so etwas noch nie erlebt haben und hoffentlich nie erleben werden, zu zeigen, was es bedeuten kann, ein Mensch zu sein. Früher sind die Leute dafür ins Theater gegangen, heute gehen viele eher ins Kino."

„Wenn die Unfall-Szenen und die Zeit danach gedreht werden, komme ich nicht mehr mit ans Set. Das kann und will ich nicht sehen", sagte Anna.

Dann nahm ihre Hand. „Das kann dir niemand verdenken. Ich versuche, die Stellung zu halten, solange ich kann und man mich lässt, damit nicht noch mehr am Drehbuch herumgepfuscht wird." Nach einer Pause gestand er: „Für mich ist das auch alles viel schwieriger geworden, als ich dachte. Ich hänge zu sehr selber in der Geschichte mit drin. Wahrscheinlich wäre es klüger, Joe das Feld zu überlassen und mich zurückzuziehen, weil ich nicht mehr objektiv bin. Aber ich kann einfach nicht."

Anna lehnte sich an ihn und sie sahen lange schweigend in den Nachthimmel.

Nach drei Monaten war der Film abgedreht, geschnitten und mit Musik unterlegt worden. Im Mai fand in Los Angeles ein Preview statt, bei der die Reaktion des Publikums getestet wurde. Anhand der Zuschauerreaktion und der anschließend von ihnen ausgefüllten Fragebögen konnte man in etwa absehen, wie der Film ankam. Es zeigte sich, dass keine nennenswerten Änderungen vorgenommen werden mussten. Das Team war zufrieden und fieberte der Uraufführung entgegen.

Dann war die Kinofassung fertig und die Premiere wurde im Kodak Theater mit großem Aufwand inszeniert. Anna war inzwischen im siebten Monat. Wie ein Fässchen auf Beinen stiefelte sie neben David über den roten Teppich, während Juliet von ihren Fans bejubelt wurde, Autogramme gab und sich feiern ließ. Es gehörte zur Film-Promotion, dass Gerüchte gestreut worden waren, zwischen ihr und dem Thomas-Darsteller habe es am Set gefunkt. Fragen, die in diese Richtung gingen, dementierten sie nur knapp, was die Gerüchteküche noch mehr anheizte und Juliets Marktwert steigerte.

Das Premierenpublikum nahm den Film wohlwollend auf und bei der anschließenden Feier gratulierte man David immer wieder zu dem gelungenen Drehbuch. `Wenn ihr wüsstet, wie gelungen es war, bevor es ausgeweidet und abgenagt worden ist´, dachte Anna, während David die Glückwünsche entgegennahm und sich bedankte. Sie hatte bereits nach zehn Minuten im dunklen Kinosaal die Vorführung verlassen und war erst gegen Ende wieder hineingegangen, damit ihre Abwesenheit nicht unangenehm auffiel. Sie war froh darum, dass nicht öffentlich bekannt gemacht wurde, dass es ihre Lebensgeschichte war, die da gerade über die Leinwand flimmerte. So konnte dieser Abend trotz allem ein bewegender Moment in ihrem Leben werden. Und Davids warme Blicke ruhten immer wieder auf ihr.

Der Film wurde in Amerika und Europa ein durchschnittlicher Erfolg, wie David erwartet hatte. Kein Blockbuster, doch er spielte einen ansehnlichen Gewinn ein, der Flox und die anderen Investoren zufrieden stellte. Noch gleich am Premierenabend hatte Donald David gefragt, ob er schon eine Idee für ein neues Drehbuch habe. „Durchaus", erwiderte er, „aber ausgereift ist keine."

„Lass mich wissen, wenn es so weit ist, dann können wir pitchen."

Um sich nicht die Blöße zu geben, hatte Anna nicht nachgefragt, was denn „pitchen" sei. Danach fragte sie lieber Joe Campton, der ebenfalls zur Premiere eingeladen worden und auch gekommen war.

„Beim Pitchen wird über eine Filmidee gesprochen. Dabei muss der Autor versuchen, in möglichst kurzer Zeit Interesse zu wecken, ohne dass der Studiovertreter sich belästigt fühlt", erklärte er. „Das Pitchen ist eine Frechheit, denn die Verantwortlichen ersparen es sich damit, die Drehbücher zu lesen!"

„Na, das klingt ja richtig vielversprechend", äußerte Anna trocken.

„Genau so ist es", antwortete er und prostete ihr mit seinem Champagner-Glas zu.

8

Ein paar Wochen nach der Premierenfeier lud David Anna in das „Ivy at the shore", ein romantisches Lokal am Ocean Drive in Santa Monica ein. Sie betraten das rosafarbene Gebäude durch eine Glastür mit Blick auf ein Efeu-Gemälde an der Wand. Im Hintergrund lief Dixieland-Musik. Der Patio-Bereich des Restaurants war zur Straße hin durch eine Glasfront abgeschirmt und mit Sträuchern, Pflanzen und Palmen zugewachsen. Vorsichtig ließ Anna sich in einem der Korbstühle nieder. Es war ungewöhnlich warm für einen Abend im Mai und sie trug ein weites Sommerkleid. Trotzdem fühlte sie sich aufgedunsen wie ein vollgesogener Schwamm. Sie konnte sich nicht erinnern, ob sie sich bei Sarah derart verändert hatte. Vielleicht lag es daran, dass dies ihre zweite Schwangerschaft war. Wie auch immer, die Premiere war ein Erfolg und von David war eine große Last abgefallen. Über das Kind und eine gemeinsame Zukunft hatten sie in den letzten Wochen und Monaten kaum gesprochen – David hatte seine ganze Aufmerksamkeit dem Film gewidmet.

Nach dem Essen lehnte er sich nun zurück und sah Anna lange an. Sie erwiderte den Blick gelassen, nicht ahnend, dass in seinem Inneren die Ungeheuer erwacht waren, mit roten Augen in die Finsternis starrten und den Schmerz noch nicht einordnen konnten. Nicht ahnend, dass David das spürte und überging. In ihm war in der vergangenen Zeit ein Entschluss herangereift, aber er wusste nicht, wie er sich Anna mitteilen sollte. Ihm war nicht ganz klar, was die Dreharbeiten mit ihr gemacht hatten und wie es ihr nun ging. Eine Filmfigur würde er jetzt einfach ein offenes Gespräch mit seiner Partnerin führen lassen. Doch dies war kein Film und sie beide keine ausgereiften Figuren. Über ihnen schwebte ständig ein Damoklesschwert, dessen Ausmaße er allenfalls abschätzen konnte, weil er darunter stand und nicht richtig nach oben blicken konnte. Er hatte sich so viele Worte zurechtgelegt, die ihm nun albern vorkamen. Aber jetzt war der Zeitpunkt und den durfte er nicht verpassen. Also besser mit der Tür ins Haus fallen, als gar nichts über die Lippen zu bekommen.

„Ich möchte, dass du meine Frau wirst und dass das Kind ehelich geboren wird", sagte er dann holprig.

Anna stockte der Atem. Sollte das etwa ein Heiratsantrag sein? Sie forschte in Davids Gesicht und hatte das Gefühl, dass er eine Reaktion von ihr erwartete. Ihr war es nicht in den Sinn gekommen, wieder zu heiraten. Und er hatte doch gesagt, dass er es bedrohlich finde, eine Familie zu haben. War sie nun die Frau, mit er es sich vorstellen konnte? Ihr wurde mit einem Mal auch innerlich sehr warm und sie hörte sich selber antworten: „Ja, das möchte ich auch."

Schnell lehnte David sich vor, fasste ihre Hände, beugte sich dann über den Tisch und küsste sie. Dann saßen sie eine Weile verlegen schweigend. Anna war verwirrt. Verglichen mit dem romantischen Antrag, den Thomas ihr während einer Ruderbootsfahrt auf dem Wannsee gemacht hatte, war dieser eher wie eine Fähren-Fahrt über die kalte Nordsee. Andererseits verlor Thomas´ Antrag mit Hinblick auf das Ende dieser Ehe an Romantik und David hatte nun einmal eine besondere Art mit Gefühlen umzugehen.

So wie Thomas´ Ruderschlag das Wasser in Schwingung versetzt und diese sich langsam in die Tiefe fortgesetzt hatte, so erreichte die Erkenntnis, dass David sie heiraten wollte, die tiefste Stelle ihres inneren Sees auch erst mit Verzögerung, dafür aber umso mächtiger. Und damit traten ihre Bedenken in den Hintergrund.

Schwerfällig erhob sie sich mit dem Kugelbauch aus ihrem Stuhl, setzte sich neben ihn und küsste ihn lange auf seine wunderbar weichen Lippen. Dann fuhr sie mit beiden Händen durch seine Haare und zog seinen Kopf an ihren. `Ich liebe dich, David Hurst, so gut ich kann´, dachte sie und sagte: „Ja, ich möchte mein Leben mit dir verbringen."

Erleichtert erwiderte er ihre Umarmung. „Ich hätte es gerne etwas romantischer gemacht. Aber ich war mir nicht sicher, ob das angemessen gewesen wäre. Und ich war mir auch sehr unsicher, wie du reagieren wirst."

Sie lehnte ihren Kopf an seine Schulter und erwiderte: „Es ist gut so, wie es ist."

≈≈◻≈

Anna war sich bewusst, dass sich vom Zeitpunkt der Eheschließung an ihr Leben noch einmal sehr verändern würde und sie sich auf etwas Neues ganz einlassen musste. Aber sie liebte David und das gemeinsame Kind, das ein Junge werden würde und das sie Nicolas nennen wollten. Das Unbehagen verflog ebenso schnell, wie es gekommen war. Stattdessen suchte Sarah sie immer wieder in ihren Träumen auf und in Anna wuchs das Verlangen, ihr Grab zu besuchen. Doch an einen Flug war in ihrem Zustand nicht zu denken. Sie telefonierte häufig mit Monika in dieser Zeit, die ihr versprach sich regelmäßig um das Grab zu kümmern und ihr versicherte, David sei schon der „richtige Kerl bei ihr". Denn neben dem Glücksgefühl, das sie empfand, war die Angst zum Dauergast geworden, der ihr zuweilen die Luft abschnürte und wie ein hässlicher Zwerg auf ihren Schultern kauerte. Noch einmal würde sie es nicht überstehen, Mann und Kind zu verlieren. Rückenschmerzen wurden ihre ständigen Begleiter. Doch

das schob sie auf die fortgeschrittene Schwangerschaft, um sich nicht weiter damit auseinandersetzen
zu müssen.

Die Trauung sollte noch im Juli stattfinden. Zur Zeit
der Planung beherrschte die Hochzeit eines Promi-
nenten-Paares die Klatschpresse: Mick Norfolk und
Eliza Elliot waren ein Paar geworden und hatten be-
schlossen zu heiraten. Sie waren erst Anfang zwanzig
und eine spektakuläre Eheschließung bedeutete für
sie gute Promotion. Die kam ihnen nicht ungelegen,
da beide seit ihrem letzten gemeinsamen Film keine
Angebote mehr bekommen hatten. Die Dauerbe-
richterstattung über die Zwei und die Belagerung ihrer Häuser waren allerdings abschreckend.

Als Deutsche, die in Kalifornien heiraten wollte, benötigte Anna eine Heiratsgenehmigung, die sie beim
County Clerk persönlich beantragen musste. Anna
konnte sich mit ihrem Reisepass ausweisen; sie
brauchte nicht einmal einen Wohnsitz in Kalifornien.
Da sie verwitwet war, musste sie Thomas´ Sterbe-
urkunde vorlegen. Monika hatte die Dokumente von
ihrer „Cousine" ins Englische übersetzen und von einer deutschen Behörde mit einer Apostille versehen
lassen. Auch der Versand nach Amerika war ohne
Probleme vonstattengegangen - die Papiere kamen
rechtzeitig und unversehrt an.

Anna entschied sich dafür, ihren Namen zu behalten.
David akzeptierte das widerspruchslos. Da er seit
mehr als fünfzehn Jahren in den USA lebte und arbeitete, hatte er inzwischen die Green Card erworben, die ihn zum amerikanischen Staatsbürger machte. Mit ihrer Heirat hätte Anna nun also die US-
Staatsbürgerschaft beantragen können. Anna dachte
lange über die Chancen und Risiken nach, die mit
den beiden Staatsbürgerschaften verbunden waren.
Irgendetwas ließ sie zögern, sich gänzlich diesem
neuen Leben zu verschreiben. Sie konnte es nicht er-

klären, spürte aber deutlich ihren inneren Widerstand dagegen. Schließlich beschloss sie, ihren deutschen Pass und ihren Wohnsitz in Berlin zu behalten. David akzeptierte auch das widerspruchslos. Hätte sie genauer hingesehen, wäre es ihr aufgefallen, das Unausgesprochene in diesem fehlenden Widerspruch. Dann hätten die Weichen für diese Ehe anders gestellt werden können. Aber sie sah nicht achtsam hin.

Als die Hochzeitsgäste aus Deutschland anreisten, war es vorbei mit der Ruhe. Die Ankunft Monikas, die Nils mitbrachte, hatte Anna mit Sehnsucht erwartet; sie bedeutete ein Stück Heimat. Schmerzlich machte dies Anna bewusst, wie allein sie in der Fremde war ohne ihre Freunde. So freute sie sich sogar, als ihre Eltern und ihr Bruder mit Familie ankamen. David war zwar Anglikaner, aber wenigstens kein Preuße und „an Schriftstella, an reicher is er a", wie Annas Vater wohlwollend bemerkte. Kurz, er wurde nicht geliebt, jedoch akzeptiert. Und das war mehr, als Anna erwartet hatte. Als überaus anstrengend erwies sich ihr ältester Neffe, der in seinen ersten Lebensjahren das einzige Enkelkind in beiden Familien gewesen und entsprechend verwöhnt worden war. Davon hatte er sich nie erholt. Mit erstaunlicher Penetranz bestand der Neunjährige darauf, in die Universal Studios zu dürfen.
Schließlich erklärten sich Anna und Monika bereit, ihn gemeinsam mit Nils dorthin zu begleiten. Sie hatten bei dem Trubel wenig Zeit zu zweit verbringen können und erhofften sich am Nachmittag Gelegenheit dazu. An diesem Junitag lastete die Hitze schwer auf der Stadt und im Vergnügungspark versammelte sich halb Kalifornien. Für die hochschwangere Anna eine Strapaze. An ein ruhiges Gespräch mit Monika war kaum zu denken: Steffen wollte von einem Fahrgeschäft aufs nächste und vor den Attraktionen wur-

den lange Warteschlangen durch zahllos gewundene Absperrungen geschleust. Aus mehreren Ecken dröhnten Lautsprecher, von denen jeder einzelne in der Lage gewesen wäre, das gesamte Gelände zu beschallen.

Steffen war hellauf begeistert. „Boa, isch des cool", rief er immer wieder mit vor Entzücken aufgerissenen Augen um sich blickend. Nils folgte dem Älteren aufgeregt und um Anerkennung ringend.

Anna musste an Davids selbstkritischen Worte denken, die er ihr noch vor kurzem gesagt hatte: „Die Unterhaltungsindustrie ist das Kolosseum der Moderne. Die Masse wird mit Brot und Spielen bei Laune gehalten, damit sie sich nicht zu kritisch um das kümmert, was die Machthaber tun. Die Blutrunst, die in der Antike Menschenleben forderte, wird heute durch einen Bilderrausch befriedigt. Und ich bin mittendrin und beteilige mich am Rausch der Illusionen!"

Hier erkannte sie das Ausmaß seiner Äußerung und wurde sich bewusst, dass nun auch sie davon lebte. Monikas Miene verdüsterte sich ebenfalls zunehmend. Sie verstand nichts von dem, was ihr die Tonbänder einzubläuen versuchten.

„In der Schule habe ick nur Russisch jelernt, kein Englisch", sagte sie, schien das aber nicht sonderlich zu bedauern. „Wat quasselt der da dauernd?", fragte sie, als sie die nicht enden wollenden Rolltreppen zur unteren Ebene hinabfuhren.

„Please hold the handrails, stand in the middle and don´t sit on the stairs", wiederholte die Tonbandstimme in einer Endlosschleife. Anna übersetzte es ihr.

Monika starrte sie an, als habe sie den Verstand verloren. „Das meinst du doch nicht ernst!"

Anna wand sich unbehaglich. „Ich nicht. Aber den Amerikanern ist es ernst damit. Ich glaube das hängt damit zusammen, dass man hier schnell auf hohe Schadensersatzsummen verklagt werden kann, wenn etwas passiert."

Monika klappte den Mund wieder zu und richtete ihren Blick geradeaus. Anna sah, wie es in ihr arbeitete. Auf der Jurassic-Park-Wildwasserbahn kannte Steffens Begeisterung keine Grenzen, als ein Wasserstrahl aus dem Maul eines Plastik-Dinosauriers die Frau vor ihm direkt ins Gesicht traf.

„Habt ihr gesehen, wie die Alte nassrasiert worden ist?", rief er.

„Nein, haben wir nicht", antwortete Anna säuerlich. Sie sandte ein Stoßgebet zum Himmel: `Hoffentlich wird Nicolas nicht so!´

Aber darauf würde sie ja auch einen gewissen Einfluss nehmen können, hoffte sie. Dann stürzte ein künstlicher Wasserfall auf sie herab und als sie ausstiegen, waren alle bis auf die Haut durchnässt. Von nun an ließen die Frauen die beiden Jungen alleine die Fahrgeschäfte testen und nutzen die Gelegenheit, sich ungestört zu unterhalten. Anna erzählte Monika von den letzten Monaten, die sie in Los Angeles verbracht hatte und ihre Freundin hörte aufmerksam zu.

„Du heiratest aber nicht etwa desdawegen, weil du schwanger gehst?", fragte sie schließlich.

„Nein, ich möchte mein Leben mit ihm verbringen."

„Das kannst du auch ohne Trauschein!"

„Ich weiß, aber so ist es verbindlicher. Es fühlt sich richtig an, es zu tun." `Ich liebe ihn´, fügte sie in Gedanken hinzu. „Ich spüre, dass uns etwas ganz Eigenes verbindet, was über bloßes Verliebtsein hinausgeht. Vielleicht sind wir wirklich Seelenverwandte, wie er gesagt hat und ich habe die Chance, mit der Vergangenheit endgültig abzuschließen."

Steffen und Nils erschienen wieder mit glänzenden Augen, sie hatten das 4D-Kino zu „Shrek" erlebt.

„Wenn der Esel niest, bekommt man Wasserspritzer

149

ins Gesicht", erzählte Nils durch seine Zahnlücke lispelnd. „Und wenn die in dem Film in einer Kutsche galoppieren, ruckelt der Sitz mit."

Steffen nickte eifrig und sog an einem überdimensionalen, kitschigen Plastik-Getränkehalter, der eine Universal-Comicfigur darstellte.

Schließlich fanden sie sich alle auf dem Bimmelbähnchen wieder, das sie durch die „Studio-Tour" bringen würde.

„Genauso hab ick mir das vorjestellt", raunte Monika, als der Tour-Guide sie aufforderte, den Leuten in der Warteschlange zuzuwinken, und die Amerikaner der Aufforderung nachkamen. Die Wartenden winkten fröhlich zurück.

„Ojottojott! Ich war ja nie sonderlich für die Linken. Aber wenn ick mir das hier anseh, frag ick mir, ob das nicht vielleicht doch nicht so schlecht war."

„Ach, komm schon. So schlimm wie hier ist es ja nicht überall."

„Also in den Teilen von L.A., die icke bisher erlebt hab, wird der Kapitalismus total ausjelebt. Da regiert der schnöde Mammon, und du bist was, wenn du ein dickes Auto hast und ne große Villa. Das zählt."

Anna schwieg. Sie hatte dem nicht entgegenzusetzen und wollte es auch gar nicht.

Monika ließ nicht locker. „Bist du dir sicher, dass das dein neues Leben sein soll?"

Anna zuckte die Schultern. Sie strebte nicht den American Way of Life an, sie wollte mit David zusammenleben. Der Rest würde sich schon ergeben. Hoffte sie. Außerdem wollte sie nicht ständig von Monika in ihren Entscheidungen infrage gestellt werden.

Die Hochzeit sollte in kleinem Rahmen gefeiert werden. Annas Bauch war inzwischen nicht mehr zu kaschieren. Doch sie hatte ein schönes, schlichtes

Hochzeitskleid gefunden, das sie nicht allzu unförmig machte.

„Du siehst toll aus", sagte David, als er sie darin sah.

„Danke."

„Ich meine es ernst!" Er küsste sie.

„Na ja, wenn ich mir die Frauen ansehe, von denen du ständig umgeben bist."

„Anna!", sagte er tadelnd. Er nahm sie in den Arm und fügte sanfter hinzu: „Du bist von Natur aus schön. Die Frauen, von denen du sprichst, haben mehrere Operationen hinter sich und eine Menge Botox im Gesicht. Vergleiche dich also nicht mit ihnen. Außerdem bist du etwas Besonderes. Das habe ich gleich bei unserer ersten Begegnung gespürt. Du hast mich tief berührt und das tust du noch immer."

Es tat gut, das zu hören. Doch Anna spürte deutlich, dass es nicht ihr Äußeres war, über das sie mit David sprechen wollte. Aber konnte sie ihm von ihren Bedenken erzählen – kurz vor der Hochzeit? Sie seufzte.

„Was ist los? Irgendetwas hast du doch."

Sie zögerte. „Ich habe Angst."

„Wovor?"

„Vor dem, was auf uns zukommt. Ehe, Familie…"

Sie sahen sich lange an. Schließlich sagte David, während die Ungeheuer in ihrem Kerker grummelten: „Ich auch" und fügte dann hinzu: „Wir kriegen das schon hin. Ich habe noch nie eine Frau so nah an mich herangelassen wie dich. Du bist die Frau meines Lebens. Wir schaffen das."

Die Vermählung fand unspektakulär in Santa Barbara in der strahlenden Sonne Kaliforniens statt. Davids Eltern schickten Glückwünsche und einen Blumenstrauß. Sie schrieben, dass sie es bedauerten, Anna und ihre Familie nicht kennen lernen zu können.

Als Derek das hörte, lief sein Gesicht rot an: „Die kommen noch nicht mal zu deiner Hochzeit?!"

David schien darüber auch nicht gerade erfreut zu sein, entgegnete aber beschwichtigend: „Sie sind beide über siebzig und fühlen sich zu alt für einen Flug über den Pazifik."

„Bullshit! Scheiß auf das Alter, mate! Der einzige Sohn, der ihnen geblieben ist, heiratet endlich und die bewegen ihre Hinterteile nicht hierher?! Denen würde ich aufs Dach steigen, dass es kracht!"

Anna zuckte zusammen. David legte Derek die Hand auf die Schulter: „Lass gut sein, Mann. Ich möchte diesen Tag genießen, okay?"

Derek zog Davids Kopf dicht an seinen heran, sodass sich ihre Stirne berührten und sagte leise: „Lass diese Geschichte nicht in deine Ehe rein, okay? Dort hat sie nichts zu suchen!"

Dann zog er David an sich und klopfte ihm auf den Rücken.

Annas Vater hielt eine Rede, die außer ihren Angehörigen aus Oberbayern zum Glück keiner verstand. Die Stimmung war entspannt und wurde dank gutem Essen und steigendem Alkoholpegel immer fröhlicher. Die Mutter flüsterte Anna zu vorgerückter Stunde ins Ohr: „Der Gemser Michi wäre für dich auch keine schlechte Partie gewesen."

Monika drückte ihr in einer verstohlenen Minute die Kette, die sie aufbewahrt hatte, in die Hand. „Es ist egal, von wem du die bekommen hast, nun bist du wieder guter Hoffnung!"

Anna stiegen Tränen in die Augen, als sie den Anhänger sah und es kostete sie Überwindung, die Kette wieder anzulegen. Für einen Augenblick schien die Taube mit den Flügeln zu schlagen, als wolle sie davonfliegen, um noch einmal Annas Seelenwünsche in den Himmel zu tragen. Die beiden Frauen umarmten sich lange.

Anna und David hielten sich so oft es ging an der Hand, als gelte es, sich gegenseitig für das Kommende zu stützen. Denn anders als in den Schnulzen, von denen Derek so viele gedreht hatte, war vor allem Anna bewusst, dass die Heirat nicht das Happy End, sondern der Beginn eines Weges war, der steinig sein konnte. Doch sie fühlte sich von David gewollt und von ihren Freunden unterstützt. So war sie einigermaßen gewappnet für diesen neuen Lebensabschnitt. Falls es David anders erging, sprach er es nicht aus. Und Anna war zu sehr mit sich selbst beschäftigt, um ihn danach zu fragen. Wonach sie ihn allerdings fragte, war, warum Derek sich über die Abwesenheit von Davids Eltern derart aufgeregt hatte.

„Er dachte, dass sie die Strapazen hätten auf sich nehmen müssen. Er unterschätzt ihr Alter. Ich glaube nicht, dass sie irgendeinen Hintergedanken oder eine böse Absicht hatten. Für sie ist vor über dreißig Jahren die Zeit stehen geblieben und sich jetzt im hohen Alter in ein Flugzeug zu setzen und quer über den Pazifik zu fliegen, käme ihnen nie in den Sinn. Hochzeit hin oder her. Derek übertreibt manchmal ein bisschen. Mach dir keine Gedanken. Wenn wir hier aus dem Gröbsten raus sind, fliegen wir zu ihnen nach Darwin, okay?"

Am nächsten Tag war die Meldung von Micks und Elizas Trauung der Aufmacher in allen Boulevardblättern. Nicht zuletzt auch weil eine andere Prominenten-Hochzeit in letzter Minute geplatzt war, stürzten sich die Magazine wie Geier gesammelt auf diese Beute. Sogar die Los Angeles Times berichtete davon und druckte bei der Gelegenheit noch einmal die Fotos von ihrem gemeinsamen Film. Besser hätte die Promotion gar nicht funktionieren können. Und tatsächlich wurden beide schon kurz darauf wieder zu Castings eingeladen.

Eine Woche später reisten die deutschen Gäste ab. Der lärmende Trubel im Haus hatte Anna von den Beschwerden ihrer fortgeschrittenen Schwangerschaft und den aufkeimenden Ängsten abgelenkt. Nun machten ihr die Aufwachphasen zu schaffen, in denen sie sich ihre Gedanken nicht kontrollieren ließen. Dann konnte es passieren, dass plötzlich Thomas´ Gesicht vor ihr auftauchte, der sich ernst von ihr verabschiedete und fortging, Sarah an der Hand haltend, die ihr fröhlich winkte.

David wiederum erzählte Anna nie davon, dass er von Zeit zu Zeit zum Mount Olympus fuhr und dort mit sich und seinen Dämonen rang. Er tat es mal leise, indem er sich auf eine Bank setzte und einfach nur über die Stadt sah. Manchmal lief er auch unstet umher und führte halblaut Selbstgespräche. Wenn er dabei an Michael dachte oder an seine Eltern, fühlte sich das an, als würde sein Brustkorb entzweigerissen und er musste um Atem ringen.

Es war, als flüsterten seine Dämonen ihm zu: „Als Kind hast du die Liebe deiner Eltern verloren. Du wirst auch Annas Liebe verlieren, wenn sie es erfährt."

Er erwiderte scharf: „Ich habe nie die Liebe meiner Eltern verloren!"

Nun als Erwachsener wusste er, dass das so war. Dass sie selber so sehr mit ihrer eigenen Trauer beschäftigt waren, dass sie sich nicht um seinen Kummer kümmern konnten. Als kleiner Junge hatte es sich so angefühlt, als sei ihm das Schlimmste widerfahren, was einem Kind passieren kann: die Liebe der Mutter zu verlieren. Von einem auf den anderen Augenblick war die Familie auseinandergefallen. Eben noch hatte er einen älteren Bruder, mit dem er eine feste Einheit gebildet hatte, und plötzlich war dieser nicht mehr da und die Eltern fielen in eine Schockstarre. Von einem auf den nächsten Moment war sein

Leben aus den Angeln gehoben worden. Der Blick, mit dem seine Mutter ihn ansah, als sie erfuhr, wie Michael gestorben war, hatte sich in seine Seele eingebrannt. Nie wieder wollte er so angesehen werden. Niemand sagte: „Warum lebst du und Michael ist tot? Es wäre besser gewesen, wenn du gestorben wärst und Michael lebte!"
Aber so hatte es sich für ihn angefühlt.

Ende September erblickte ein neuer Erdenbürger das Licht der Welt. Eines der ersten Dinge, die Nicolas' winzige Händchen ertasteten, als sie nach Milch suchten, war die Weißgold-Taube an Annas Hals.
Während sie stillte, war Anna dankbar für die zweite Tür, die das Schicksal ihr geöffnet hatte und war froh, hindurchgegangen zu sein. Doch die Umstellung auf die neue Situation fiel ihr nicht so leicht, wie sie es sich gewünscht hätte. Die Anwesenheit des Säuglings rief immer wieder Erinnerungen an Sarah in ihr wach und an das, was mit ihrer vorherigen Familie passiert war. Wenn sie das schlafende Baby betrachtete, schob sich manches Mal das Bild Sarahs, die an Schläuchen und Kanülen hing, davor. Und mehr als einmal sah sie Thomas vor sich, der ihr sagte, was für eine wunderbare Mutter sie sei. Dann schnappte sie nach Luft und hielt sich an Nicolas' Gitterbett fest, um nicht ohnmächtig zu werden.
Nicolas drängte sich mit Macht in ihre Beziehung zu David. Vor allem in den ersten Monaten hatte Anna das Gefühl, nur zu funktionieren. Das Stillen und der unregelmäßige, kurze Schlaf zehrten an ihrer Energie. David schlief in einem anderen Zimmer, damit ihn das Schreien nachts nicht weckte. Er ging morgens früh aus dem Haus und kam abends spät wieder, dann waren beide erschöpft und es blieb weder Zeit noch Kraft für einander. Anna fühlte sich häufig von ihm allein gelassen. Sie wurde den Verdacht nicht los,

dass er absichtlich lange im Studio ausharrte, um dem heimischen Stress zu entgehen. Jetzt, in dieser Situation, hätte sie mehr als zuvor ein klares Liebesbekenntnis von ihm gebraucht. Aber er schien trotz der Ankündigung: „Wir schaffen das schon", erhebliche Probleme zu haben, sich in seiner neuen Rolle zurechtzufinden. Das Ganze schien für ihn beängstigend und verstörend zu sein. Hatte er „diese Sache", von der Derek gesprochen hatte, doch mit in die Ehe genommen?

Sie telefonierte fast täglich mit Monika, die sie tröstete, ihr Mut machte, ayurvedische Tees empfahl und ihr immer wieder „jute Enerjien schickte". Ihre Mutter rief ebenfalls regelmäßig an und versorgte sie neben dem neuesten Dorftratsch mit guten Ratschlägen, die sie bei ihrer eigenen Hebamme erfragte. Als Nicolas nach ein paar Monaten auch dank dieser Hilfen allmählich nachts durchschlief, fand Anna langsam in ihre Mitte zurück. Ihre Gereiztheit legte sich und die familiäre Situation entspannte sich zusehends. David trug nun häufiger den Kleinen auf dem Arm, um ihn zu beruhigen, und lächelte Anna dabei stolz und zärtlich an.

Die Wohnung, die er ursprünglich nur für sich alleine gekauft hatte, wurde nun zu eng für die neu gegründete Familie und so zogen sie bald in ein Haus in Brentwood nördlich von Santa Monica. Dort fühlte Anna sich schnell wohl.

In den ersten Wochen ging sie mit Nicolas im Kinderwagen spazieren, bummelte im Einkaufszentrum und bemühte sich anschließend im „Coffee Bean and Tea Leaf" mit Amerikanern in Kontakt zu kommen. Aber es blieb bei flüchtigen Bekanntschaften, echte Freundschaften entstanden nicht.

Später fuhr sie mit dem Auto den San Vincente Boulevard hinunter, an dem Fitnessfanatiker aller Altersgruppen unter knorrig ausladenden Bäumen über den grünen Mittelstreifen joggten. Am Pazifik gabelte sich die Straße zum Ocean Drive - dort führte sie an einer wunderschönen Küstenpromenade vorbei, auf der ebenfalls viele alte Bäume Schatten spendeten. Dahinter ging es steil zum Strand und zum Highway 1 hinunter und sie mischte sich unter die Spaziergänger, Jogger und Hundeführer. In diesem Herbst strahlte die Sonne oft von einem wolkenlosen Himmel und verwöhnte die Haut. Anna bemühte sich, jeden einzelnen Tag zu genießen, auch wenn sie diese weiterhin überwiegend alleine mit Nicolas verbrachte. Daran hatte sie sich mittlerweile gewöhnt. Außerdem dachte sie, dass dieser Zustand nicht von Dauer war, denn David hatte Flox von seiner neuen Idee überzeugen können, und würde nun bald zu Hause am nächsten Drehbuch arbeiten.

An ihrem ersten gemeinsamen Nachmittag ohne Kind ruhten sich David und Anna im Schatten der Bäume ihres Gartens aus. Eine Babysitterin fuhr Nicolas im Kinderwagen spazieren. Es war seit langem die erste Gelegenheit, sich ungestört zu unterhalten, und Anna war froh um diesen Moment.
„Ich würde gerne wieder arbeiten gehen", sagte sie in die schläfrige Ruhe hinein.
„Hm, mach doch."
„Ich weiß nicht, ob mein Englisch gut genug ist, um hier in einem Büro anfangen zu können."
„Dein Englisch ist ziemlich gut. Bruckner hat, glaub ich, seine Sekretärin gefeuert. Soll ich ihn mal ansprechen? Er hat mich ohnehin gebeten, ihn zu informieren, wenn ich neue Ideen habe."
„Kann ich mir vorstellen. Er will verhindern, dass du deine genialen Geistesblitze einem anderen vorher zeigst!" Sie sah ihn liebevoll an.
Er lächelte unsicher zurück, weil er nicht einschätzen konnte, ob sie das ernst meinte oder ihn necken

wollte. Da kam ihm eine Idee. „Hast du nicht Lust, mit mir zusammen an einem Drehbuch zu schreiben? Wir könnten zum Beispiel eine Story entwickeln, die zum Teil in Deutschland spielt."

„Klar, warum nicht. Wenn uns der kleine Mann ein bisschen Zeit und Kraft lässt."

„Dafür müssen wir sorgen."

Sie küssten sich und sahen sich innig an. Noch immer hatte Davids Geruch etwas Betörendes für Anna. In Hochstimmung griff sie nach Davids Hand und freute sich darauf, sich wieder zusammen mit ihm an einem Projekt zu betätigen.

Doch es sollte beim Vorsatz bleiben. Anna regte mehrmals an, die gemeinsame Arbeit zu beginnen, erzählte ihm von ihren Ideen und arbeitete einige davon schon aus. Aber David ließ sich nicht darauf ein. Er wurde täglich von Flox belagert, der wollte, dass er sein aktuelles Drehbuchprojekt so schnell wie möglich vorantrieb und Anna half ihrem Mann dabei, so gut sie konnte und so weit er sie ließ. An den Dialogen mitzufeilen vermochte sie nicht, da ihr Englisch so gut dann doch wieder nicht war. Außerdem musste er viel recherchieren und sich einige Inhalte erst einmal selber anlesen.

Als sie eines Tages vom Einkaufen nach Hause kam, traf sie ihn auf dem Sofa liegend mit dem schlafendem Nicolas auf dem Bauch und in einer Biografie von Golda Meir lesend an.

„Was für ein friedliches Bild!", lachte sie und gab ihm einen flüchtigen Kuss, den er abwesend erwiderte.

„Ich habe Mick Norfork im Whole Foods getroffen", rief sie ihm von der Küche aus zu, während sie die Einkäufe in die Schränke verteilte.

David ließ das Buch sinken. „Sag bloß, der hat dich wiedererkannt!"

„Nein, hat er natürlich nicht direkt. Ich habe ihn an der Käsetheke angesprochen."

„Das hätte mich auch gewundert. Er hat dich doch nur einmal gesehen und das ist mindestens anderthalb Jahre her!"

„Jaja, es hat einen Moment gedauert, bis bei ihm der Groschen fiel. Aber der Gothic Schuppen hat einen bleibenden Eindruck bei ihm hinterlassen. Ich soll dich schön grüßen. Er freut sich auf die Zusammenarbeit."

David ließ das Buch vollends sinken und sah sie verständnislos an.

„Welche Zusammenarbeit?"

„Der Vampir hat ihn für seinen nächsten Film angesaugt, zu dem du gerade das Drehbuch schreibst, beziehungsweise recherchierst", fügte sie gedehnt hinzu und legte dann eine Pause ein. „Die Dreharbeiten sollen in zwei Monaten beginnen."

David richtete sich so ruckartig auf, dass Nicolas aufwachte.

„Spinnt der? Ich lass mich doch nicht derart unter Druck setzen! Und ich liefere ihm auch keinen Mist ab und ruiniere mir damit meinen Namen, nur weil er mir nicht genug Zeit lässt! Na warte, den ruf ich gleich mal an."

Anna nahm ihm vorsichtig den Kleinen ab, der schon wieder eingeschlafen war und wiegte ihn eine Weile in ihren Armen, während David nebenan mit Flox telefonierte.

Als sie ihn anschließend immer „Mist!" rufen und gegen die Wand schlagen hörte, wusste sie, dass aus der Arbeit am gemeinsamen Projekt in nächster Zeit nichts werden würde.

Als er sich wieder beruhigt hatte, schlug sie ihm vor, das Script einfach in seinem eigenen Tempo weiterzuschreiben und sich auf das zu berufen, was er mit Flox vereinbart hatte.

„Das ist nicht unproblematisch", versetzte er. „Jedes Drehbuch, das ich verkaufe, kann das letzte sein, das überhaupt angenommen wird. In meinem Job gibt es keine Garantien. Und selbst wenn es gekauft wird, heißt das noch lange nicht, dass es realisiert wird. Du glaubst gar nicht, wie viele gute Bücher in den Studioregalen verschimmeln, nur weil plötzlich ein Boss gefeuert wird und der neue sein eigenes Ding machen will. Die Zusammenarbeit mit Flox ist wie ein Lottogewinn für mich, ja? Der will nicht nur das Script, er will es auch auf jeden Fall realisieren! Da kann ich nicht auf stur stellen. Was glaubst du, wie viele Autoren in dieser Arena in den Boxen sitzen, mit den Hufen scharren und auf solch eine Gelegenheit warten! Wenn Mick die Hauptrolle übernimmt, steigert das den Marktwert meiner Texte enorm. Schließlich ist dieses Haus noch nicht bezahlt und von irgendetwas müssen wir leben."

Damit war das Thema erledigt und Anna wieder auf sich gestellt. Und Bruckner hatte inzwischen auch eine neue Sekretärin. Unbemerkt hatten sich die Ungeheuer in der Finsternis erhoben. Sie waren endgültig erwacht und nicht bereit, sich noch länger ignorieren zu lassen. Zu tief war ihr Schmerz. Und zu groß war Davids Angst, seiner Verantwortung als Familienvater nicht gerecht zu werden.

≈≈☼≈

Nachdenklich betrachtete die alte Frau in Down Under das Hochzeitsfoto. Eine Deutsche also. Und einen Sohn hatten sie bekommen. Welche merkwürdigen Wege das Leben doch manchmal nahm, in diesem ewigen Kreislauf aus Werden und Vergehen.
Sie hätten zur Hochzeit nach Los Angeles fliegen sollen, das hatte sie Aidan gleich gesagt. Auch wenn Da-

vid die Flugtickets hätte bezahlen müssen. Auch wenn er das mit dem Geld getan hätte, das er mit seinen ungeweinten Tränen verdiente. Und wenn dieses Geld ihnen ihren Sohn entfremdet hatte. Es war nicht richtig, dass sie ihn an diesem Tag in der Fremde alleine gelassen hatten. Auch wenn er sich das Exil selber ausgesucht hatte. Es war auch nicht richtig, dass sie ihn nun damit alleine ließen, ein Kind großzuziehen. Dass sie das Kind nicht sahen und in den Arm nahmen. Ach, Aidan! So viel Zeit war verstrichen. Die Narben waren doch verheilt. Warum hielt die Vergangenheit sie noch immer derart gefangen?

Anna begann sich alleine zu Hause mit dem Säugling zu langweilen und sie beschloss, den „Newcomer´s Club" zu aufzusuchen, von dem sie im Ratgeber gelesen hatte. Möglicherweise ergaben sich ja dauerhafte Kontakte zu anderen Deutschen, die in Kalifornien lebten. Gleich bei ihrem ersten Besuch dort las sie einen Aushang, in welchem eine Bürokraft mit guten Englischkenntnissen für ein paar Stunden in der Woche gesucht wurde. Sie überlegte nicht lange, stellte sich mit Herzklopfen im Büro vor und bekam den Job. Zwar reichte ihr Gehalt gerade aus, um das für diese Zeit benötigte Kindermädchen zu bezahlen, aber das war ihr nicht wichtig. Die Phase der Trauer und des ziellosen Durch-den-Tag-Treibens war vorüber und dies war der letzte Schritt, um wieder am Leben teilzunehmen.

Und so kam sie regelmäßig unter Leute, lernte im Club verschiedene Schauspieler kennen, die zum Teil in Hollywood-Produktionen mitgewirkt hatten oder sich ausdauernd darum bemühten. Es entstanden nette Verabredungen und mit der Zeit sogar Freundschaften. Auch auf die privaten Parties der deutschen Filmleute wurde sie eingeladen. Besonders nah wurde ihr Kontakt zu der Schauspielerin Michaela Balthausen. Ihr Freund, der Schwede Jan Gunnar Nilsson, hatte mehrere Engagements als Kameramann in Los Angeles erhalten und nun versuchte sie, hier Fuß zu fassen. Ihre Chancen waren nicht allzu rosig, denn sie war bereits Anfang dreißig, natürlich und lachte über das Schönheitsideal der Filmindustrie. Ihre Zähne reihten sich nicht weiß und ebenmäßig wie Perlen an einer Kette aneinander, ihr Po war weiblich und beim Lachen zeigten sich sympathische Lachfalten in ihrem Gesicht. Nichts davon war in Hollywood gefragt. Als Anna David von ihr erzählte, prophezeite er, dass sie es schwer haben würde, weil sie für einen Einstieg hier zu alt sei. Aber immerhin bekam Michaela nach wie vor Angebote aus Deutschland und flog immer wieder über den Atlantik, um in Europa zu arbeiten. Und das erfolgreich.

Mit Jan Gunnar Nilsson Brüderschaft zu trinken, wäre Anna ungleich schwerer gefallen. Stets hoch aufgerichtet und mit einem leicht arrogant-blasierten Gesichtsausdruck beherrschte er ein Standardrepertoire an frauenfeindlichen Sprüchen, das er gerne in unregelmäßigen Abständen absonderte. Michaela lachte darüber und wurde nicht müde zu betonen, dass er seinen weichen Kern hinter einer betonharten Schale verberge. Tatsächlich war er in ihrer Nähe liebenswürdig und zuvorkommend. Nach einiger Zeit, in der er Anna wohl zur Genüge getestet und schließlich für okay befunden hatte, öffnete er seinen Panzer auch ihr gegenüber.

Anders als Sarah brauchte Nicolas nicht fortwährend ihre Nähe und Fürsorge. Als Anna ihn abgestillt hatte, vertraute sie ihn zusätzlich ein paar Nachmittage in der Woche dem Kindermädchen an, um etwas mehr Zeit für sich zu haben. Die nutzte sie an einem Sonntag, um mit Michaela in Malibu baden zu gehen. David unternahm an diesem Wochenende mit Derek und anderen Bekannten eine Motorradtour in die Rocky Mountains. Wieder einmal eine Beschäftigung ohne sie. Von zahlreichen Ampeln ausgebremst schlängelte sich der Verkehr im Schritttempo durch den Ort. Luxuriöse Häuser mit privaten, eingezäunten Strandabschnitten säumten die Küste, während sich im Hinterland eine Hügellandschaft mit vereinzelten Villen in einer kargen Vegetation aus Palmen, Büschen und Sträuchern erstreckte. Anna und Michaela parkten am Straßenrand, wie es die Surfer taten, und schlenderten zum Strand hinunter, der viel schmaler war als in Santa Monica oder Venice. An diesem Tag war es diesig, Möwen zogen über den Badegästen kreischend ihre Kreise. Je näher sie ans Wasser kamen, desto deutlicher hörten sie das Rauschen des Meeres, das wütend an die Küste schlug und wie ein junger Hengst die Surfer abzuwerfen versuchte. Seufzend machten sie es sich auf ihren Strandlaken bequem.

„Jetzt bin ich schon ein Jahr hier und habe noch immer keine echten Freundschaften zu Einheimischen aufbauen können", sagte Anna und blickte dabei in den Himmel, in dem Motorsegler schwebten, lange Werbefahnen für Fernsehsendungen hinter sich herziehend.

„Jan Gunnar und ich haben auch fast ausschließlich Kontakt zu Exil-Europäern", bestätigte Michaela.

„Woran liegt das?"

„Vielleicht daran, dass man mit denen so schön gemeinsam einsam sein kann."

Ein Strandverkäufer kam mit einer Kühlbox vorbei, bot Vanilleeis und Sandwiches an. Anna sah ihm nach. „Schadet es deiner Karriere drüben nicht, wenn du lange Zeit hier bist, ohne Filme zu machen."

Michaela nickte betrübt. „Doch, wenn sich nicht bald etwas Entscheidendes tut, werde ich wohl zurück nach Deutschland fliegen. Ein Jahr arbeitslos in L.A. ist wie sechs in Berlin – eine verdammt lange Zeit."

Anna spürte einen Stich. „Was wird dann mit Gunnar?"

„Das wird sich zeigen."

Anna starrte auf die Wellen. Und ausgerechnet hier am Strand von Malibu unter der kalifornischen Sonne, die sich heute hinter einem Schleier verbarg, trieb ihr die Sehnsucht nach ihrer Heimat und ihrem Mädchen, das dort begraben lag, Tränen in die Augen. Verstohlen wischte sie sie weg. Schließlich hatte sie hier auch ein Kind, das sie liebte und einen Mann, der ihr viel bedeutete. Er hatte sie ins Leben zurückgeholt und das würde sie ihm nie vergessen, egal wie wenig Zeit er zuletzt für sie erübrigt hatte. Offensichtlich konnte er seine wunderbaren, einfühlsamen Drehbücher gut ohne sie schreiben. Sie lebte hier in den Tag hinein ohne eine Aufgabe, die sie erfüllte. Was sollte sie nur anfangen mit dem wiedergewonnenen Leben?

„Wie läuft's denn so mit deiner Schnecke?" Derek stieß sein Messer in das Angus-Filet, aus dessen saftiger Mitte rote Flüssigkeit quoll. Das Steakhaus in den Rockies war ein beliebter Treffpunkt für Biker. Vor den Saloon-Schwingtüren des Eingangs warteten zahlreiche Harleys geduldig wie angebundene Pferde, während drinnen ein Konzert aus Stimmen, Lachen, klirrenden Gläsern, zischendem Grillfleisch und klapperndem Besteck gegeben wurde.

David lächelte nachsichtig. „Anna ist keine Schnecke. Sie ist die zweite Hälfte meiner Seele und die Frau meines Lebens."

Derek ließ die Gabel auf halbem Weg zum Mund wieder sinken. „Hört, hört! Seit wann faselst du so'n schwulstiges Zeug? Und dann auch noch an einem Ort wie diesem!"

David zuckte die Schultern. „Du hast mich nach ihr gefragt."

„Jaja, schon klar. Und der Kleine?"

„Der war anfangs unglaublich anstrengend. Manchmal dachte ich, ich halte das Geschrei nicht mehr aus. Aber Anna macht das wunderbar – sie ist eine tolle Mutter!"

„Weiß sie, welche Fanfaren du auf sie anstimmst?"

„Natürlich! Ich habe sie doch nicht nur wegen des Kleinen geheiratet!"

„Schon klar, schon klar." Derek kaute energisch auf seinem Steak herum. „Aber Frauen wollen so was ständig hören."

„So ist Anna nicht."

Zweifelnd wiegte Derek den Kopf. „Und Familie zu haben ist okay für dich?"

„Da wachse ich schon noch rein."

Derek genehmigte sich einen kräftigen Schluck Budweiser. „Schau genau hin, matey. Beziehungen können echt in Arbeit ausarten. Da läuft selten mal was von alleine rund!"

David grinste vielsagend. „Okay, großer Bruder. Ich werde mir dich zum Vorbild nehmen."

Derek lächelte schief zurück.

Dann wurde er wieder ernst. „Hast du ihr von Michael erzählt?"

David nickte.

„Alles?"

„Genug. Warum sollte ich in diesen alten Geschichten herumwühlen, die keine Bedeutung mehr haben?"

„Wenn du das sagst." Er sah sich in dem wuseligen Steakhaus um. „Wo bleiben die Kerle? Sind die unter der Dusche ersoffen?"

„Hast du eigentlich Flox davon erzählt?", hakte David nach. „Der macht immer wieder merkwürdige Andeutungen, die ich dann geflissentlich ignoriere. Was geht den das überhaupt an?"

„Er wollte für irgendeine `Making-Of´-Produktion Hintergrundinfos über dich und da habe ich ihm diesen Artikel gegeben, der vor Jahren im Sydney Morning Herald erschienen ist. Wenn ich den nicht gelesen hätte, wüsste ich ja auch von nichts", fügte Derek vorwurfsvoll hinzu.

David rollte die Augen. „Mann, ist die Welt klein! Selbst über den Pazifik ist man nicht vor der Vergangenheit sicher!"

Derek lehrte sein Bud in einem Zug und rülpste ungeniert. „Nein, matey, vor deiner Lebensgeschichte bist du nirgendwo sicher." Er schob eben seinen Teller mit den Essensresten von sich weg, als ihre Biker-Freunde mit frisch gegelten Frisuren am Tisch erschienen.

„Sagt bloß, ihr habt euch schon ohne uns die Wänste vollgeschlagen!", beschwerte sich Frank.

„Mann, wir sind doch nicht auf Brautfang hier! Seid ihr so spät, weil ihr euch die Visagen lackiert habt? Ich glaub´ ich spinne!" Derek gestikulierte entrüstet.

Frank schlug David breit grinsend auf die Schulter. „Mal sehen, was noch geht!"

Derek winkte ab. „Den kannste vergessen. Der is vom Markt!"

≈≈☼≈

In den Newcomer´s Club begleitete David Anna nur selten. Meistens sagte er, er habe keine Zeit. Anna vermutete, dass er sich unwohl fühlte. Die wenigen Male, die er dabei war, wurde er ständig um Hilfe gebeten. Von Schauspielern, die auf eine Rolle hofften, von Drehbuchautoren, die ihn für ihr Projekt begeistern wollten, von Regisseuren, die Kontakte suchten. Anna versprach dem einen oder anderen, die wenigen Beziehungen, die sie hatte, spielen zu lassen. Insbesondere für Michaela plante sie, sich einsetzen, um deren Rückkehr nach Deutschland hinauszuschieben. Deshalb bat sie David, eine der weiblichen Rollen in ihrem nächsten Drehbuch für Michaela passend zu schreiben.

Er arbeitete intensiv an dem *Israel*-Projekt – die Vorproduktion hatte bereits begonnen. Anna war wieder viel alleine mit Nicolas und beschloss, ihren Notfallplan gegen Einsamkeit erneut anzuwenden: Streifzüge unternehmen. Anders als in Berlin war es in L.A.

167

jedoch kaum möglich, ohne Auto etwas von den entfernter liegenden Stadtteilen zu sehen. Also nutze Anna ihren Wagen, in dem sie viel Zeit im Stau, mit Warten vor roten Ampeln und der Parkplatzsuche verbrachte. Sie war überrascht, wie unentspannt die staugeplagten Angelenos beim Autofahren waren. Ständig wurde sie angehupt. Als sie sich Auge in Auge mit einem kleinen, überraschend schlanken Mops wiederfand, der vorwitzig aus dem Beifahrerfenster eines anderen Wagens lugte, lachte sie laut. Das würde ihr in Berlin so wohl nicht passieren! Los Angeles war längst kein fremder Planet mehr für sie, aber ein Zuhause war es auch nicht geworden. Wie viele ihrer Generation fühlte sich Anna wie eine Heimatlose in einer geschrumpften Welt.

In Venice Beach sah sie am Recreation Center den überwiegend farbigen Basketballspielern zu, die die drei markierten Felder bevölkerten. Leider versuchte dabei ein Weißer hartnäckig, auf Deutsch mit ihr zu flirten. Schließlich stand sie entnervt auf und ging. Da sie nun schon einmal in der Nähe war, fuhr sie zum Gold's Gym, wo Bodybuilder und Schauspieler an dicht stehenden Geräten trainierten - Schweißtropfen an Schweißtropfen. Anna parkte ihren Kleinwagen zwischen den Edelkarossen und betrat den Eingangsbereich. Vielleicht entdeckte sie jemanden, den sie kannte, und konnte ihn überreden, mit ihr einen Kaffee zu trinken. Aber sie kam nicht weit. Das Drehkreuz war nur für Mitglieder passierbar. Irgendwann wurde Nicolas unruhig und Anna fuhr mit ihm wieder nach Hause, wo niemand auf sie wartete.

≈≈☼≈

Anna vermisste im Laufe der Zeit so manches in Kalifornien. Am meisten jedoch fehlte ihr der enge Kontakt zu Monika, ihre direkte, burschikose Art, ihre Berliner Schnauze und ihr Einfühlungsvermögen. Als Nicolas ein Jahr alt war, entschied sie sich, für ein paar Wochen nach Berlin zu fliegen. Sie einigte sich mit David auf die Zeit, in der er sich ohnehin in Jerusalem bei den Dreharbeiten zu *Israel - the early days* aufhielt. Das Drehbuch war immer noch nicht abgeschlossen und sollte während des Drehs fertiggestellt werden.

Er selber hatte keine Zeit, sie zum Flughafen zu bringen. Da bot sich Mick, der in der letzten Zeit häufiger mal bei ihnen gewesen war, um gemeinsam mit David seine Rolle zu entwickeln, an, sie in seinem Porsche zu chauffieren. Über die 405 schob sich ein dicker Brei an Fahrzeugen, der immer wieder verklumpte.

Sie waren spät dran. Lässig ließ Mick den linken Arm aus dem Fenster baumeln und den rechten Unterarm auf dem Lenkrad ruhen. Er trug ein knallenges T-Shirt, das über dem muskulösen Oberkörper spannte und hatte die kinnlangen Haare zu einem Zopf gebunden. Seinen Nacken zierte eine verschnörkelte *Eliza*-Tätowierung.

Aus der Nähe betrachtet war er mit den Akne-Narben und der Hakennase kein schöner Mann, aber ein überaus anziehender, der sich seiner Wirkung bewusst war.

„Warum fahren hier alle so langsam?", fragte er grinsend und warf Anna einen Blick aus schräg stehenden Augen zu. „Wissen die nicht, dass wir es eilig haben?"

Doch noch bevor sie etwas wenig Geistreiches antworten konnte, klingelte sein Handy. „Hi honey", rief er ins Telefon und erzählte, wo er gerade war und warum. Im Handumdrehen entwickelte sich zwischen den beiden aber scheinbar ein Streit, denn er erklärte seiner Frau irgendwann, er sei ihr keine Rechenschaft schuldig und legte einfach auf.

„Zicke", sagte er mehr zu sich selber als zu Anna. Dann fiel sein Blick in den Rückspiegel. „Jesus!", rief er und scherte abrupt aus, um die Fahrbahn zu wechseln.

„Was ist los?", fragte Anna.

Mick deutete mit dem Daumen hinter sich.

Anna drehte sich um und sah durch die Heckscheibe, dass ihnen ein schwarzer Wagen mit verspiegelten Scheiben folgte. „Wer ist das denn?"

Mick wechselte abermals die Fahrbahn und erklärte dann gelassen. „Paparazzi. Und wenn mich nicht alles täuscht, einer von *PromPictures* - die spielen gerne FBI."

„Sind die hinter dir her?"

„Yep."

„Woher sollen die denn wissen, dass du hier unterwegs bist?"

Wieder warf er ihr einen Blick auf seinen schräg stehenden Augen zu: „Die kennen mein Auto. Wahrscheinlich hat denen einer gesteckt, dass ich eine fremde Frau im Auto habe und jetzt wittern sie einen fetten Skandal und exklusive Fotostrecken auf allen Titelseiten."

„Gott, wie schrecklich! Die laben sich ja an euch wie Maden an eitrigen Wunden." Besorgt drehte sie sich zu Nicolas um, der jedoch unbeeindruckt von Micks Fahrstil schien.

Dann wurde ihr bewusst, welch unvorteilhaftes Bild sie benutzt hatte. Mick schien ihr diesen nicht übel zu nehmen, er war wohl zu beschäftigt mit seiner himmelblauen Rakete.

„Ziemlich treffender Vergleich", gab er dann aber grinsend zurück und wechselte abermals die Spur. „Nicht mit mir, Leute! Sei froh, dass du die Meute nicht am Hals hast! Du kannst tun und lassen, was du willst. Wir müssen ständig Ausschau halten, wo die nächste Nervensäge in einem Baum hängt. Wenn

Lizzy dich morgen in irgendeinem Klatschblatt in meinem Auto sitzen sieht, ist der Teufel los!"

„Sie weiß doch, dass ich zehn Jahre älter als du und mit David verheiratet bin."

Er grinste anzüglich. „Does that mean anything? Wer weiß, wie lange noch!"

„Was soll das denn heißen?"

„Es weiß doch jeder, dass David es nicht lange mit einer Frau aushält. So, it´s just a matter of time."

Sprachlos starrte sie Mick an. Meinte er das ernst oder wollte er sie ins Bockshorn jagen?

„Wovon redest du da?", fragte sie schließlich verärgert.

Er sah sie einen Moment lang prüfend an, dann grinste er. „Just a joke. By the way - wenn die dich erst mal auf dem Kieker haben, wirst du bald eine Großaufnahme deiner Augenfältchen, Fettpölsterchen oder Cellulitis in der Zeitung sehen, die mit einem dicken, roten Pfeil markiert sind. Dann wunderst du dich noch über ganz andere Sachen!"

„Ich habe keine Cellulite", empörte Anna sich.

„Sure?" Sein Grinsen hätte kaum noch breiter werden können. Zum Glück näherten sie sich dem Flughafen. Als er lässig den Wagen in Richtung der Abflugterminals lenkte, sagte er in einem versöhnlichen Ton: „Ich gebe dir da draußen gleich nur höflich die Hand, okay?"

„Natürlich, was denn sonst?"

Als sie ausgestiegen waren und Mick ihr tatsächlich nur wohlgesittet die Hand zum Abschied gab, sah sie den schwarzen Wagen langsam vorbeifahren. Hinter den getönten Scheiben konnte man ein großes Teleobjektiv erkennen. Gut, dass sie jetzt erst einmal eine Weile weg war!

Ihren Flug erwischten sie gerade noch auf die letzte Minute.

Es war ein seltsames Gefühl nach über einem Jahr in ihre kleine Berliner Wohnung zurückzukommen, um die Monika sich in der Zwischenzeit gekümmert hatte. Der Spätsommer in Deutschland präsentierte sich in diesem Jahr nass und regnerisch. Ein reichlich krasser Kontrast zu Kalifornien. Trotzdem war es schön, wieder hier zu sein. Täglich besuchte und pflegte sie Sarahs Grab. Sie war noch immer ein Teil von ihr. Aus einem anderen Leben zwar, aber unangefochten. Und so würde es bleiben. Auch wenn sie Tausende von Kilometern entfernt war.

Nach einer Woche ließ sie sich zu einem Besuch bei ihren Eltern hinreißen, schließlich hatten die ihr neues Enkelkind noch nicht zu Gesicht bekommen. Nachdem die Frage, wem „der Bua" denn nun ähnlichsehe, ausführlich mit der eilig herbeigerufenen Verwandt- und Nachbarschaft diskutiert worden war, klärte ihre Mutter sie darüber auf, dass der „Gemser Michi" nun eine anständige Frau geheiratet habe, die sehr, sehr glücklich mit ihm sei.

„Und du, bist auch glücklich mit deinem David?", schloss sie ihren Vortrag.

Wie schön wäre es gewesen, jetzt mit ihrer Mutter ein ehrliches Gespräch führen zu können, ihre Zugewandtheit und ihr Wohlwollen zu spüren. Doch darauf zu hoffen, wäre einfältig gewesen. Also rollte sie innerlich nur die Augen und sagte so überzeugend wie möglich: „Und wie!"

Sie telefonierte regelmäßig in großen Abständen mit David, der sich völlig in seine Arbeit zu vertiefen schien. Er wollte stets wissen, wie es ihr und „seinem Sohn" erging und was sie in Berlin alles unternahmen, aber Anna wartete vergeblich auf ein „Ich vermisse euch!" oder ein „Ich freue mich schon auf euch." So erkundigte sie sich auch mehr höflich als wirklich interessiert nach den Dreharbeiten und er erzählte dann voller Begeisterung von seinen Erlebnissen in Israel und von den Einblicken, die er dort gewonnen habe.

Je länger sie nun hier war, desto dringlicher riet ihr eine innere Stimme, ein zweites Standbein in Deutschland zu haben, obwohl sich ihr Lebensmittelpunkt nach L.A. verschoben hatte. Friedrichshain schien ihr nicht der geeignete Ort für ein Kind zu sein und inzwischen nicht mehr richtig zu ihr zu passen. Also machte sie sich auf die Suche nach einer neuen Bleibe. Im Tiergarten wurde sie fündig. Monika konnte sie von hier aus unkompliziert erreichen. Und die nahm es ihr nur gespielt übel, dass sie den Osten wieder verlassen wollte.

„Bist eben doch n Wessi. Waschecht. Kaum haste Knete uff da Tasche, schon biste wech", sagte sie mürrisch aber gutmütig. Die Treffen waren nun, da sie in weit auseinander liegenden Bezirken lebten, nicht mehr so häufig, verloren jedoch nichts von ihrer Intensität, wenn es auch eine neue Herausforderung in ihrer Freundschaft zu meistern galt: Anna hatte keine Geldsorgen mehr und führte in L.A. ein schon fast luxuriöses Leben, während Monika sich mit ihrem Lädchen über Wasser hielt. Doch damit kam Monika gut zurecht, aus Friedrichshain wegzugehen, kam ihr nie in den Sinn, schließlich habe sie diesen Bezirk „mit da Muddamilch uffjesogen". Sie machte sich eher Gedanken darüber, wie Annas zweite Ehe verlief.

„Willst du jetzt etwa immer hin- und herpendeln? Und das soll gut für den Kleinen sein?"

„Nein, natürlich nicht. Aber David hat so wenig Zeit für uns und ich kann in L.A. nicht richtig Fuß fassen."

„Warum kommt ihr denn nicht alle nach Berlin? Der Ami kann doch auch hier seine Geschichtchen in den Computer tippen."

„Ich glaube nicht, dass das für ihn in Frage kommt. Er braucht die Kontakte vor Ort."

Sie verschwieg Monika, wie unzufrieden sie selber mit der Situation war.

Noch glaubte sie fest an das, was sie mit David verband und dass sie im Moment nur eine schwierige Phase hatten.

Bevor sie nach Deutschland geflogen war, hatte sie sich zum „Pitchen" bei Donald Flox angemeldet und ihm die Idee vorgestellt, an der sie mit David arbeiten wollte. Es sollte ein Krimi werden. Von den Klippen über dem Pazifik aus hatte sie gesehen, dass etwas vom Meer angespült wurde. Aus der Entfernung ähnelte es einem toten Körper. Während sie gebannt auf dieses Etwas starrte, entwickelte sich in ihrem Kopf eine Geschichte zu der vermeintlichen Leiche und darüber, wie sie ins Wasser geraten war.

Von dieser Idee war Flox ganz angetan, zumindest tat er so. „Jaja, schreiben Sie mal eine Grobfassung. Die können wir ja dann mal zusammen durchgehen. Ich denke an Madaline Manover in der Rolle der Linda. Würde Mick wohl den Cop spielen?"

„Ich weiß nicht", erwiderte sie gedehnt. „Ich habe noch nicht mit ihm darüber gesprochen. Wer ist denn Madaline Manover?"

Er lächelte süffisant. „Maddy ist ein neuer Stern am Hollywood-Himmel. Sehr jung, sehr hübsch, sehr talentiert."

Einen Moment lang fragte sich Anna, in welchem Bereich Madaline Manovers Talente wohl lagen.

„Ich sehe eher Michaela Balthausen in der Rolle der Linda."

„Michaela Balthausen? Wer ist das denn?"

„Sie ist eine brillante deutsche Schauspielerin. Sie haben sie sicher in `*Am Anfang war der Geist*´ gesehen."

Flox nickte bedächtig. Langsam schien ein Gesicht vor seinem inneren Auge aufzutauchen. „Ich engagiere nicht gerne deutsche Schauspieler, wenn sie nicht akzentfrei sprechen können. Außerdem ist die Balthausen ein bisschen zu dick, finden Sie nicht?", fragte er dann.

„Nein, finde ich nicht. Aber sie ist keins von den Gerippen, die hier für gewöhnlich über den roten Teppich klappern, das ist wohl wahr."

Donald schüttelte sich angewidert. „Na ja, wie dem auch sei. Ich frage mal bei der Manover nach und sie schreiben mit David schön fleißig an dem Manuskript, ja? Ich denke, wir werden wieder viel Spaß miteinander haben." Seine Jacketkronen blitzten, als er lachte.

`Oh Mann, wie dämlich´, dachte Anna und sagte: „Ja, da bin ich mir sicher."

Und nun saß sie im Tiergarten in Berlin im Schatten eines Baumes und tippte versunken die erste Mordszene in ihren Computer. Nicolas schlief friedlich im Kinderwagen. Das würde nicht mehr lange der Fall sein und sie wollte die Zeit nutzen. Die Aussicht, dass möglicherweise bald ein Drehbuch verfilmt wurde, das sie gemeinsam mit David geschrieben hatte, beflügelte sie. Vielleicht wäre das ja eine Aufgabe, der sie sich dauerhaft widmen konnte.

Doch auch aus dieser Vision sollte erst einmal nichts werden. Als sie nach ein paar Wochen, die sie intensiv mit Nicolas und Monika genutzt hatte, nach Los Angeles zurückkehrte, eröffnete Flox ihr, dass „Maddy" in der nächsten Zeit ausgebucht sei und das Studio im Moment kein Interesse an einem weiteren Krimi habe. Ihm habe ihre Idee jedoch gefallen und er wolle das fertige Drehbuch gerne lesen.

„Wissen Sie eigentlich, dass ich auch deutsche Vorfahren habe?", fragte er plötzlich unvermittelt.

„Nein, das wusste ich nicht."

„Meine Großeltern stammten aus Strohn, einem Dorf in der Eifel. Sie haben Deutschland Anfang des Jahrhunderts aus Not verlassen und sich in Illinois niedergelassen."

„Ach."

„Jaja. Wir Deutschstämmige pflegen gerne das Brauchtum. Weihnachten feiern wir jedes Mal gemeinsam und singen deutsche Weihnachtslieder. O Tänneboam; o Tänneboam, wie green thin dainen Blädder", intonierte er inbrünstig, fasste sich dabei ans Herz und entblößte schon nach den ersten Takten grinsend seine gebleichten Kronen. „Haben Sie nicht Lust dieses Jahr mit uns zu feiern? Sie sind herzlich eingeladen."

Mühsam unterdrückte Anna ein Lachen. „Danke. Ich werde es David ausrichten und darüber nachdenken." Am liebsten hätte sie gleich gesagt, dass sie kein Interesse daran hatte, mit einem Vampir und seinen Gruftis schlecht gesungene Weihnachtslieder zu zelebrieren. Andererseits wäre dies natürlich eine gute Gelegenheit, Kontakte zu knüpfen. Weihnachten war erst in ein paar Monaten. Bis dahin würde sie weiter versuchen, mit David gemeinsam an dem Script zu arbeiten.

Als Anna sich zur Tür wandte, hielt Flox sie noch einmal zurück und legte seinen Arm um ihre Taille.

„Wie geht es Ihnen und David denn eigentlich so?"

Anna stutzte und rückte von ihm ab. „Gut."

Flox nickte und sah ihr tief in die Augen. „Kann David es also ertragen, eine Familie zu haben?"

„Warum sollte er nicht?"

„Ich dachte nur so."

Entschlossen ging sie zur Tür. Er schüttelte den Kopf, als wolle er eine lästige Fliege vertreiben. „Machen Sie es gut. Grüßen Sie ihn von mir", sagte er.

10

Das Leben in Kalifornien hatte viele Sonnenseiten – im wahrsten Sinne des Wortes. Nach dem verregneten Berlin bereitete es nun wieder Freude, nahezu jeden Morgen von Licht und leuchtenden Farben begrüßt zu werden. Vergessen war das Gefühl des Alleinseins, gestillt die Sehnsucht, Sarah nah zu sein. Das Klima als Motivationstrainer für die Lebenslust. Sie mochte gar nicht daran denken, wie das schlechte Wetter in Deutschland sie in trübe Stimmungen runtergezogen hätte, aus denen sie schwer wieder herausfand. Nicht so im „Golden State". Das machte ihr die Mentalität der Menschen hier verständlicher: Warum sich mieser Laune hingeben, wenn die Sonne scheint? Warum abhetzen, wenn man es doch gemütlich haben kann?

Und so lebte sie sich erneut ein in dieser Stadt, in der man ohne Auto wie ein Oktopus auf dem Trockenen saß. In dieser Stadt, in der so viel Platz für Einfamilienhäuser zu sein schien. In dieser Stadt, in der es kein wirkliches Zentrum gab. In dieser Stadt, in der monatelang die Sonne schien, erbarmungslos auch auf die Menschen, die bei Hitze und dichtem Verkehr neben der Straße joggten. Man konnte es aushalten in dem Haus in Brentwood, den palmengesäumten Strand in greifbarer Nähe, die frische Meeresbrise stets durchs offene Fenster wehend.

Nicolas wuchs zu einem aufgeweckten Jungen heran, der mit großen unschuldigen Augen staunend in die Welt blickte. David und Anna erzogen ihn zweisprachig, indem er ausschließlich Englisch und sie Deutsch mit ihm sprachen. Schließlich sollte Nicolas sich in beiden Ländern gut zurechtfinden.

Anna arbeitete wieder im Newcomer´s Club und wenn ihr ein bisschen Zeit blieb, auch an dem Konzept für den Krimi. Ihr war bewusst, dass diese Geschichte nicht annähernd so intensiv und tiefgründig war wie die Themen, mit denen David sich beschäftigte. Aber das konnte ja noch kommen, sobald er richtig mit einstieg. Für sie war es ein Zeitvertreib, der Freude bereitete und eventuell ein Erfolgserlebnis mit sich brachte. So konnte sie vielleicht auch etwas zum Familieneinkommen beitragen und David ein bisschen entlasten. Alles hätte friedvoll und harmonisch sein können, wenn die Ungeheuer in ihren Kerkern endlich Beachtung gefunden hätten.

Dass David nicht der Mann war, der sich in überschwänglichen Liebesbeteuerungen erging, damit hatte sie sich abgefunden und fast daran gewöhnt. Aber es fehlte ihr. Zumindest hatte er ihr immer das Gefühl vermittelt, gewollt zu sein. In den letzten Monaten ließ er sich jedoch kaum noch auf gemeinsame Aktivitäten ein. Mal schob er die anstrengende Arbeit am Schreibtisch oder im Studio vor, dann sonst etwas. Bikertouren mit Derek und den anderen australischen „Mates" zum Beispiel. Selbst Gespräche zu führen, die über den belanglosen Alltag hinausgingen, wurde schwierig, denn er war nur noch selten entspannt. Der Druck, für eine Familie sorgen zu müssen, hatte ihm die Leichtigkeit und Souveränität genommen. Auch Nicolas sah er mit steigendem Alter immer häufiger mit sichtbar zwiespältigen Gefühlen an. Anna konnte es nicht erklären, aber sie fühlte es deutlich, wenn sie beobachtete, wie er ihn betrachtete. Was entfremdete ihn zunehmend von seinem Sohn? Er liebte den Jungen, daran gab es keinen Zweifel. Er liebte ihn und konnte manchmal doch kaum seine Nähe ertragen, auch das spürte Anna in aller Deutlichkeit.

Gingen sie zusammen aus, hatte David wenig Ruhe, kritzelte ständig Notizen auf Servietten, Bierdeckel oder Papierschnipsel, weil er Sorge hatte, die Ideen, die er spontan hatte, könnten ihm wieder entfallen. Er hatte in der Zeitung einen Artikel über einen Psychologen gelesen, der nach und nach der Schizophrenie verfallen war. Jetzt war er geradezu besessen von der Geschichte und wollte sie unbedingt umsetzen, sobald er Zeit hatte. Er hatte sowohl Bruckner als auch Flox über seine Idee informiert, aber sie hatten sich noch nicht dazu geäußert. Immer wieder kam ihr Flox´ merkwürdige Frage in den Sinn, ob David es ertragen könne, eine Familie zu haben. Hatte er dabei von sich selbst auf David geschlossen oder an etwas Bestimmtes gedacht? Sie hatte David nichts von seinem sonderbaren Annäherungsversuch erzählt, weil sie selber nicht so recht wusste, wie sie ihn einsortieren sollte. Auch Micks Bemerkung, David halte es nie lange mit einer Frau aus, klinkte sich zunehmend in ihr Gedankenkarussell ein, auf dem schon Flox und Derek saßen. Sie wurde immer unsicherer, ob die Äußerung tatsächlich „just a joke" gewesen war.

„David, ich möchte mit dir reden", begann sie an einem ruhigen Abend. Nicolas lag im Bett und sie saßen vor dem prasselnden Feuer am offenen Kamin. David hatte sich in sein Manuskript eingegraben. Er bat Anna immer seltener, neu entstandene Szenen anzuschauen oder mit ihm ein Read-Through zu veranstalten, erkundigte sich auch so gut wie nie nach ihrer Arbeit.

„Hm", sagte er, sah aber nicht von der Lektüre auf, eingeschlossen in einem Kokon aus Vermeidung, Verlustangst und Sorge um seine Familie, die durch dicke Mauern aus Panzerglas geschützt werden musste.

Anna wartete darauf, dass er ihr seine Aufmerksamkeit widmete. Sie war sich ziemlich sicher, dass hinter diesem Verhalten keine andere Frau steckte, denn er war die meiste Zeit zu Hause und blieb auch die Abende daheim. Ja, sie verbrachten sogar die Abende zusammen. Gemeinsam im gleichen Raum und doch meilenweit entfernt. So wie jetzt.

Es dauerte Minuten, bis er endlich den Kopf hob, und fragte: „Was gibt´s denn?"

„Ich möchte einfach mit dir reden."

„Worüber?"

„Über deine Arbeit, über meine. Über dich und mich."

Er ließ das Manuskript sinken. „Stimmt etwas nicht?"

„Sag du´s mir."

„Ich? Wieso ich? Bei mir ist alles in Ordnung."

Anna schwieg eine Weile, ehe sie fragte. „Weißt du, was ich im Moment mache?"

„Du kümmerst dich um Nicolas und arbeitest ein paar Stunden in der Woche im Newcomer´s Club."

„Und ab und zu arbeite ich an dem Manuskript, das wir eigentlich zusammen schreiben wollten."

Nun schien David peinlich berührt. „Oh dear, sorry."

Er dachte nach. „Und wie weit bist du schon?", fragte er schließlich.

„Und wie weit bist du mit deinem Manuskript?", gab sie zurück.

„Das weißt du doch."

„Nein, weiß ich eben nicht."

Wieder schwiegen sie eine Weile. „Genau das ist es! Das will ich damit sagen. Wir reden nicht mehr richtig mit einander. Wir organisieren unseren Alltag und das war´s. Ich habe das Gefühl, nicht mehr über dich zu wissen als vor unserer Hochzeit."

„Ach komm. Das ist ja wohl etwas übertrieben. Was willst du denn wissen?"

„Zum Beispiel, was dich an Nicolas stört."

„An Nicolas? Nichts. Wie kommst du denn darauf?"

„Warum siehst du ihn so befremdet an?"

„Tue ich das?"

„Es kommt mir so vor."

„Das täuscht."

Wieder entstand eine Pause. `Wieso sagst du mir nie, dass du mich liebst?´, dachte Anna. Stattdessen fragte sie: „Was war mit deinem Bruder?"

„Mit meinem Bruder? Was hat der denn jetzt damit zu tun?"

„Keine Ahnung. Ich würde es aber gerne wissen."

„Da gibt es nicht viel zu wissen. Er ist gestorben, als ich noch klein war. Ich kann mich kaum an ihn erinnern."

„Wie ist er gestorben?"

„Mensch Anna, musst du immer wieder mit diesen alten Kamellen anfangen? Ich war vier Jahre alt! Ich kann mich kaum noch erinnern. Kannst du dich an Dinge erinnern, die passiert sind, als du vier Jahre alt warst?"

Die Schärfe seines Tons ließ Anna zurückschrecken. Sie wollte nicht mit David streiten, sie wollte ihm nahe sein. Dies war offensichtlich nicht der richtige Weg, um an ihn heranzukommen.

„Ich hatte einfach nur gehofft, du würdest mir etwas mehr von dir erzählen." `Schließlich bin ich deine Frau´, fügte sie in Gedanken hinzu.

„Ein anderes Mal vielleicht, okay?"

Und dabei blieb es, denn seine Ungeheuer begannen zornig an den Kerkergittern zu rütteln und ließen sich nun nicht mehr ignorieren. Sie wollten mit ihrem Kummer und ihrer Last wahrgenommen werden. Doch der Wächter sah sie nur hilflos an.

Mitten in der Nacht erwachte David, weil die Kinderstimme aus dem Untergrund in größter Sorge seinen Namen rief und nicht mehr verstummen wollte. Und nun hatte sie auch ihr Gesicht zurückbekommen, als wollten die Dämonen ihm hämisch die gefletschten Zähne ins Fleisch stoßen. „Sieh her, sieh mich an! Das hast du getan! Vergiss niemals den Schmerz. Deine Schuld ist noch nicht beglichen. Sie ist niemals beglichen!"

Er stöhnte auf und krümmte sich unter dem stechenden Schmerz in seinem Magen.

„Was ist los, David?", fragte Anna schlaftrunken. „Hast du Schmerzen?"

Er stöhnte noch einmal. Die Magenschmerzen waren harmlos verglichen mit dem seelischen Kummer, den er durchlitt. Scham, Schuldgefühle, die bohrende Wunde des Verlustes der Eltern. Ein aussichtsloser Kampf gegen die Dämonen seiner Kindheit.

„Soll ich dir eine Wärmflasche machen?", fragte Anna besorgt.

„Ja bitte." Er wollte allein sein. Sie sollte nicht miterleben müssen, wie er litt.

Anna erhob sich schnell aus dem Bett und ging in die Küche. Kurze Zeit später hörte er den Wasserkocher gurgeln. Das Kind in ihm hatte gelernt, dass die Person, die er am meisten liebte und brauchte, ihn verstieß, sobald sie erfuhr, was passiert war. Es hatte auch gelernt, dass der Kampf gegen die Schuldgefühle aussichtslos war. Im Gegenteil, sie wurden stärker, je länger er sich mit ihnen auseinandersetzte. Er musste das fürs sich behalten und versuchen, die Dämonen wieder dahin zu verschieben, wo sie seiner Meinung nach hingehörten und keine Chance mehr hatten, ihn zu quälen. Schließlich waren sie ein Teil von ihm.

Mit Beginn des neuen Jahrtausends trat eine Regelung in Kraft, nach der Anna die doppelte Staatsbürgerschaft beantragen konnte, was sie dann auch tat. Das erleichterte den bürokratischen Aufwand, denn sie verbrachte immer wieder Wochen und Monate in Deutschland. Und diese Phasen wurden im Laufe der Zeit häufiger und länger. Die Ehe mit

David war anders als die mit Thomas. Und das hatte nicht nur mit dem Beruf zu tun, den David ausübte. Etwas Existenzielles verband sie beide, aber das bedeutete leider nicht automatisch, dass man dauerhaft eine glückliche Ehe führen konnte, wie sie sich eingestehen musste. War sie Thomas nahezu bedenkenlos nach Berlin gefolgt und hatte alles andere hinter sich gelassen, wollte sie nun in ihrer Beziehung zu David die Wohnung in Berlin behalten. Irgendwie spürte sie, dass sie diesen Rückhalt, diesen Zufluchtsort brauchte. Immer wieder versuchte sie, David in Gesprächen zu erreichen, ihn dazu zu bewegen, sich ihr mitzuteilen. Doch sie biss damit auf Granit. Wenn sie auf Antworten beharrte, gerieten sie fast in Streit, der sie einander noch mehr entfremdete.

Als sich Michaela von Jan Gunnar trennte und zurück nach Deutschland zog, vereinsamte Anna zunehmend. Sie vermisste ihre Freundinnen, Telefonate und Briefe konnten ihre Nähe und Anwesenheit nicht ersetzten. Das hatte sich in all den Jahren seit ihrem Weggang aus München nicht verändert. Eine Stimme im Ohr tat gut, eine Umarmung und Augen-Blicke waren schöner. Außerdem fühlte sie immer stärker, dass sie nach Deutschland gehörte.

Der Whole Foods Market an der Ecke Fairfax Avenue/ Santa Monica Boulevard war ein für amerikanische Verhältnisse kleiner aber gut sortierter Supermarkt. Hier fand jeder eine große Auswahl an Spezialitäten und konnte sich außer Salaten und Sandwiches ein abwechslungsreiches Abendessen zusammenstellen. Hinter den Kassen befanden sich Sitzplätze, an denen Hungrige das eben eingekaufte Essen gleich zu sich nehmen konnten. Als Anna den Supermarkt betrat, sah sie dort einen jungen Mann mit einem Laptop sitzen, der in ein Bildbearbeitungsprogramm vertieft war. Er kam ihr bekannt vor. Sie schob ihren Einkaufswagen durch die Gänge und ärgerte sich, dass sie ihre Jacke im Auto liegen gelassen hatte. Die Klimaanlage lief auf vollen Touren und ihr war kalt. Sie beeilte sich, um eine Erkältung zu vermeiden. An der Käsetheke sah sie den geschwätzigen „Assistenten des Aufnahmeleiter-Assistenten", der bei den Dreharbeiten zu ihrem Skript immer wichtig durch das Studio gefegt war und während ihrer Schwangerschaft nahezu übertrieben Rücksicht auf sie genommen hatte. Nun erinnerte sie, wer der junge Mann mit dem Laptop war: sein Lebensgefährte.

Ihr war weder an Hollywood-Klatsch noch an einem länger andauernden Aufenthalt in diesem Eisschrank gelegen. Außerdem hatte sie den Namen des Assistenten längst vergessen und wollte die Frage danach, wie es ihr ging, nicht mit einem unehrlichen „excellent" beantworten. Also versuchte sie sich unauffällig an ihm vorbei zu schleichen. Sie tat, als beschäftige sie sich mit den Kaffeebohnen in den offenen Säcken, strich an der Gemüsetheke entlang und betrachtete dort die Auslage, obwohl sie nur noch Milch benötigte.

An der Kühltheke erwischte er sie schließlich doch, kreischte ihr hocherfreut das unvermeidliche „How are you doing!" entgegen und begann fast im selben Atemzug, ihr Stories über die Profilierungsneurosen der Stars zu erzählen, mit denen er bereits gearbeitet hatte.

Obwohl er nur mit Shorts und T-Shirt bekleidet war, schien ihm die Kälte nichts auszumachen. Anna fror erbärmlich und dachte missmutig, dass die Amerikaner daran wohl gewöhnt waren, weil in allen öffentlichen Gebäuden ständig die Klimaanlage lief.

„Ist Ihnen kalt? Sie zittern ja!", sagte er.

Anna bejahte und hoffte, damit ein schnelles Ende für das Gespräch einzuleiten, das sie nicht im mindesten interessierte.

Aber der kleine Kerl mit den listigen Augen erwies sich als erstaunlich ignorant. Ohne Überleitung breitete er nun Verschwörungstheorien vor Anna aus. Anscheinend sah er sich selbst als Opfer einer groß angelegten Offensive verschiedener Studios, die es darauf anlegten, seine brillanten Ideen zu stehlen. Es schien ihm gleichgültig zu sein, ob sie ihm zuhörte oder nicht. Sich selber reden zu hören befriedigte ihn offenbar völlig. Anna verlegte sich vom Zuhören aufs Erinnern seines Namens, als sei der eine Zauberformel: Wenn sie erst seinen Namen wusste, könnte sie sich aus dem Staub machen. Verdammt, wie hieß er doch gleich?

„Wie läuft es denn bei ihnen? Wen haben Sie denn zuletzt geschminkt?", fragte er unvermittelt in ihre Überlegungen hinein.

Einen Moment lang war Anna fassungslos. Er hielt sie für eine Maskenbildnerin! Und sie hatte sich hier von ihm festhalten lassen und über seinen Namen gegrübelt!

„Malcolm Grey in *Owl* und in einer halben Stunde muss ich bei Paramount sein, um Eliza Eliot zu schminken", versetzte sie. „Machen Sie es gut, Jonathan. See you!"

Sie strebte die Kassen an und ließ ihn mit offenem Mund stehen.

„Ich heiße Gérard", rief er ihr nach.

Den Namen sprach er französisch mit amerikanischem Akzent aus.

Als sie den Supermarkt verließ, fühlte sie sich noch einsamer als davor. Am nächsten Morgen hatte sie Halsschmerzen und dann war sie zwei Wochen lang krank.

Auch an ihrem vierten Hochzeitstag litt Anna noch immer unter ihrem unbeabsichtigten Zusammentreffen mit Gérard im Kühlschrank. Sie fühlte sich erschöpft und ausgebrannt, als David sie und Nicolas für den Abend ins „Ivy on the Shore" einlud, den Ort, an dem er ihr den merkwürdigen Heiratsantrag gemacht hatte.

Schon nachmittags fuhr Anna mit Nicolas den Ocean Drive hinunter, um mit ihm zum Santa Monica Beach zu gehen. Zu Hause war es anstrengend mit ihm gewesen, weil er ständig mit ihr spielen wollte. Sie hoffte, am Meer hätte er Abwechslung und sie könnte sich etwas ausruhen. Also legten sie sich neben dem Pier an den weißen Sandstrand, der an die 100 Meter breit und endlos lang war. Das rot gefärbte Meer schwemmte grün-braunen Schaum heran.

„Mama, warum ist das Wasser rot?", fragte Nicolas.

„Ich weiß es nicht", antwortete Anna unkonzentriert und fingerte nach ihren Taschentüchern. Das Meer rauschte laut. Ihr Kopf dröhnte und sie war mit den Gedanken bei dem heutigen Abend. Sie drehte sich auf den Bauch und blickte auf die Silhouette von Santa Monica, die gesäumt war von Palmen und aufragenden Hotelbauten. Weiter vorne standen Strandhäuser, über dem Sand flimmerte die Hitze bis auf die Höhe der Häuser. Landeinwärts wehte ein starker Wind, sodass sie trotz der Wärme fröstelte. Es war wohl doch keine kluge Idee, hierher zu kommen.

Wenigstens hatte Flox sich gemeldet und ihr mitgeteilt, MovieFactory sei nun an einer Verfilmung eines Krimi-Manuskripts interessiert, wenn David Zeit für die Ausarbeitung finde. Der war einverstanden. Anna wusste zwar nur zu gut, dass plötzlich einmal mehr etwas dazwischen kommen könnte, aber immerhin gab es berechtigten Grund zur Hoffnung. Ein Schwarm Möwen flog über sie hinweg und sammelte sich an den Mülltonnen. Eine hinterließ ein schleimig-klebriges Häufchen auf Nicolas´ Badetuch. Auch das noch!

„Igitt! Mama, sieh mal! Die Möwe hat auf mein Handtuch gemacht!"

Schwerfällig erhob Anna sich. „Lass uns duschen gehen. Papa wird bald da sein und dann gehen wir schön essen, ja? Das Strandtuch wird gewaschen, dann sieht man nichts mehr von dem Möwen-Aa."

Gleichzeitig fasziniert und angeekelt betrachtete Nicolas das Kothäufchen und verstrich es mit einem dünnen Stöckchen, als wolle er die Konsistenz überprüfen.

„Lass das!", herrschte sie den Kleinen an, der zusammenzuckte und sofort innehielt. Es war einfach alles zuviel im Moment.

Widerwillig sah Anna weg und fragte sich, warum Nicolas weder ihr noch David im Entferntesten ähnlichsah. Welche Laune der Natur hatte sich mit ihnen einen Scherz erlaubt?

Und warum konnte sie sich so gar nicht auf den Abend freuen?

Sie duschten im öffentlichen Waschhaus und gingen dann zu Fuß in das Restaurant, das gleich auf der anderen Seite des Ocean Drive lag. Natürlich waren sie zu früh. David war noch nicht da, hatte aber vorsorglich einen Tisch für sie reservieren lassen. Anna gab Nicolas Buntstifte und einen Zeichenblock. Hoffentlich konnte sie das Kind so lange beschäftigen.

Gedankenverloren und missmutig beobachtete sie zwei übergewichtige Mexikaner-Pärchen, die am Nebentisch saßen und Grillteller aßen. Einer der Frauen quoll das Gesäß aus der Hose, eine monströse Tätowierung entblößend. Ihr Freund winkte den Kellner zu sich und gab ihm einen Autoschlüssel mit dem barsch formulierten Auftrag, zu seinem Auto auf dem Parkplatz zu laufen und die Handtasche seiner Freundin zu holen.

Unangenehm berührt wandte Anna den Blick ab, sah aus dem Fenster und dachte an Berlin.

Irgendwann erschien dann endlich David, das Handy am Ohr, gab ihnen flüchtig Küsse auf die Wangen und telefonierte zehn Minuten mit wem auch immer. Dem Gespräch entnahm Anna, dass entweder Bruckner oder Flox Interesse an dem Schizophrenie-Projekt hatte. Seine Augen leuchteten.

Kaum hatte David das Telefonat beendet, erschien ein Fremder an ihrem Tisch, der sich als Polizist und Bewunderer von David zu erkennen gab. Dann ließ er sich ausführlich darüber aus, dass die Polizeiarbeit in Filmen noch immer falsch dargestellt werde und benannte in schier endlosem Monolog jedes Detail aus Davids letztem Drehbuch, das nicht der Realität entspreche. David hörte ihm höflich zu und bemühte sich, das Gespräch elegant zu beenden. Das gelang jedoch erst, als der Polizist von seiner Frau mit einem entschuldigenden Lächeln vom Tisch weggezogen wurde. Annas Stimmung sank auf den Gefrierpunkt.

Nun widmete David sich endlich seiner Familie und Nicolas nahm die Gelegenheit wahr, ihm vom Möwenkot auf dem Handtuch zu erzählen. David schenkte ihm väterlich interessiert seine Aufmerksamkeit. Davon beflügelt, war Nicolas´ Mitteilungsbedürfnis nicht mehr zu bremsen und er malte nun aus, welche Dinge noch vom Himmel hätten fallen und ihn treffen können. Als er mit einem Gesichtsausdruck voll Panik und echt wirkender Todesangst rief, ihn hätte ja auch ein Flugzeug erschlagen können, wurde David plötzlich weiß wie eine Wand.

Mit glasigen Augen starrte er an Nicolas vorbei ins Leere.

Irritiert brach dieser ab. „Warum guckst du so? Es ist doch gar kein Flugzeug runtergekommen."

David reagierte nicht. Hilflos sah Nicolas Anna an. „Was ist mit Papa?"

Gezwungenermaßen kehrte Anna aus ihrem Eishaus zurück und fasste Davids Arm. „Was ist los, David?"

Langsam kam David zu sich. „Nichts", sagte er rau und abweisend. „Lasst uns bestellen."

Sie blieben lange Zeit einsilbig und reserviert. Nicolas saß geduckt und muckste sich nicht mehr. Offensichtlich gab er sich die Schuld für die schlechte Laune am Tisch. Als Anna das bemerkte, versuchte sie, ihm dieses Gefühl zu nehmen.

Als David zur Toilette ging, fragte Nicolas: „Hab ich was falsch gemacht?" Tränen stiegen in seine Augen.

„Nein, Schatz, hast du nicht. Das hat nichts mit dir zu tun", sagte sie und strich ihm über den Kopf. Er tat ihr leid. Als David zurückkam und die rot verweinten Augen seines Sohnes sah, biss er die Kiefer aufeinander, dass die Kaumuskeln hervortraten. Es schien Anna, als könne er den Anblick des Kindes kaum ertragen. Und das tat ihr weh. Es tat ihr mehr weh, als wenn er sie so angesehen hätte.

`Was für ein wunderbarer Hochzeitstag´, dachte sie sarkastisch und fühlte einen stechenden Kopfschmerz. Leider war das noch nicht alles, was sie an Unangenehmem erwartete. „Hast du eben mit Bruckner telefoniert?", fragte sie, um ein Gespräch in Gang zu bringen.

„Ja, Frank hat mir mitgeteilt, dass er *Schizophrenia* realisieren wird, wenn das Drehbuch ihn überzeugt und spätestens in einem halben Jahr vorliegt. Ich musste mich spontan entscheiden."

Das klang nicht gut. Anna legte ihr Besteck beiseite. „Und, hast du zugesagt?"

Er sah sie nicht an. „Ja, die Chance kann ich nicht ungenutzt lassen."

Anna spürte, wie ihre Luftröhre krampfte. „Was ist mit unserem Krimi?"

Er sah sie noch immer nicht an. „An dem arbeiten wir dann anschließend, versprochen. Das andere ist eine große Sache. Eine anspruchsvolle Charakterstudie. Vielleicht kannst du ja auch schon mal mit Joe

Campton an deiner Idee weiter feilen und ich steige dann ein, wenn ich wieder Zeit habe."

„Ich wollte etwas gemeinsam mit dir machen und ich glaube kaum, dass Joe darauf wartet, dass ich mit einer Idee zu ihm komme." Leiser, aber ebenfalls mit größtem Ernst flüsterte sie nahe an seinem Ohr: „Und dein Sohn möchte auch gerne mal etwas Zeit mit dir verbringen, weißt du?"

„Womöglich doch, wenn er weiß, dass Flox Interesse an dem Stoff hat", erwiderte David in normaler Lautstärke.

Sie sah mit fiebrigen Augen aus dem Fenster und schwieg. Hatte er den Appell nicht gehört oder ignorierte er ihn einfach? Ein Gefühl von Lähmung machte sich in ihr breit.

„Ach, komm. Verstehst du denn nicht? Ich kann zu dem Angebot jetzt nicht nein sagen!" Er sah sie flehentlich an.

Anna blickte unverwandt zum Fenster hinaus. `Was mache ich hier eigentlich?´, fragte sie sich. `Mit einem Mann, der sich immer mehr in sich zurückzieht. Der den Anblick seines Sohnes nicht ertragen kann. Der mir in all den Jahren nie gesagt hat, dass er mich liebt und der nun auch noch unser gemeinsames Projekt seiner Karriere opfert. In einer Stadt, die nicht meine ist. Was in aller Welt ist aus der „lebenslustigen Prinzessin" geworden?

„Doch, das verstehe ich", sagte sie ausdruckslos, das Bild einer harmonischen Chinoiserie-Familiengruppe aus Porzellan vor Augen. Dabei bekam sie einen Hustenanfall, der gar nicht wieder aufhören wollte.

Zu Nicolas´ viertem Geburtstag war Anna endlich wieder gesund. Sie flog mit ihm nach Berlin und blieb dort. Es dauerte lange, bis David das überhaupt merkte. Sie telefonierten hin und wieder miteinander. In den ersten Wochen stellte er die Frage danach, wann sie denn zurück nach Amerika komme, gar nicht. Als sie dann kam, sagte Anna: „Ich weiß es noch nicht."

„Ist es dir wichtig, bei Monika zu sein?"

„Ja."

Ein paar Wochen später fragte er wieder, wann sie komme.

„Ich bleibe in Deutschland", sagte sie ruhig.

Es war lange still in der Leitung.

„Warum?"

Sie biss sich auf die Lippen. Was sollte sie dazu sagen? Dass sie es sich auch nicht erklären konnte, was mit ihnen geschehen war? Dass sie es nicht ertrug, ihm körperlich nah und doch meilenweit entfernt von ihm zu sein? Dass sie höllische Angst davor hatte, erneut vor einem Scherbenhaufen zu stehen, und deshalb lieber ging, solange die Porzellanfiguren noch heil waren? Sie schwieg.

Schließlich fragte er: „Wann kann ich Nicolas sehen?"

„Du kannst ihn jederzeit besuchen kommen."

David atmete hörbar. „Du weißt, dass ich hier nicht wegkann, wie ich will."

„Wenn du möchtest, bringe ich ihn ab und zu mal nach Amerika."

„Natürlich möchte ich das", sagte er mit erstickter Stimme und legte auf.

„Herr im Himmel, wie kommst du denn darauf, dass er dich nicht liebt?", fragte Monika, als Anna ihr weinend erzählte, was passiert war.

„Er hat es mir noch nie gesagt."

„Er hat dich geheiratet!"

„Weil ich schwanger war."

„Und wenn schon. Er hätte das nicht tun müssen, wenn er nicht gewollt hätte. Ihr hättet auch einfach so ein Paar sein können."

„Das tut ein Mann mit Ehrvorstellungen nicht."

Monika seufzte. „Mensch Anna."

„Er hat sich immer mehr vor mir zurückgezogen. Wir haben nur noch neben einander hergelebt. Und wenn du gesehen hättest, mir welchen Blick er Nicolas manchmal ansieht, da wird dir angst und bange!"

„Sein eigenes Kind?"

„Ja, als würde er denken, dass der kleine Kerl ihn in diese Scheiße gezwungen hätte."

„Ach Anna, das kann ich kaum glauben."

„Ich konnte es auch nicht. Aber ich bin nicht blind."

„Zweifelt er denn seine Vaterschaft an?"

„Das hat er noch nie geäußert, obwohl Nicolas ihm nun wirklich nicht besonders ähnlich sieht. Aber dass er der Vater des Jungen ist, scheint für ihn nicht in Frage zu stehen."

„Na immerhin!"

„Weißt du, wie lange es dauerte, bis er gefragt hat, wann wir zurück nach Amerika kommen?"

„Er arbeitet viel und wollte dir vielleicht auch deine Freiheit lassen. Er weiß doch, dass du so an Deutschland hängst."

„Das ist mir ehrlich gesagt ein bisschen zu viel Freiheit. Nein, ich möchte nicht, dass ich wieder komplett vor einem Scherbenhaufen stehe. Da gehe ich lieber freiwillig!"

Nachdenklich sah Monika sie an. „Meinst du nicht, dass das vielleicht mit dem frühen Tod von seinem Bruder zusammenhängt?"

„Das kann ja gut sein", gab Anna heftig zurück. „Aber er weigert sich ja beharrlich, mir auch nur zu erzählen, was überhaupt passiert ist! Offenbar hat er kein Vertrauen zu mir. Ich komme nicht an ihn heran.

Er ist wie eine Wand. So kann man doch keine Beziehung führen!"

„Haste ihm das so gesagt?"

„Ich hab´s versucht. Ich habe viel nachgedacht in dieser Zeit. Natürlich habe ich David mehrfach nach dem Grund seiner Distanziertheit gefragt."

„Und was hat er gesagt?"

„Er bestritt, überhaupt distanziert zu sein. Anfangs heftig, mit der Zeit immer schwächer und irgendwann gar nicht mehr. Anscheinend hat er erkannt, dass ich Recht hatte."

„Und dann?"

„Dann habe ich angefangen, in seiner Familiengeschichte zu bohren, und damit auf Granit gebissen. Auf Fragen nach dem Bruder reagiert er gar nicht oder unwirsch. Ja, der sei früh gestorben, bei einem Unfall. Jaja, das alles habe nichts mit uns zu tun."

„Scheinbar aber doch."

„Irgendwann spürte ich, dass ich es kaum ertragen konnte, ihm nah und doch so fern zu sein. Schließlich hat er über meinen Kopf hinweg den Auftrag für dieses Drehbuch angenommen, der es ihm unmöglich macht, mit mir an dem Krimi zu arbeiten."

„Wäre der Film denn ganz sicher gedreht worden?"

„Na ja, ganz sicher nicht. Es sind noch keine Verträge unterzeichnet. Das war alles in der Planungsphase."

„Und in der scheitern ja `ne Menge Projekte, wenn ick mich nich irre..."

Anna schwieg.

„Ich will den Ami ja nicht in Schutz nehmen, aber ich müsste lügen, wenn ich behaupten wollte, dass ich die Entscheidung nicht verstehen tue. Immerhin sorgt er für die Kohle bei euch."

„Trotzdem", beharrte Anna. „Das hat mir jedenfalls den Rest gegeben. Also habe ich die Koffer gepackt und bin mit Nicolas hierhin geflogen. David nahm es wie immer widerspruchslos hin."

„Und jetze hamm wa den Salat."

Drei Wochen später kam er nach Berlin. Er hatte sich ein Hotelzimmer gemietet und Anna brachte Nicolas zu ihm. Der Kleine freute sich unbändig auf seinen Vater. Er verstand nicht, warum sie nicht mehr bei ihm waren. Als der Junge abends schlief, rief David Anna an und bat sie, ins Hotel zu kommen, damit sie miteinander reden konnten.

Schweren Herzens fuhr sie hin. David sah blass und abgespannt aus.

„Was ist passiert?", fragte er ohne Einleitung.

„Erklär du es mir."

„Ich? Du hast doch für dich entschieden, nicht mehr zurückzukommen!"

Anna senkte den Kopf. Schließlich sagte sie leise: „Ich habe das nicht einfach für mich entschieden. Das hat sich schon lange angebahnt."

„Hast du einen anderen?"

Empört starrte sie ihn an. Wie konnte er auf eine solche Idee kommen? „Nein!"

„Liegt es daran, dass ich dieses Drehbuch nicht mit dir zusammen geschrieben und erst einmal an Schizophrenia gearbeitet habe?"

„Das war nur der berühmte Tropfen, der das Fass zum Überlaufen gebracht hat."

„Was zum Teufel ist es dann?"

„Du bist nicht mit dem Herzen bei uns. Scheinbar kannst du es nicht ertragen, eine Familie zu haben."

Entgeistert sah er sie an. Dann wendete er den Blick ab und starrte schwer atmend ins Leere. Ein langes Schweigen folgte. In David öffnete sich ein Loch, tief und schwarz. Anna wollte, dass er den Kerker aufschloss und die Dämonen befreite. Sie hatte keine Ahnung, was das bedeutete. Die Ungeheuer würden alles zerstören, was sie beide sich aufgebaut hatten. Sie würden ihn mit in den Abgrund reißen. Die einzige Chance, die sie als Paar hatten, war, dass ein Teil von ihm das Verlies weiterhin bewachte. Wieso

194

konnte Anna die Dinge nicht einfach so laufen lassen, wie sie waren? Ihnen ging es doch gut!

`Wenn er es mir wenigstens jetzt sagte. Wenn er es doch nur einmal über die Lippen bringen würde! Warum sagt er mir nicht wenigstens, dass er mich liebt, wenn er es schon nicht zeigen kann?´, dachte Anna.

Als sich auch nach weiteren zehn Minuten nichts in David nach außen sichtbar regte, schloss Anna daraus, dass er es nicht tat, weil es nicht so war. Das Brennen in ihrer Brust schmerzte so, dass sie es nicht mehr ertragen konnte. Wie verletzt er war, sah sie nicht. Langsam erhob sie sich.

„Ich gehe jetzt."

Er erwiderte nichts, starrte immer noch mit einem Ausdruck der inneren Leere, in den sich Verbitterung gemischt hatte, an die Wand.

„Ruf mich an, wenn ich Nicolas abholen soll."

Erst keine Reaktion, dann ein kaum merkliches Nicken. Er konnte nicht fassen, dass er ihre Liebe verlor, obwohl er das Geheimnis für sich behielt.

Als sie zurück in ihrer Wohnung war, überkam sie Angst: War es die richtige Entscheidung, sich von David zu trennen? Wieso nahm er einfach immer alles nur hin, was sie tat? Was passierte, wenn er die Nerven verlor? Wie konnte sie so leichtsinnig sein, den Kleinen bei ihm zu lassen? Aber das musste sie doch. Sie durfte dem Vater nicht das Kind entziehen! Im Laufe der nächsten Tage entwickelte sich diese Angst zur Panik. Sie rief im Hotel an, um in Erfahrung zu bringen, ob beide noch da waren. Das wurde ihr bestätigt. Am folgenden Tag brachte David den Jungen zu ihr.

Gefasst und reserviert betrat er die Wohnung. Nicolas sprang in Annas Arme, die zu verbergen versuchte, wie erleichtert sie war, ihn wiederzuhaben. Der Kleine wollte losplappern und erzählen, was er alles mit seinem Dad unternommen hatte, doch Anna unterbrach ihn sanft und trug ihm auf, dass er zuerst seine Sachen in sein Zimmer bringen soll.

„Steht deine Entscheidung?", fragte David, als Nicolas davongewackelt war.

„Hast du etwas, um mich umzustimmen?"

„Nein, das musst du schon selber wissen."

In ihren Gesichtern spiegelte sich die beiderseitige Enttäuschung. `Ein Wort nur, eine Geste´, dachte Anna verzweifelt. Stattdessen hörte sie sich sagen: „Du weißt, dass du Nicolas jeder Zeit sehen kannst."

Das war auch nicht das, was David hören wollte. Dass Anna bereit war, ihn so ohne Weiteres zu verlassen, obwohl er gut für die Familie sorgte und sie und Nicolas liebte, verletzte ihn tief. Er hatte sie nicht bedrängt, sich ihm weiter zu öffnen, akzeptierte ihre Verwundungen, ja, liebte sie eben deswegen. Was wollte sie noch von ihm? Er gab doch schon alles, was er konnte, und darüber hinaus. Er fühlte sich unverstanden und schlecht behandelt. Alle Freiheiten, die sie brauchte, hatte er ihr gelassen. Und das war nun der Dank dafür? Dass sie Knall auf Fall ging, nur weil er sich anderen Projekten zuwandte, die wichtig waren, um die Familie ernähren zu können?

Er drehte sich um. „Mach´s gut, Liebes. Lass uns in Kontakt bleiben. Vielleicht überlegst du es dir ja doch noch mal."

Dann war er weg. Das Wort „Liebes" brannte sich in Annas Bewusstsein hinein und suchte sie in ihren Träumen heim.

Verschwitzt und mit platt gedrückten Haaren trat Derek in Lederkluft mit dem Helm in der Hand in Davids Hausflur. Ihn umwehte noch der heiße Wind, der einen Hauch von Wüstensand mit sich trug. Er hatte sich sofort aufs Motorrad gesetzt, als David ihm erzählte, was passiert war.

„Gosh!", sagte er immer wieder. „Wie konnte so´n Mist denn passieren? Ich dachte, du hättest alles im Griff mit deiner cosy little family!"

Kreidebleich fixierte David die Zimmerecke. „Ich habe keine Ahnung", antwortete er schließlich tonlos. Er war fassungslos und fühlte sich wie eine leblose Hülle, die nur noch ferngesteuert funktionierte. Er verstand nicht, was er falsch gemacht hatte. Dabei hatte er alles dafür getan, seine Familie zu versorgen und zu beschützen!

„Hat Anna in Berlin einen anderen am Start? Du hättest sie nicht so oft und so lange alleine dahin fahren lassen dürfen! Ist doch klar, dass sich jemand an die ranmacht!"

David wurde noch eine Spur bleicher. „Sie sagt, es gibt keinen anderen."

„Pah! Die geht einfach so? Wer soll das denn glauben? Was hat sie überhaupt gesagt? Jetzt spuck doch endlich mal aus!"

„Sie hat erklärt, ich sei nicht mit dem Herzen bei ihr und dass ich es wohl nicht ertragen könne, eine Familie zu haben."

Perplex sah Derek ihn an. „Das hat sie gesagt?"

David nickte betrübt.

Sein Gegenüber wurde nachdenklich.

Schließlich sagte er: „Ich hab´ dich doch gewarnt, dass Beziehungen richtig Arbeit machen! Wenn du deine Liebe zurückhaben willst, musste was dafür tun."

„Der Zug ist abgefahren."

„Blödsinn! Du tust weder deinen Eltern noch deinem toten Bruder einen Gefallen, wenn du deine Familie zerstörst."

Wütend fuhr David auf: „Was soll der Schwachsinn denn jetzt? Was haben die damit zu tun?"

„Mehr als du denkst, Kumpel, das kannst du mir glauben. Wenn du dich mit deinen `alten Geschichten´, wie du sie gerne nennst, nicht auseinandersetzt, geht deine neue Family den Bach runter."

„Offensichtlich ist meine `Family´ bereits den Bach runter gegangen."

„Und jede andere Beziehung, die du anfängst, wird genauso enden."

Nun, da es ausgesprochen und endgültig war, vermisste Anna David furchtbar. Seine Nähe, seine Wärme, seine Berührungen. Dann sagte sie sich, dass sie darauf ebenfalls verzichten musste, wenn sie bei ihm in Kalifornien war und dass es deshalb keinen Unterschied machte. Schlimm waren auch Nicolas´ ständige und immer bohrendere Fragen nach seinem Vater. Sie vertröstete ihn, so gut es ging. Irgendwann würde David ihn wieder in Berlin besuchen kommen oder sie würde ihn nach Brentwood bringen. Dann konnte sie sich bei der Gelegenheit mit Flox in Verbindung setzen und ihn an ihren „Scheiß" erinnern.

Tatsächlich pendelte sich im Laufe der Zeit so etwas wie ein regelmäßiger, neutraler Kontakt ein, der sich hauptsächlich auf Nicolas bezog. Die Sprachlosigkeit zwischen ihnen ließ alle Fragen unbeantwortet, als habe sich eine Wolldecke über ihre Ehe gelegt, die Geräusche verschluckte und sie für einander unsichtbar machte. Sie waren so dicht an das Unaussprechliche herangekommen, dass mit jedem weiteren Schritt das Damoklesschwert zu fallen und einen von ihnen zu erschlagen drohte.

So sehr Anna auch hoffte und darauf wartete: David fragte sie nicht mehr, ob sie zurückkomme. Im Gegenteil: Er verkapselte sich. Nicolas war ihm wichtig, was Anna im merkwürdigen Gegensatz zu seiner seltsamen Art, den Jungen anzusehen, zu stehen schien. Aber er wollte das Kind sehen, sooft es ging, und kam mehrmals im Jahr nach Berlin. Anna ihrerseits brachte ihn manchmal nach Brentwood. Bei diesen Besuchen in Amerika nahm sie sich ein Hotelzimmer und ließ Nicolas bei David. Während ihrer Aufenthalte in Los Angeles arbeitete sie im „Newcomer´s Club", um auch hier etwas zu verdienen, denn sie wollte nur im Notfall auf Davids Geld zurückgreifen. Eine neue Beziehung einzugehen kam für sie nicht in Frage. David war in ihren Gedanken und Gefühlen allzeit präsent. Er war und blieb der Mann, der sie ins Leben zurückgeholt hatte und den sie auf eine merkwürdige Art und Weise weiterhin liebte. Da war kein Platz für einen anderen. Aber der Preis, den sie an seiner Seite für seine wunderbar berührenden Bücher bezahlen musste, war zu hoch.

Wie so oft in den letzten Monaten saß David am Mount Olympus, blickte über die Stadt und versuchte zu verstehen. Ein Flugzeug senkte sich im Landeanflug über die Stadt. Die dunkle Silhouette zeichnete sich scharf vom violettroten Abendhimmel ab und aus der Ferne dröhnten die Triebwerke. Der Anblick rief die Erinnerung an seine eigene erste Ankunft in L.A. in ihm wach. Schon in jungen Jahren hatte er Darwin, seine Heimatstadt, verlassen, wo ihn alle kannten wie einen bunten Hund. Er konnte die mitleidigen Blicke nicht mehr ertragen und das Tuscheln hinter seinem Rücken. Er ahnte, worüber die Leute sprachen: „Der arme Junge! Wie soll man damit leben können?" Man konnte damit nicht leben, so einfach war das. Man konnte nur existieren, wenn man verdrängte, was passiert war. Wenn man die Bilder und die Kinderstimme, die einen Namen rief, in den hintersten Winkel des Bewusstseins sperrte und die Tür gut verschloss. Dann konnte man es ertragen und mit der Zeit, wenn die Kammer ins Unterbewusstsein geglitten war, auch wieder ganz gut leben.

Man konnte dann in Sydney sogar ein recht ungezwungenes und sorgenfreies Leben führen, mit Freunden surfen gehen, in der WG Trinkgelage mitfeiern und mit Mädchen ausgehen. Als sei man ein ganz normaler, junger Mann, der neugierig auf das Leben ist. Ja, man konnte obendrein eine richtige Beziehung zu einer Frau eingehen und erste Drehbücher für Fernsehserien schreiben, die erfolgreich verfilmt wurden. Aber man lief Gefahr, dass die Presse auf einen aufmerksam wurde und begann, in der Vergangenheit zu wühlen. Dann konnte es passieren, dass plötzlich ein Artikel im Sydney Herald erschien, der die Kammer aus dem Unterbewusstsein zerrte und die Tür aufriss, sodass er sich anschauen musste, was er dort versteckt hielt. Und die Frau, die man zu lieben geglaubt hatte, sah einen nun auch mit dem mitleidigen Blick an, vor dem man doch schon aus Darwin geflohen war.

Dann kam alles wieder hoch, aber noch schlimmer als vorher. Die Bilder und die Stimmen waren greller und schriller, weil sie so lange in der Dunkelheit vor sich hin gegärt hatten. Also trennte man sich von der Frau und folgte einem Mitbewohner, der so etwas wie ein Freund und Bruderersatz geworden war, in ein anderes Land auf einen anderen Kontinent und begann von vorn. Hier ging man neue Beziehungen ein. Aber die Frauen hatte keine Traumata. Sie erwarteten, dass das Leben wunderbar sein würde und dass er mit ihnen eine Familie gründete und glücklich war. Das war ihm jedoch nicht möglich und er ging mit keiner von ihnen in Resonanz. Da es in L.A. von erfolgreichen Drehbuchautoren nur so wimmelte und sich alle nur für die Schauspieler und allenfalls noch für die Regisseure interessierten, wühlte wenigstens niemand in seiner Kindheit herum.

Und dann begegnete man einer traumatisierten Frau, die nichts mehr vom Leben erwartete, und sie be-

rührte einen tief. Sie zerrte nichts aus dem Unterbewusstsein hervor, sondern brachte ihn auf subtile Art
dazu, ihre eigene Schreckenskammer zu öffnen. Indem sie ihn dort hineinließ, nahm sie ihn gleichzeitig
an die Hand, um vorsichtig seine Dämonen anzuschauen. Aber er war noch nicht soweit. Er konnte
sich nicht anschauen, was da gärte und rumorte, denn
es bedrohte seine Existenz.
Und nun war die wunderbare Frau gegangen, zurück
auf ihren Kontinent, als sei die Welt ein Spielbrett,
auf dem die Figuren von Erdteil zu Erdteil hüpften
und da blieben, wo sie es aushalten könnten. Er fühlte sich hilflos. Egal, wie er sich drehte und wendete:
Er saß in der Falle.

In Berlin verbrachten Anna und Nicolas ruhige Tage.
Der Kleine hatte sich äußerlich damit zurechtgefun-
den, dass er seinen Vater nun viel seltener und un-
regelmäßiger sah. Er hatte im Kindergarten Freunde
gefunden. Ab und zu besuchte Anna mit ihm das
Grab seiner Halbschwester auf dem Friedhof in
Friedrichshain. Sie hatte sich längst auch in Berlin
einen Job gesucht, um finanziell unabhängig von David zu sein. Maximilian, ihr Lieblings-Fuchs im
Wolfspelz, hatte sie bereitwillig erneut im Büro eingestellt. Sie freute sich, nun wieder mehr Zeit mit Silvana und anderen netten Kollegen zu verbringen. Ihr
blieb nicht verborgen, dass David sich etwa ein Jahr,
nachdem sie in Berlin geblieben war, mit Frauen verabredete, aber keine seiner Affären schien länger als
ein paar Wochen zu dauern. An langen, allein verbrachten Abenden schrieb sie kurze Texte, die von
Einsamkeit und Sehnsucht handelten. Von dem Verlangen nach richtiger, inniger Nähe und Vertrautheit.
`Je länger und weiter ich von David entfernt bin, des-
to mehr sehne ich mich nach ihm´, dachte sie an einem Abend. `Das ist völlig verrückt! Wieso liebe ich

ausgerechnet diesen schwierigen Mann? Und wenn ich doch merke, was ich unverändert für ihn empfinde, warum bleibe ich dann nicht bei ihm?´

Das Gedankenkarussell begann sich zu drehen. Nur dass dieses Mal weder Mick noch Derek oder Flox zu sehen waren. Auf allen Plätzen saß ausschließlich David, hin und wieder mit Nicolas auf seinem Schoß. Nur einmal, einen winzigen Augenblick lang, sah sie einen Fremden, der eine auffällige Ähnlichkeit mit David besaß, auf einem weißen Pferd sitzen. `Wieso kann nicht einmal irgendetwas in meinem Leben einfach sein? Müsste ich ihm helfen, wie er mir geholfen hat, aus meiner Karussellfahrt auszusteigen?´

Resigniert öffnete sie die zweite Flasche Wein und trank auch diese alleine aus. Kurz bevor sie auf dem Sofa in einen traumlosen Schlaf sank, sah sie sich selber mit einem verrosteten Messer an der Pulsader zwischen umgefallenen Grabsteinen sitzen.

In der folgenden Woche besuchte sie zum ersten Mal seit der Beerdigung Thomas´ Grab, das ähnlich wie das seiner Eltern, die sie nie kennen gelernt hatte, ziemlich verwildert war. Anna wartete darauf, dass Wut in ihr aufsteigen würde, aber das geschah nicht. Es blieb bei einer großen Traurigkeit und Leere. Nach einer Weile begann sie stumm, das Unkraut von den Gräbern zu entfernen und die Pflanzen zu gießen.

Die Tage ohne seine Familie fühlten sich für David sinnlos und zugleich entlastend an. Die Dämonen ließen sich so leichter in den Keller zurückdrängen. Die Stimme, die seinen Namen rief, verhallte ungehört. Die Nächte ohne Anna hingegen waren einsam. Manchmal, wenn es gar nicht anders ging, dachte er über sie und ihre gemeinsame Beziehung nach. Warum war sie gescheitert, obwohl er doch dieses Mal alles anders gemacht hatte? Er hatte von Anfang an mit offenen Karten gespielt. Hatte seine Angst vor einem Familienleben überwunden und sich darauf eingelassen. Hatte den Kerker unter Verschluss gehalten, damit die Dämonen nicht über sie beide herfallen konnten.

Aber wenn ihre Liebe verloren war, konnte er dann nicht auch ebenso gut das Verlies öffnen, wenn Anna unbedingt sehen wollte, was sich dort abspielte? Doch im Grunde hoffte er noch immer, dass sie sich wiederfanden, ohne dass er sich dieser Gefahr aussetzte.

11

Im Vorfeld der Oscar-Prämierung im März fanden jedes Jahr zahlreiche andere Filmpreis-Verleihungen statt. Auf den Events tummelte sich stets und gerne alles, was Rang und Namen hatte oder nur kurzzeitig wie eine Sternschnuppe in der Nacht im Rampenlicht stand. In diesem Jahr befand sich auch Davids Name auf der Gästeliste, denn sein Drehbuch zu Schizophrenia war nominiert worden. Anna gegenüber hatte er früher einmal behauptet, dass er die Auslobung der Preise verlogen fand. „Ich habe keine Lust, mich bei irgendwelchen Juroren oder einflussreichen Leuten einzuschmeicheln, sie zu bestechen oder Eigen-PR zu betreiben, nur um hinterher eine hässliche Statuette im Regal verstauben zu lassen", hatte er Anna erklärt, als sie ihn danach fragte.

Doch seitdem Anna in Berlin geblieben war, ließ er sich die Partys scheinbar selten entgehen. Sie sah ihn als Randfigur hin und wieder im Fernsehen oder in den bekannten Klatschblättern, die sie gezielt auf ihn hin durchblätterte. In den letzten Monaten wurde er häufig mit unterschiedlichen Frauen abgelichtet. Es schmerzte jedes Mal, aber in der Regel wechselten die Damen rasch. Nun war eine schon seit Längerem an seiner Seite zu sehen: Maddy Manover, diese sehr schöne, sehr junge Schauspielerin, die Donald Flox gerne engagiert hätte.

Maddy Manover begleitet David auch auf dieser Preisverleihung, deren Zusammenfassung Anna im Fernsehen verfolgte. Das tat weh. Unglaublich weh sogar. So sehr, dass sie das Gerät abschalten musste und sich an ihren Schreibtisch setzte. Es wurden Texte voll Wut und Schmerz, zwei Gefühle, die zu ihren engsten Vertrauten geworden waren. Herrgott, sie hätte an Davids Seite gehört, nicht die Manover.

Sie hatte für Schizophrenia zurückstehen müssen, nicht diese viel zu hübsche andere. An dem vermaledeiten Drehbuch war ihre Ehe zerbrochen!

Und nun sonnte sich diese Person in dem Scheinwerferlicht, während Anna sich in seinem Schatten krümmte! Es war zum Heulen! Da kam Nicolas ins Zimmer.

„Kommt Papa zu meinem Geburtstag?", fragte er.

Anna hielt die Tränen zurück, die in ihre Augen kriechen wollten.

„Ich weiß es nicht, mein Schatz. Er hat sich noch nicht gemeldet."

Sie dachte an die Bilder, die sie vorhin gesehen hatte und fügte im Stillen hinzu: Er hat im Moment anderes im Sinn.

„Habe ich etwas falsch gemacht?", fragte Nicolas betrübt.

Anna hielt im Schreiben inne und sah ihn an. „Nein. Wie kommst du denn darauf?"

„Warum hat er mich denn nicht mehr lieb?"

Bestürzt legte Anna den Stift beiseite und nahm ihn in den Arm.

„Aber wie kommst du denn darauf, dass er dich nicht mehr lieb hat?"

„Er ist nie hier und ruft so selten an." Nicolas Augen glänzten verdächtig. Anna zog ihn noch fester an sich und strich ihm durch die Haare.

„Aber natürlich hat er dich lieb! Ich weiß genau, dass er dich sogar sehr liebt!"

Sie sah ihm fest in die Augen, damit er erkannte, wie ernst es ihr mit dieser Äußerung war. „Und ich meine das genauso, wie ich es sage. Ich weiß, dass er dich liebt. Er hat nur in letzter Zeit viele andere Dinge, die ihn beschäftigen", sagte sie und versuchte dabei nicht an die junge Schauspielerin zu denken.

„Er könnte doch wenigstens mal anrufen", murmelte Nicolas.

„Ja, das könnte er wirklich. Du hast völlig Recht. Bitte ihn einfach darum, wenn du das nächste Mal mit ihm sprichst."

Nicolas nickte verzagt. Etwas schien ihn noch zu bedrücken. Schließlich rückte er damit heraus.

„Warum sind wir nicht bei ihm in Amerika?"

Anna sog langsam Luft ein. „Es war ein bisschen schwierig geworden zwischen deinem Vater und mir. Er hat etwas Schlimmes erlebt. Daran muss er noch oft denken und dann macht es ihn traurig." Nicolas sah sie mit großen Augen an.

„Was hat er denn erlebt?"

„Sein Bruder ist gestorben."

„Papa hatte einen Bruder?! Habe ich etwa noch mehr Verwandte in Amerika?"

„Nein. Dieser Bruder war der einzige, den er hatte. Er ist auch nicht in Amerika, sondern in Australien aufgewachsen. Dort leben deine Großeltern noch."

Eine Weile war Nicolas damit beschäftigt, diese Neuigkeiten zu verarbeiten. Dann fragte er: „Warum ist Papas Bruder gestorben?"

„Ich denke, das wird er dir eines Tages selber erzählen. Du musst ein bisschen geduldig sein. Okay?"

Nicolas nickte. Er schien einigermaßen beruhigt und ging in sein Zimmer.

Anna seufzte, trank einen großen Schluck Wein und nahm ihren Stift wieder in die Hand. So konnte es nicht weitergehen. Wenn es sie so verletzte, David mit einer anderen Frau zu sehen, warum kämpfte sie dann nicht um ihn? Für sich selber und für Nicolas, das unschuldige Opfer dieser Misere. Irgendetwas musste passieren, und zwar bald!

„Seit Schizophrenia liefert David nur Schrott ab."
Unwirsch pfefferte Flox Davids Exposé auf den
Schreibtisch. „Der muss sein Privatleben mal wieder
in den Griff kriegen, ist ja kaum noch zu ertragen.
Hoffentlich bringt Maddy ihn auf andere Gedan-
ken!"
Unauffällig bediente sich Joe Campton an Flox' Hu-
midor. „Was soll er denn mit der jungen Gans anfan-
gen, wenn er mit einer Frau wie Anna verheiratet
ist?"
„Er soll nichts mit ihr anfangen", spie Flox ihm so
heftig entgegen, dass Speicheltropfen flogen. „Er soll
nur wieder zu Verstand kommen!"
Genüsslich roch Campton an der Zigarre. „Lass ihm
ein bisschen Zeit. Er kriegt das wieder hin."
„Wenn ich irgendetwas nicht habe, dann ist das Zeit.
David ist das beste Pferd in meinem Stall."
Campton zog die Augenbrauen hoch.
„Neben dir natürlich", fügte Flox säuerlich hinzu.
„Aber du schreibst ja nicht exklusiv für mich. Um
deine Sachen muss ich immer erst feilschen. Und
jetzt bist du auch noch für die nächsten Monate ge-
blockt."
„Vielleicht sollte Derek ihm mal ein bisschen auf die
Sprünge helfen."
Nachdenklich sah Flox aus dem Fenster. „Gute
Idee", sagte er schließlich, drückte einen Knopf auf
der Telefonanlage und bat seine Sekretärin, ihn mit
Derek zu verbinden.

Zwei Wochen nach der Preisverleihung rief David
bei Anna an.
„Hallo Liebes", sagte er und Anna spürte einen woh-
ligen Stich in der Brust. „Wie geht es dir?"
„Ganz gut."
„Das freut mich", erklärte er und es klang ehrlich.
„Und wie läuft's bei dir?"

„Ach, na ja, es geht. Der Kameramann, mit dem wir gerade arbeiten, ist ziemlich nervtötend. Ich glaube, du kennst ihn: Gunnar Nilsson. Natürlich macht er seinen Job gut, aber als Mensch ist er unglaublich anstrengend."

Das konnte Anna sich ohne Weiteres vorstellen. Doch sie wollte mit David nicht über Jan Gunnar Nilsson sprechen. Also erwähnte sie ohne Umschweife: „Ich habe dich im Fernsehen bei der Preisverleihung gesehen ..."

„Ach ja?" Das schien ihm unangenehm zu sein. Er wechselte sofort das Thema. „Ich möchte, dass ihr beide zu Nics Geburtstag nach L.A. kommt", sagte er.

Anna stutzte. Hatte er „ihr beide" gesagt?! Sonst hatte er immer gefragt, ob sie Nicolas nach L.A. bringen könne.

Sie fing sich wieder. „Oh, wunderbar. Nicolas wird sich unglaublich freuen, dich zu sehen. Er fragt oft nach dir und möchte mehr von dir haben."

„Ja, kann ich mir vorstellen."

Es entstand eine Pause.

Schließlich fragte er etwas ungeduldig. „Also, kommt ihr?"

Annas Atem ging schneller. War es ihm wirklich wichtig, auch sie zu sehen? „Du meinst, ich soll dabei bleiben?"

„Ja. Wenn du Zeit hast, natürlich."

Sie dachte nach. „Na ja, ich müsste erst mal klären, ob ich so kurzfristig Urlaub nehmen kann und ein Hotelzimmer buchen."

„Ach was, Hotelzimmer. Ihr bleibt selbstverständlich bei mir. Du kannst hier bestimmt wieder im Club arbeiten. Die freuen sich doch immer, wenn du in der Stadt bist."

Anna stutzte erneut. „Jaja, vielleicht ... aber was ist mit deiner neuen Freundin?"

„Die muss ja nicht unbedingt in dieser Zeit hier auf-kreuzen. Werde ich noch mit ihr besprechen. Also was ist jetzt? Ich möchte meinen Sohn bald wieder-sehen!"

Es entstand eine peinliche Pause, bis er mit Nach-druck hinzufügte: „Und dich natürlich auch!" Es klang so wohltuend, dass Anna gerne geglaubt hätte, er meine es ernst. „Schließlich gibt es etwas zu feiern – immerhin war mein Drehbuch für den Oscar nomi-niert."

„Okay", sagte sie endlich. „Wie viel Zeit hast du denn?"

„Ihr könnt so lange bleiben, wie ihr wollt. Ich dachte, dass ihr zumindest die ganzen Ferien über hier seid. Wie lange ist der Kindergarten geschlossen? Vier Wochen?"

„Ja, aber man kann die Kinder auch länger raus-nehmen."

„Na, wunderbar. Arrangier die Tickets, die Kosten übernehme ich."

„Nicolas wird außer sich sein!"

„Ich freu mich auch auf euch. Also, gib mir Be-scheid, wann ihr kommt. Jetzt muss ich Schluss ma-chen. Gib ihm einen Kuss von mir!"

Es klickte in der Leitung. Wie betäubt stand Anna noch eine Weile mit dem Hörer in der Hand im Flur.

Sie forschte skeptisch nach neuen Nuancen in dem, was David gesagt hatte. Auch wenn sie sich nach ihm sehnte wie die Wüste nach Regen, wollte sie kein Spielball für seine Launen sein.

Aber irgendetwas hatte anders geklungen heute. Als wäre die tiefe Verbindung zwischen ihnen, an die sie sich so lange geklammert hatte, doch beständiger als es zuletzt schien.

Gedankenverloren betrat sie das Kinderzimmer und Nicolas schaute neugierig von seiner Lego-Sammlung auf. „Wer war das?", fragte er.

„Das war Papa!" Sie sah ihn an und wusste sogleich, was sie ihm angetan hatte: Sie hatte ihn nicht selber mit seinem Vater telefonieren lassen. Schon im nächsten Augenblick füllten sich seine Augen mit Ungläubigkeit. „Wollte er nicht mit mir sprechen?"

Sofort ging sie in die Knie und nahm ihn in die Arme.

„Er hatte nur wenig Zeit, er war gerade auf der Arbeit. Ich soll dich lieb grüßen. Und stell dir vor: Er möchte, dass du die Sommerferien zu ihm nach Amerika kommst! Die ganzen Ferien!"

Sie spürte, wie der kleine Körper zitterte. „Ist das wahr?"

„Aber ja, wenn ich´s dir doch sage!"

Er riss sich los und tanzte jubelnd durch den Flur. „Hurra! Die ganzen Ferien bei Daddy!" Er hüpfte und jauchzte. Plötzlich hielt er inne. „Bleibst du auch bei uns?"

Sie nickte und merkte, wie ihre Wangen glühten. Nicolas warf sich in ihre Arme, drückte sich an sie und rief: „Super. Dann sind wir alle wieder zusammen!"

„Ja, mein Liebling", sagte Anna und schluckte. Als Nicolas ins Bett gegangen war, kippte sie den restlichen Wein aus der Flasche in den Abfluss.

„Bist du dir sicher, dass du deine Geister wirklich gebannt has?", fragte Monika eindringlich, als sie sich von ihr verabschiedete und ihr erklärte, dass sie nun eine Entscheidung von David verlangen wollte. „Andernfalls ist jeder Neuversuch zum Scheitern verurteilt."

„Ja, mit der Vergangenheit habe ich abgeschlossen."

„Aber deine Verhaltensmuster hast du schön beibehalten."

„Was meinst du damit?"

„Das Gleiche wie immer: Das nichts zufällig passiert! Wenn du willst, dass es diesmal funktioniert, musst

du an deinen Gedanken und an deinen Verhaltens-
mustern arbeiten!"

„Ich weiß schon, was ich tue", hielt Anna etwas unwirsch dagegen.

„Anderen die Entscheidungen überlassen und schön
in der passiven Opferrolle bleiben?"

Annas Gesicht versteinerte. „Bist du jetzt Bezie-
hungsexpertin?"

„Ich meine es doch nur gut. Komm mal her!" Monika drückte sie fest an ihre üppige Brust und legte ihr
einen Rosenquarz in die Hand. „Den trägste imma
schön inne Tasche, ja?"

Anna hatte sich darauf eingestellt, vom Flughafen aus
ein Taxi nach Brentwood zu nehmen. Umso größer
war ihre Überraschung, als David mit einer dunklen
Sonnenbrille in der Ankunftshalle stand und sie erwartete. Nicolas erkannte ihn erst gar nicht, Anna dagegen sofort. Genauso hatte er ausgesehen, als sie ihn
vor Jahren stotternd durch Berlin geführt und sich
über seine durchdringenden Blicke und bohrenden
Fragen geärgert hatte. Er schien nicht älter geworden
zu sein, auf ewig der große Junge bleiben zu wollen.
Sie machte Nicolas auf seinen Vater aufmerksam und
er stürmte begeistert auf ihn los: „Daddy, Daddy,
Daddy!"

David ging in die Knie, fing ihn auf und riss ihn die
Höhe. „Mein Junge!"

Die beiden umarmten sich heftig. Gerührt sah Anna
der Begrüßung zwischen Vater und Sohn zu.

Auch einige andere Passagiere schauten lächelnd zu
ihnen hinüber. Niemand schien David zu erkennen.
Schließlich setzte sie sich ebenfalls in Bewegung, um
ihn zu begrüßen.

„Hallo David", sagte sie freundlich.

„Hallo Liebes", erwiderte er, umarmte sie kurz und
gab ihr einen Kuss auf die Wange. Liebes. Da war es

wieder, dieses herzerwärmende Wort. Sie sahen sich an. Durch die Sonnenbrille erahnte sie den Ausdruck seiner Augen nur. Die Brillengläser spiegelten ihr eigenes Gesicht zurück. Aber er wirkte entspannt. War es die Oscar-Nominierung, die ihm seinen Seelenfrieden zurückgegeben hatte, obwohl er das früher von sich gewiesen hatte? Oder war es etwa die Manover, die ihm guttat? Bei dem Gedanken zog sich Annas Magen schmerzhaft zusammen. David lächelte, fragte sie nach ihrem Flug und ließ Nicolas wieder auf den Boden herunter. Dann nahm er ihr Gepäck und marschierte Richtung Parkplatz, seinen Sohn fest an der Hand. Anna sah den Reporter gerade noch rechtzeitig und wandte schnell ihr Gesicht ab. Sie beeilten sich, ans Auto zu kommen.

Anna sah die Schlagzeile in der Klatschpresse schon vor sich: „Der oscar-nominierte Autor David Hurst mit Ehefrau Anna und Sohn Nicolas. Kriselt seine Beziehung zu Maddy Manover?" Aber das war nun wirklich nicht ihr Problem.

Außerhalb des Flughafengebäudes empfing sie die gleißende kalifornische Sonne und sie waren froh, im klimatisierten Auto zu sitzen und über die dicht befahrene 405 nach Brentwood zu gleiten.

Anna lauschte dem plätschernden Dialog zwischen ihren beiden Männern und gab sich für einen Moment der Illusion hin, Teil einer intakten Familie zu sein. Sie hörte, wie Nicolas rief, David solle nicht so schnell reden, sonst könne er ihn nicht verstehen, Mama spreche ein anderes Englisch als er.

Die Eltern lächelten und David drehte sich zu Nicolas um: „Das wirst du bald wieder lernen, mein Junge. Du bleibst ja jetzt eine Weile hier."

Der Kleine lehnte sich zufrieden in seinem Kindersitz zurück.

Spät am Abend standen David und Anna vor der großen Verandatür und schauten in die Dunkelheit hinaus. Nach der Hitze des Tages wehte nun ein lauer Nachtwind zu ihnen hinein und trug den Geruch des Rhododendrons mit sich. Im Garten flackerten Glühwürmchen und in einiger Entfernung quakten Frösche.

„Wie geht es dir?", fragte David leise.

Anna sah unverwandt in den Sternenhimmel. Sie dachte daran, ihm von ihrer Arbeit bei Maximilian und ihrem Leben in Deutschland zu erzählen. Aber das war jetzt überhaupt nicht wichtig. Es war nicht das, worum es ihr ging. Also nahm sie ihren Mut zusammen und sagte frei heraus: „Es hat weh getan."

„Was?"

„Dich im Fernsehen zu sehen mit dieser hübschen Schauspielerin."

Betroffen sah er sie an. „Das tut mir leid."

Sie schwiegen.

„Hat Nicolas es mitbekommen?"

Sie schüttelte den Kopf.

„Hast du ihm davon erzählt?"

„Nein, du solltest es ihm sagen."

Er sah sie lange von der Seite an. „Ich bin dir dankbar, dass du ihn aus unseren ... Differenzen ... heraushältst. – Du bist eine großartige Frau."

Wieder schwiegen sie. Das Kompliment klang hohl in ihren Ohren. Was nutzte es ihr, von ihm als großartige Frau gesehen zu werden? Sie wollte mehr und das spürte sie nun in seiner Gegenwart deutlicher als in den Jahren zuvor. Sie wollte sich an ihn schmiegen und von ihm gehalten werden, wollte ihn sagen hören, dass er sie liebte und schrecklich vermisste, wollte ihm nahe sein. Sie gab dem Impuls nicht nach, blieb steif und zerrissen am Fenster stehen. Wozu sollte das gut sein? Er hatte eine neue Partnerin und sie wollte nicht wieder und wieder verletzt werden.

Schließlich sagte er: „Und Maddy hat nicht annähernd so viel Ausstrahlung wie du. Du bist eine Sonne und sie ein Komet", und trat zurück ins Haus. Er spürte die knisternde Spannung zwischen ihnen und war unsicher, wie er damit umgehen sollte.

Seine eigene Verbitterung saß tief und gleichzeitig hatte er sich vorgenommen, Präsenz und Nähe zu zeigen. Aber Annas Verhalten war widersprüchlich. Was sie äußerte, stimmte nicht mit ihrer Reserviertheit überein. Er konnte das nicht einordnen.

Anna kniff die Augen zusammen, sah ihm nach und holte langsam Atem. Im Spiegelbild der Glasscheibe sah sie eine reife Frau mit einem vom Weinen verkniffenen Gesicht, keine mit einer Wahnsinns-Ausstrahlung. Traurig zog sie sich in das Gästezimmer zurück, das sie sich für die kommenden Wochen zurechtmachte. Für sie stand nun fest: Unter solchen Bedingungen würde dies ihr letzter Aufenthalt in L.A. sein. Dieses Mal musste ein endgültiger Entschluss gefasst werden – egal, wie er ausfiel. Sie wollte und konnte weder dieses ewige Hin und Her noch das merkwürdig halbgare Arrangement zwischen ihnen länger ertragen. David musste sich entscheiden, für oder gegen sie.

Als sie am nächsten Morgen das Haus verließ, um einkaufen zu gehen, erwischte sie abermals ein Reporter und am Zeitungsstand sah sie das Foto vom Flughafen auf einer Titelseite mit der Schlagzeile: „David and Maddy – are they over?"

Es tat gut, wieder in Kalifornien zu sein. Sie nahm das Licht dieser fremden und doch merkwürdig vertrauten Welt in sich auf. Nicolas war glücklich. David hatte ihn heute zu den Filmproben mitgenommen, wo er eine kleine Komparsenrolle übernehmen durfte und Anna hatte Zeit für sich selber, einen Tag voll leuchtender Farben. Wenn das Leben ihr auch nicht alles bot, so gab es ihr doch sehr viel.

Im Supermarkt entdeckte sie im „Hollywood Reporter" neben dem Aufmacher – die Schlamm-schlacht-Trennung von Mick und Eliza - das gleiche Foto vom Flughafen nun mit der Bildunterzeile: „David Hurst und seine Noch-Ehefrau".

`Was für eine Unverschämtheit´, dachte sie. `Nicht nur, dass sie mich als Noch-Ehefrau bezeichnen, obwohl zwischen uns nie von Scheidung die Rede war, ich werde nicht einmal mit Namen genannt! Ich bin nur die namenlose Noch-Ehefrau.´

In der folgenden Woche vertrieb sie sich die Zeit, indem sie sich in Downtown die neu errichtete Concert Hall ansah. Das Monument gewordene Konzert aus Metall-Notenbändern sah aus jeder Himmelsrichtung anders aus und gleißte im Sonnenlicht.

Später auf dem *Hollywood Forever Cemetery* betrachtete sie die in großen Wänden übereinandergestapelten Särge und die Videogrüße der Verstorbenen auf den Monitoren. An der linken Außenwand stand sie plötzlich vor den Kindergräbern. Dass dies sie noch nach all den Jahren so mitnahm! Sie machte kehrt und verließ das Gräberfeld.

Auf der Rückseite des Friedhofs befand sich das Paramount Studio, dessen Eingangsbereich ein beliebtes Motiv in Filmen war. Sie wusste selber nicht richtig, was sie eigentlich hier wollte. Der Sicherheitsdienst am Tor checkte die Autos so gründlich, als gelte es einen Hochsicherheitstrakt zu schützen. Jeder Fahrzeug-Unterboden wurde mit Teleskopspiegeln abgesucht und jeder Kofferraum musste geöffnet werden. Eine Weile lang sah sie zu, wie teure Karossen herein- und hinausfuhren. In der untergehenden Sonne leuchteten die Palmenblätter grün, die Bäume waren zu kubischen Formen zurechtgestutzt.

Plötzlich stand Joe Campton wie aus dem Nichts vor ihr.

„Hallo Anna", begrüßte Joe sie ehrlich erfreut. „Schön, Sie mal wieder in diesem furchtbaren Land zu sehen! Was führt sie her?"

„Die Sonne!"

„Ja, das kann ich verstehen. Hängt der *Himmel über Berlin* so oft voller Regenwolken?", fragte er lächelnd.

„Verglichen mit der *Stadt der Engel* ja", gab Anna prompt zurück.

Joe Campton lächelte wohlwollend, als sehe er seine Einschätzung ihrer Person bestätigt. „Donnie hat mir erzählt, dass sie gemeinsam mit David an einem Drehbuch arbeiten wollten. Was ist daraus geworden?", fragte er dann.

„Das Exposé setzt vermutlich gerade in den studioregalen Schimmel an."

„So ein Mist. Das passiert leider zu oft und – glauben Sie es mir – vielen guten und erfolgreichen Leuten. Hier werden fast nur noch Sequels gedreht, die scharenweise Zuschauer in die Kinos spülen. Nehmen Sie das bloß nicht persönlich."

Sie nickte. Das war natürlich leichter gesagt als getan. Er hatte ja keine Ahnung, woran es wirklich gescheitert war.

„Hi Joe", rief ein drahtiger Mann mit Vollbart herüber, der nachlässig in Richtung Studio schlurfte.

„Hi Mick!", rief Campton zurück. „Sag Flox, dass ich gleich komme!"

Der andere winkte gleichgültig, ohne herüberzusehen.

Verblüfft sah Anna ihm nach. „Jetzt sagen Sie bitte nicht, dass das Mick Norfolk war!", sagte sie.

„Klar, das war er. Kaum wiederzuerkennen, was?" Campton lachte. „Steinreich, Schauspieler der A-Liga und läuft herum wie ein geistig verwirrter Penner. Das ist in den letzten Jahren ziemlich in hier in Hollywood."

„Jaja, ich weiß. Aber bei Mick verblüfft es mich besonders. Er sah mal ganz anders aus. Die Scheidung scheint ihn ja heftig mitzunehmen."

„Er wird's überleben. Hat sich im *Marmont* eingenistet und jede Nacht ein neues Mädchen im Bett – hab ich gehört."

`Und mich offenbar nicht wiedererkannt´, dachte Anna. Dann wendete sie sich Joe wieder zu.

„Wie geht es David?", erkundigte sie dieser. „Donald sagte, er habe in den letzten zwei Jahren gelitten wie ein Hund…" Er sah sie ernst an.

Irritiert erwiderte sie seinen Blick. „Wie kommt er denn darauf?"

„Nun ja, die beiden arbeiten eng zusammen und Donald mag ein Aas sein, aber dumm ist er nicht."

In Annas Kopf sprangen die Gedanken wild hin und her. Natürlich konnte sie sich gut vorstellen, dass Donald einiges mitbekam, doch wie kam er darauf, dass David „wie ein Hund litt"? Wieso sollte er das? Und wenn ja, wieso wusste sie nichts davon?! Die Fotos, die sie in den Zeitschriften von ihm gesehen hatte, hinterließen einen anderen Eindruck. Er hatte ihr gegenüber auch nie leidend gewirkt. Einzig seine reglosen Blicke gegen die Wand bei der Trennung schienen nicht ins Bild zu passen.

„Was machen Sie denn für Sachen?", fragte Joe mit einem vorwurfsvollen Unterton.

„Ich? Wieso ich? Bin ich mit der Manover Händchen haltend über den roten Teppich gelaufen oder er?" Sie war wütend und verwirrt. Wovon redete Joe denn da?

„Ach Mädchen", entgegnete der fast mitleidig, „durchschauen Sie diesen Zirkus hier immer noch nicht?"

Das Restaurant *The Ivy* auf der Robertson Avenue war in einem neunzig Jahre alten, Efeu umrankten Haus untergebracht, das von außen verfallen aussah. Im kuschelig eingerichteten Inneren befand sich ein offener Kamin, in dem auch jetzt im Sommer ein Feuer brannte.

Anna nahm draußen im Vorgarten Platz. Die Sitzauflagen auf den Stühlen zierten Efeu- und Blumenmotive, genauso wie im *Ivy on the shore* in Santa Monica, das sie nach dem letzten gemeinsam verbrachten und unglücklich verlaufenen Hochzeitstag beide in stiller Übereinkunft mieden.

David kam kurz nach ihr – allein. Einen Moment lang hatte sie befürchtet, er werde Madaline mitbringen.

„Was macht denn Maddy heute Abend?", fragte sie möglichst beiläufig.

„Keine Ahnung, wir sind nicht mehr zusammen", antwortete David.

„Was?" Anna starrte David überrascht und ungläubig an. „Die arme Frau", sagte Anna leise. Sie tat ihr wirklich leid. Einfach abserviert zu werden, weil die „Ex" mit dem Sohn aufgekreuzt war, musste hart sein.

„Mach dir um Maddy keine Sorgen. Die hat schon einen Neuen an der Angel und keinen Schlechten." Er lächelte milde und ergänzte nüchtern: „Sie geht jetzt mit einem einflussreichen Produzenten aus. Etwas Besseres konnte ihr gar nicht passieren." Er richtete seinen Blick auf die Speisekarte.

Anna betrachtete ihn noch eine Weile und dachte an ihr Gespräch mit Joe Campton. Sie verstand diesen Zirkus hier wirklich nicht. Aber was hatte das alles mit ihr zu tun? Hatte er ihr unterstellt, dass sich David wegen ihr in eine unglückliche Beziehung nach der anderen stürzte?

„Und wie geht es dir damit?", fragte sie schließlich.

Er erwiderte ihren Blick weich. „Ihr seid mir wichtiger. Der kleine Mann, der inzwischen zu Hause hoffentlich schläft, und du."

Anna wurde es wohlig ums Herz. Das war für Davids Verhältnisse ja schon fast eine Liebeserklärung! Verlegen wendete sie den Blick ab. So ganz trauen konnte sie dem Frieden nicht und eine passende Erwiderung fiel ihr nicht ein.

Entschlossen klappte David seine Speisekarte zu und legte sie beiseite. „Meine Beziehung zu Madaline diente hauptsächlich dem Zweck, einen Stalker abzuschrecken, der sie verfolgte."

„Einen Stalker?!"

„So nennt man Menschen, die eine andere Person verfolgen und bedrohen."

„Ja, das weiß ich. Doch ich wusste nicht, dass Madaline davon betroffen ist."

Er nickte. „Und wie. Muss ein ziemlicher Psychopath sein."

„Was hat er gemacht?"

„Zum Glück noch nicht viel. Aber der Sicherheitsdienst, der ihre Fanpost sichtet, hat Alarmstufe Rot ausgegeben."

„Wieso? Was haben sie gefunden?"

„Na ja, er hat sich anscheinend in den Wahn gesteigert, heimlich mit ihr verheiratet zu sein. Er will sie und sich selber umbringen, um im Jenseits mit ihr zusammen sein zu können.

Es sei Gottes Wille, dass sie vereint seien und so weiter. Die ganze Palette dieses religiösen Quatsches hat er aufgefahren. Sobald eine höhere Macht oder das Leben nach dem Tod ins Spiel kommen, geht der Sicherheitsdienst davon aus, dass es sich um einen gefährlichen Stalker handeln könnte. Sie hoffen, es werde ihn ein wenig im Zaum halten, wenn sie offiziell in einer Beziehung ist und Donald hat mich gebeten, diesen Part zu übernehmen. Er betrachtet sie als seinen persönlichen Schützling, weil er sie entdeckt hat."

„Warum hat er den Part nicht selber übernommen? Steckt er wieder in einem Scheidungskrieg, bei dem eine neue Affäre ihn Millionen kostet?"

„Steckte. Seit gestern ist die Scheidung durch und er kann wieder tun und lassen, was er will." Er grinste vielsagend.

„Mein Gott, traut die Arme sich überhaupt noch aus dem Haus?" Anna schämte sich, auf die Frau eifersüchtig gewesen zu sein.

„Seitdem die Drohungen konkreter werden, wird sie ständig von einem Agenturmitarbeiter begleitet, der nach dem Kerl Ausschau hält. Besonders gefährlich ist es für sie auf Werbeveranstaltungen, weil die oft unübersichtlich sind."

„Na, dann hoffen wir mal, dass sie ihn bald kriegen. Ist denn ihre neue Affäre ebenfalls nur Show?"

Die Gerichte wurden serviert. David beugte sich über seinen Teller und begann zu essen. „Ich glaube nicht", erwiderte er kauend. „Ich denke, beide versprechen sich etwas davon. Er kann ihre Karriere pushen und sie ihn darüber hinwegtrösten, dass ihn seine fünfte Frau verlassen hat und nun auch noch einen großen Batzen seines Vermögens erhält. Außerdem macht es sich für einen in die Jahre gekommenen Mann immer gut, mit einer jungen, attraktiven Frau gesehen zu werden."

Anna merkte, wie ihr Mitleid mit der Schauspielerin wieder schwand. Sie betrachtete David und war froh, ungestört den Abend mit ihm verbringen zu können. Wer wusste schon, wie oft sie dazu noch Gelegenheit hatte. Sollte sie ihm erzählen, was Campton ihr gesagt hatte? Konnte sie ihm unter diesen Umständen sagen, dass sie eine klare Entscheidung von ihm erwartete? Hatte er die nicht bereits getroffen und lag es nun an ihr, auf ihn zuzugehen? Das Bild des Karussells erwachte erneut und in ihm stand sie selbst. In gebührendem Abstand schaute sie auf die sich schneller drehende Maschine und verschränkte die Arme hinter ihrem Rücken. Wieso traute sie sich nicht, die Dinge offen anzusprechen? Nur, weil er das in der Vergangenheit ständig abgeblockt hatte? Aber das konnte doch nicht immer so weiter gehen!

Ein paar Tage später sah sie auf der Titelseite des „Daily Variety" eine Großaufnahme einer strahlenden Maddy Manover an der Seite von Donald Blutsauger. „David and Maddy are obviously over!" Lautete diesmal die Schlagzeile und Anna fragte sich, ob diese Maddy sich nicht für ihre Karriere und vielleicht auch für ihren persönlichen Schutz unter Wert verkaufte. Sie wunderte sich, ob die junge Frau das wirklich aus freien Stücken tat, und dachte sich an Donalds Hand an ihrer Taille. David hätte ihr ruhig sagen können, mit welchem Produzenten Madaline nun ausging!

Anna hatte Nicolas zu seinem sechsten Geburtstag einen Besuch des Santa Monica Piers versprochen. Nun wollte er dieses Versprechen eingelöst haben. Also fuhr sie mit ihm über den Ocean Drive bis zur Colorado.
Auf dem Parkplatz wartete bereits Michaela Balthausen auf sie. Sie hatten sporadisch Kontakt gehalten und sich das letzte Mal vor einem halben Jahr in Berlin getroffen. Nun war der Schauspielerin wieder eine Nebenrolle in einem Hollywood-Film angeboten worden und sie hatten vereinbart, sich in L.A. zu treffen. Sie begrüßten sich herzlich. Nicolas sah Michaela mit großen Augen und offenem Mund an.
„Du bist doch Kathi Kalauer", sagte er irritiert. Er hatte Michaela in der Verfilmung dieses Kinderbuchs gesehen und war überwältigt.

Michaela lachte. „Ja genau." Gemeinsam überquerten sie den asphaltierten Fahrradweg und stapften über den weitläufigen, weißen Sandstrand in Richtung der Treppe, die auf den Pier hinauf führte. Lächelnd beobachtete Anna, dass Nicolas die Augen nicht von Michaela lösen konnte. Sein Köpfchen arbeitete fieberhaft daran, den Widerspruch zwischen der Kathi Kalauer aus dem Film und der Frau aufzulösen, die neben seiner Mutter ging.

An diesem Tag zeigte sich mal wieder kein noch so zartes Wölkchen am Himmel und auf dem Pier wimmelte es von kunterbunt gekleideten Menschen. Gleich vorn im Vergnügungsbereich stand ein braunes Gebäude mit einem historischen Karussell, das schon in einigen Filmen zu sehen war. Hier durfte Nicolas seine erste Runde auf einem der Holzpferde drehen, die sich auf und ab bewegten. Michaela sah ihm zu und Anna durch ihn hindurch auf das Karussell vor ihrem inneren Auge.

„Hast du Gunnar einmal wieder gesehen?", fragte Anna, um sich davon zu lösen.

„Zwangsläufig, hat richtig Karriere gemacht, der Gute. Er ist Director of Photography bei dem Dreh, an dem ich arbeite."

„Nein!"

„Ja, leider. Die Zusammenarbeit ist alles andere als angenehm. Er hat mir nicht verziehen, dass ich zurück nach Deutschland gegangen bin. Das lässt er mich spüren."

„Na, der hat ja Nerven. Macht selber Karriere und erwartet von dir, dass du deine für ihn auf's Spiel setzt!"

„So sehe ich das auch. Außerdem hat er eine neue Freundin. Es könnte ihm also eigentlich mittlerweile egal sein."

„Na ja, eine Frau wie dich wird er so schnell nicht wieder finden!"

„Oh, danke. Du machst mich ganz verlegen."

„Ich meine das genauso, wie ich es sage."

„Danke, das tut gut", sagte Michaela noch einmal ernst. Als wolle der Zufall dem Gesagten eins obenauf setzen, sprach sie in diesem Moment eine deutsche Touristin an und bat sie um ein Autogramm.

Sie setzten ihren Weg zur Pierspitze fort, wo sich Riesenrad und Achterbahn befanden. Ein Pulk hochgradig übergewichtiger Menschen schob sich an ihnen vorbei. Anna registrierte, dass Nicolas nicht weiter Notiz von ihnen nahm. Er war an ihren Anblick gewöhnt. Sie dachte daran, wie Übergewichtige in Deutschland oft verspottet wurden, am grausamsten nicht selten von Kindern. Damit würde sie bei Nicolas also keine Schwierigkeiten haben.

Anna fragte sich, wie ihr Neffe Steffen in dem Alter damit umgegangen wäre und kam zu keiner guten Antwort. Wenigstens das war ihr dann wohl ganz gut gelungen.

Nicolas wollte nun mit dem Kettenkarussell fahren, auf dessen Rückwand Meeresmotive aufgemalt waren. Im Vorbeifliegen sah er das Meer und jauchzte vor Vergnügen. Anna und Michaela lehnten sich in der Zeit an das Geländer und sahen auf den Strand hinunter, wo sich viele Badegäste tummelten und Wellen gegen den Sand schlugen.

„Wie wird es mit dir und David weitergehen?", fragte Michaela.

„Ich bleibe noch zwei oder drei Wochen mit Nicolas hier, dann fliegen wir zurück nach Berlin."

Michaela warf ihr einen Blick zu. „Wie funktioniert denn das Zusammenleben?"

„Ich schlafe im Gästezimmer. Ab und zu unternehmen wir etwas zu dritt."

„Kannst du mit dieser Lösung leben?"

Anna seufzte. „Ich muss."

„Wer zwingt dich dazu?"

Anna zögerte, ehe sie antwortete. Ihr spontaner Impuls war, dass sie selber diejenige war, die sich für diese Lösung entschieden hatte. David hatte nie gesagt, dass sie getrennt leben sollten. Schließlich rang sie sich ein „Die Umstände" ab.

Michaela sah sie abermals von der Seite an. „Du liebst ihn noch, nicht wahr?"

Anna presste die Lippen aufeinander. Es fiel ihr schwer, das zuzugeben. Doch dann nickte sie.

„Weiß er das?"

Anna richtete sich auf und winkte Nicolas zu, der vom Karussell abgestiegen war und die Orientierung verloren hatte. „Na, wenn er das nicht weiß", sagte sie bitter und tat, als ginge Michaelas Rat: „Sag es ihm doch mal. Was hast du zu verlieren?" in Nicolas' aufgeregtem Geplapper unter.

≈≈¤≈

„Daddy?"

„Ja, mein Junge." David las in der Tageszeitung und sah nicht sofort auf, als Nicolas ihn ansprach. Aber seine Stimme verriet dem Sohn, dass er zuhörte. Dieser schmiegte sich an ihn und David legte ihm die Hand auf den Rücken.

„Mama hat gesagt, du hättest einen Bruder gehabt."

Davids Blick suchte Halt an der Wand. Er atmete einige Male durch, ehe er fragte: „Wann hat sie das erzählt?"

„Vor ein paar Wochen. Als du angerufen hast und gesagt hast, wir sollen zu dir kommen. Ich habe gefragt, ob ich Onkel oder Tanten hier habe. Da hat sie gesagt, du bist gar nicht in Amerika groß geworden. Sondern in Australien. Und du hast einen Bruder. Und der ist gestorben, als du noch klein warst."

Davids zog seine Hand von Nicolas' Rücken zurück. Verunsichert fuhr der Junge fort: „Und dann habe ich gefragt, warum dein Bruder tot ist. Und da hat sie gesagt, du willst mir das selber einmal erzählen. Willst du?"

David räusperte sich. „Ja, irgendwann erzähle ich es dir, okay? Heute nicht. Ein anderes Mal," sagte er heiser und sah auf die Zeitung.

„Okay." Nicolas wandte sich wieder den Spielsachen zu. Verstohlen beobachtete David seinen Sohn.

Ein paar Tage später kam David zu Anna ins Gästezimmer und kündigte an, mit ihnen nach Australien fliegen zu wollen. „Nicolas hat bisher weder Darwin gesehen, noch meine Familie dort kennen gelernt", erklärte er der überraschten Anna, die gerade angefangen hatte, sich wieder in Brentwood einzuleben.

`Ich auch nicht´, dachte sie, schluckte die Bemerkung jedoch hinunter. Stattdessen sagte sie: „Da wird sich Nicolas sicher sehr freuen."

Schnell sah er sie an. „Du kommst doch mit, oder?"

„Wenn du möchtest.."

„Natürlich will ich das." Er wirkte verärgert darüber, dass sie das Gegenteil vermuten könnte. „Ich möchte mit meiner ganzen Familie dorthin fahren", erwiderte er.

`Sind wir noch eine Familie?´, ging es ihr durch den Kopf und für einen Moment hatte sie wieder die Porzellan-Familiengruppe vor Augen. Sie verkniff sich auch diese Bemerkung. Irgendetwas schien sich wie ein Fenster zu öffnen und das wollte sie nicht durch Streit behindern. Sie beschloss abzuwarten. Was hatte sie schon zu verlieren?

Davids Blick fiel auf den verschlissenen Rilke-Gedichtband, den er Anna damals im *Regent* zurückgelassen hatte. Überrascht fragte er: „Du hast ihn immer noch?"

Verlegen nickte sie und fühlte sich ertappt. Sie hatte vergessen, das Buch wieder in ihre Handtasche zu stecken. Sie fand es selber verrückt, es ständig mit sich herumzutragen. Aber es erinnerte sie an das, was einmal zwischen ihnen gewesen war.

„Hast du eigentlich das Gedicht gefunden, das ich für dich in das Buch gelegt hatte?"

„Nein. Welches Gedicht?"

Er hob das Buch vom Bett auf und nahm es in die Hand. Der Notizzettel lag zusammengefaltet zwischen den Seiten. Er klappte ihn auf und hielt ihn Anna hin. „Dieses."

Anna nahm den Zettel und las: „*Du musst das Leben nicht verstehen/ Dann wird es werden wie ein Fest...*" Sie spürte, wie ihr gleichzeitig warm ums Herz und flau im Magen wurde. Schließlich sagte sie: „Nein, ich dachte, das ist ein Lesezeichen."

Davis Blick fiel auf das Bett und er erinnerte sich an die Liebesnächte, die sie beide darauf verbracht hatten, ihren Körper, die Art, wie sie sich bewegte, ihren Duft. Anna folgte seinem Blick und sie sahen sich an. Die Spannung zwischen ihnen war greifbar. Er ging einen Schritt auf sie zu. Dann dachte er an das, was in Darwin mit ihnen beiden passieren konnte. Traurig strich er ihr über die Wange und verließ den Raum. Die Spannung zwischen den Wänden löste sich auf.

Enttäuscht überflog Anna das Gedicht mehrmals und glaubte zu verstehen, was er ihr damals damit sagen wollte. Aber galt das nicht heute noch genauso? Es fiel ihr schwer, sich einfach so „jeden Tag geschehen" zu lassen. War das die Lösung aller Probleme – jeden neuen Tag so zu akzeptieren, wie er war?

12

Als Anna, Nicolas und David nur wenige Tage nach seiner Ankündigung, mit ihnen nach Australien fliegen zu wollen, auf dem Darwin Airport landeten, schlug ihnen stechendes Sonnenlicht und schwüle Hitze entgegen.

In der Ankunftshalle erwarteten sie drei alte Leute: Davids Eltern und seine Tante. Sie strahlten über ihre faltigen Gesichter, nahmen ihren verlorenen Sohn in die Arme und begrüßten Anna herzlich, wenn sie auch nicht recht zu wissen schienen, wie sie mit ihr umgehen sollten. Besonders groß war aber die Neugier auf ihren Enkel, der sich schüchtern an Annas Oberschenkel drückte und wie eingeübt „Hi, grandma, hi grandpa!", sagte. Die alten Leute sahen ihn einen Moment befremdet an. Doch fassten sie sich wieder und begrüßten auch ihn herzlich. Anna fühlte sich deplatziert. David bemerkte das und legte demonstrativ den Arm um ihre Schultern. Dankbar lächelte sie ihn an.

Sie traten durch die Glastür, in der sie sich alle wie auf einem Familienfoto spiegelten, hinaus in die Hitze. Die betagten Verwandten lotsten sie zu einem in die Jahre gekommenen Pick-up, der auseinanderzufallen drohte.

Anna sah David fragend an. Er verdiente so viel Geld und seine Eltern fuhren in dieser Rostlaube durch die Gegend?!

David deutete ihren Blick richtig, denn er raunte ihr zu: „Sie wollen das so. Sie weigern sich, Geld von mir anzunehmen."

„Warum schenkst du ihnen dann nicht, was sie brauchen?"

„Das tue ich. Du wirst auch bald sehen, was das ist. Aber die Geschenke dürfen ein bestimmtes Maß nicht überschreiten, sonst weigern sie sich glattweg, sie anzunehmen."

Nicolas durfte vorne auf dem Schoß seiner Großmutter Platz nehmen. Ohne jede Sicherung fuhren sie los. Der achtzigjährige Mann lenkte das klapprige Vehikel gemächlich durch die nahezu leeren Straßen von Darwin, auf denen die Luft flimmerte, in einen der Außenbezirke. Sie hielten vor einem alten, heruntergekommenen Holzhaus. Bereits im Auto entdeckte Anna eins von Davids Geschenken: eine Hightech-Audioanlage. Anna schmunzelte bei dem Gedanken, dass seine Eltern daran wahrscheinlich lediglich das Radio benutzten. Der Kies knirschte unter den Autoreifen, als Davids Vater den Wagen über die Auffahrt durch den verwilderten Vorgarten manövrierte.

„Wohnt ihr hier?", fragte Nicolas aufgeregt.

„Ja, hier wohnen wir schon seit fünfzig Jahren. Hier ist dein Dad aufgewachsen. Gefällt es dir?"

„Ja, aber es sieht ganz anders aus als bei Mum in Deutschland und Dad in Amerika."

Die alten Leute lachten gutmütig. „Ja, das können wir uns gut vorstellen." Anna fragte sich, warum sie ihren Sohn noch nie in den USA besucht hatten. Sie sah David an, doch der war stiller geworden, je näher sie seiner Heimat kamen. Nun wirkte er angespannt und verschlossen. Fröhlich plappernd schleppte Nicolas sein Köfferchen durch die Fliegengittertür auf der Veranda, die klatschend hinter ihm zufiel.

Im verwilderten Vorgarten lag das Summen unzähliger Insekten. Die Fliesen im Eingangsbereich waren aufgesprungen, das Fliegengitter hatte Löcher. Das Gebäude sah aus, als sei es in den fünfzig Jahren seines Bestehens nie ausgebessert worden.

Anna schüttelte abermals innerlich den Kopf bei dem Gedanken, dass der Sohn Großverdiener war und in einer der teuersten Gegenden von Los Angeles eine großzügige Villa besaß. Aber wahrscheinlich war es wirklich so, wie David sagte: Die alten Leute wollten es so.

Im Inneren des Hauses schlug ihnen der Geruch von ergrauten Menschen und modrigen Möbeln entgegen. Dazwischen machte sich ein weiteres „Geschenk" von David recht eigentümlich aus: ein riesiger Flachbildschirm, den seine Tante sofort einschaltete.

„Ich hoffe, ihr kommt erst mal ohne mich zurecht. Ich möchte dieses Cricket-Spiel nicht verpassen." Sie nahm auf einem verschlissenen Fernsehsessel Platz und lehnte sich zufrieden zurück.

„Schön, dass ihr alle wohlbehalten angekommen seid", sagte sie noch und tätschelte nacheinander Davids und Annas Hand. Fast im gleichen Atemzug rief sie: „Dipstick!", als einer der Spieler den Ball verschlug und grummelte ein „Drongo" hinterher.

Schließlich löste sie erneut ihre Augen von der Mattscheibe und erklärte mit einem verschmitzten Lächeln: „Ihr seid ein schönes Paar!"

David und Anna tauschten einen Blick aus und trugen dann das Gepäck über die schmale Treppe in die obere Etage.

„Leider haben wir nicht viele Gästezimmer. Ich hoffe, es ist in Ordnung, wenn ihr zusammen in diesem engen Bett hier schlafen müsst." Unsicher sah Davids Mutter von ihrem Sohn zu Anna.

„Aber natürlich, Mama, kein Problem. Mach dir nicht so viel Arbeit!"

Er schob sie sanft aus dem Raum. Halb belustigt, halb in Sorge betrachtete Anna das Bett, auf dem eine gehäkelte, speckig glänzende Tagesdecke lag.

„Ich kann selbstverständlich unten auf dem Sofa schlafen, wenn du das möchtest", bot David ihr an.

„Nein!", sagte Anna eine Spur zu schnell, wie sie fand, und fügte dann hinzu: „Nein, das möchte ich nicht."

Er nahm sie in den Arm. „Ist es so, wie du es dir vorgestellt hast?", fragte er schmunzelnd.

Sie genoss seine Umarmung und lächelte. „Nein, das kann ich nun wirklich nicht behaupten. Aber es ist okay. Deine Eltern sind sehr herzlich."

Er nickte. „Ja, das sind sie."

Er drückt sie noch einmal an sich und ließ sie dann los. Langsam begannen sie, ihre Koffer auszupacken und die Sachen im Kinder-Kleiderschrank zu verteilen.

Mehrere Schulklassenfotos und Schulsportauszeichnungen hingen gerahmt an den Wänden mit der vergilbten Tapete. Anna betrachtete die Fotos. „War das dein Zimmer?", fragte sie schließlich.

David nickte. Anna folgerte daraus, dass Nicolas im Zimmer seines Onkels wohnen würde.

„Ich seh´ mal nach Nicolas", sagte sie. „Er ist verdächtig still."

Sie verließ das Zimmer und betrat den nächsten Raum, in dem die Türe offen stand. Nicolas´ Sachen lagen verstreut auf dem Bett. Auch hier eine alte Tagesdecke mit Zotteln, eine vergilbte Tapete an den Wänden und Fotos. Überrascht entdeckte sie ein Foto von Nicolas und wunderte sich, dass es eine Schwarz-Weiß-Aufnahme war. Als sie genauer hinsah, erkannte sie bestürzt, dass der Junge auf dem Foto nicht ihr Sohn war. Es musste Davids Bruder sein.

`Großer Gott!´, durchfuhr es sie. `Die beiden sehen sich ja zum Verwechseln ähnlich! Und ich habe mich jahrelang gewundert, wem Nicolas gleicht! Das muss für David ja die Hölle sein! Deshalb hat er ihn so oft mit diesem seltsamen Blick beobachtet! Und ich dämliche Kuh habe den Blick völlig falsch gedeutet!´

Ihr wurde übel, als ihr das Ausmaß dieser Fehleinschätzung bewusst wurde. Sie hatte ihre Ehe nahezu ruiniert und sich selbst in ein unfreiwilliges Exil verbannt. Hätte sie auch nur geahnt, was mit David los war! Hätte er doch nur ein Wort gesagt! Sie hätte gelernt, damit umzugehen. Sie hätte ihn verstanden.

Herrgott, sie liebte diesen Mann! Warum vertraute er sich ihr nicht an?

Der Glasrahmen vor dem Foto spiegelte und sie sah schemenhaft eine Silhouette auftauchen. Wie ertappt schnellte sie herum. David stand im Türrahmen gelehnt und beobachtete sie mit dunklen Augen.

„Ist er das?", fragte sie leise.

David nickte, löste sich von der Zarge und stellte sich neben sie. Lange sah er auf das Foto. „Ja, das ist Michael."

„Ich wusste nicht, dass Nicolas ihm so ähnlich sieht", sagte Anna mit trockenem Mund. Für sie war es wie ein Schuldbekenntnis.

Wieder nickte David stumm. Seine Augen verdunkelten sich noch mehr. Schließlich wandte er sich ab und ging hinaus.

Anna schluckte. Warum musste ihr Leben so kompliziert sein? Warum konnte Nicolas nicht aussehen wie ihr eigener Bruder oder sonst wer? Nutzlose Gedanken. Nun musste sie sehen, wie sie mit dieser neuen Erkenntnis umging.

In dem Moment rief Davids Mutter aus dem Erdgeschoss, der Kaffee sei fertig.

Sie hörte David die Treppe hinuntergehen und Nicolas in der Küche laut plappern. Sein Großvater brachte ihm australische Strine-Idiome bei: „Hey, mate, oright?"

Dann fügte er polternd hinzu, dass sein Vater mit ihm bestimmt nur dieses breite Yankee Englisch spreche, obwohl er doch ein halber Australier sei.

Pflichtbewusst korrigierte Nicolas ihn: „Das meiste habe ich von Mama gelernt."

Der Großvater hatte wahrgenommen, dass sowohl David als auch Anna inzwischen in der Küche angekommen waren. Nun verdrehte er gespielt die Augen und entrüstet sich: „Oje, daher hast du dein vornehmes Oxford-Englisch!"

Die Erwachsenen lachten. Nicolas sah verunsichert von einem zum anderen. Nur Davids Mutter sagte halb schmunzelnd, halb tadelnd „Aidan!" zu ihrem Mann.

Anna strich Nicolas durch die Haare. „Du hast Glück, Schatz. Wenn du groß bist, kannst du vier Sprachen: Deutsch, britisches, amerikanisches und Aussie-Englisch!" Nicolas lächelte tapfer, doch er begriff nicht viel von dem Spiel, das die Erwachsenen da mit ihm trieben.

Glücklicherweise überlagerte der Kaffee- den Modergeruch, der sich ebenfalls in der Küche breitgemacht hatte. Sie aßen Kuchen und plauderten über dies und jenes. Als Nicolas schließlich auf ihren Schoß sank, merkte auch Anna, wie müde sie war. Der Jetlag machte sich bemerkbar. Sie wollte den Kleinen auf den Arm nehmen, um ihn ins Bett zu tragen, doch David nahm ihn ihr ab. „Lass, ich mache das", sagte er und trug Nicolas nach oben. Anna folgte ihnen und hatte beim Anblick der beiden für einen Moment die düstere Vision, David halte seinen toten Bruder in den Armen. Ihr wurde ganz flau davon. Betroffen legte sie sich ebenfalls hin. Von unten hörte sie gedämpftes Stimmengemurmel. Sie hätte schwören können, dass Davids Eltern ihn fragten, wie es denn um seine Ehe stehe, und hätte liebend gern gewusst, was er antwortete. Ob sie auch darüber sprachen, warum die beiden nicht zur Hochzeit gekommen waren? Über diese Gedanken schlief sie ein.

Sie erwachte, als es schon dunkel war. Kühlere Luft wehte durch die vergilbte Gardine. Eine Weile blieb sie mit offenen Augen liegen und fühlte sich wie durch den Fleischwolf gedreht. Dann vernahm sie wieder leise Stimmen und ein monotones Quietschen, diesmal von draußen. Sie richtete sich auf und sah aus dem Fenster. Im Garten saßen David und sein Vater in einer alten Hollywood-Schaukel, rauchten Zigarren und schwangen dabei leicht hin und her. `Was für ein idyllisches Bild´, dachte Anna nicht ohne Ironie. Sie stand auf und zog sich an. Auf der Armbanduhr sah sie, dass es bereits neun Uhr war. Sie sah kurz in Nicolas´ Zimmer nach. Der Junge schlief fest.

Davids Mutter und ihre Schwägerin waren vor dem Fernseher eingenickt. Eine Billig-Soap-Produktion flimmerte über den Bildschirm. Beide schnarchten. Anna suchte die Tür zum Garten und fand sie schließlich am anderen Ende des Flures. Das Fliegengitter klatschte hinter ihr gegen den Rahmen. Die beiden Männer in der Hollywood-Schaukel sahen gemächlich zu ihr herüber, ohne dass das meditative Schwingen der Schaukel nachließ.

„Hallo Liebes", begrüßte David sie herzlich. Es durchströmte sie wohlig. Dass er sie vor seinem Vater so nannte, freute sie besonders. „Hast du gut geschlafen?"

„Ja, danke. Aber ich fühle mich immer noch neben der Spur!"

„Das ist der Jetlag. Das geht vorbei", erwiderte Aidan gutmütig.

Sie wandte sich an David: „Hast du kein Problem damit?"

„Doch, ich merke es auch. Ich versuche, bis zum Schlafengehen durchzuhalten, um gleich in den richtigen Rhythmus zu kommen. Möchtest du dich zu uns setzen?"

Sie nickte und zog einen der Gartenstühle an die Hollywood-Schaukel heran.

„Du kannst dich hierher setzen", bot ihr Schwiegervater an. „Ich verzieh mich jetzt!" Er erhob seine dünne Gestalt aus dem Polster, tätschelte ihre Schulter und sagte: „Gute Nacht, ihr beiden!" Auf halbem Weg drehte er sich noch einmal um und murmelte halblaut: „Schön, dass ihr alle mal zu Besuch hier seid." Es klang, als wollte er sagen „Wurde aber auch mal Zeit!" Dann verschwand er im Haus. Sie hörten die Fliegengittertür erneut klatschen.

Anna nahm neben David Platz. Sie sah in den klaren Himmel und überließ sich der gleichförmigen Bewegung der Schaukel. Ab und zu leuchtete die Zigarre rot auf, wenn er daran zog. Es war noch immer warm und die Grillen zirpten laut. Schließlich fragte sie: „Hast du für morgen schon Pläne? Möchtest du Nicolas etwas in Darwin zeigen?"

David zog erneut an der Zigarre, ein für sie ungewohnter Anblick, und sagte dann ruhig: „Ich möchte mit euch zum Friedhof gehen."

Überrascht sah Anna ihn von der Seite an. „Zum Friedhof?"

Er nickte. „Ja, Nicolas möchte etwas über seinen Onkel erfahren. Ich glaube, jetzt ist eine gute Gelegenheit dazu."

Anna betrachtete ihn eingehend. Dann gab sie dem Bedürfnis nach und lehnte ihren Kopf an seine Schulter. Er legte den Arm um sie und hielt sie fest. Sie saßen lange schweigend da und Anna ahnte nicht, welcher Kampf in David tobte. Dass ihm bei der Vorstellung, was morgen auf ihn zukommen würde, speiübel wurde. Eine tief sitzende Kindheitsangst bahnte sich ihren Weg aus dem Unterbewusstsein an die Oberfläche. Und sie ahnte nicht, wie wichtig ihre Reaktion für ihn sein würde.

Als sie am nächsten Morgen aufwachte, weil die Sonne ihr ins Gesicht stach, fragte sie sich, wie sie diese Nacht in dem engen Bett ausgehalten hatten. Aber es hatte funktioniert. Sie fand sich in Davids Armen wieder und konservierte die Geborgenheit und seinen vertraut köstlichen Geruch für eine Weile in sich. Eine Zeit lang unterdrückte sie den Impuls, sich über ihn zu beugen und seine leicht geöffneten Lippen zu küssen. Es erschien ihr unpassend. Doch dann gab sie ihm nach. Behutsam streichelte sie sein Gesicht, bis Davids Augenlider sich bewegten und er langsam erwachte. Wie hatte sie so lange auf seine Nähe verzichten können?

David machte seine Ankündigung wahr. Er führte sie und Nicolas erst eine Weile durch Darwin, zeigte ihnen den Botanischen Garten, den Strand und den Wharf Precinct. Wie schon in L.A. überraschte Anna auch hier die Abwesenheit von Kultur, von der der Aborigines einmal abgesehen. Was in Los Angeles die verheerenden Erdbeben anrichteten, besorgten hier tropische Wirbelstürme, die den Ort nahezu völlig zerstörten. Schwere Monsunregenfälle hatten Darwin ebenfalls manches Mal zugesetzt: Oft war die Stadt für Wochen von der Außenwelt abgeschnitten, weil die Zufahrtsstraßen allesamt überflutet waren.

Sie kamen an einem Restaurant vorbei, das mit farbigen Abbildungen für die Speisekarte warb, die Krokodil-, Büffel-, Kamel- und Emufleisch anbot. Als Nicolas das Krokodil sah, wurden seine Augen rund. „Stimmt das, Daddy? Essen die Menschen hier Krokodile?"

„Aber ja, und das schmeckt richtig gut."

Anna rollte die Augen und kommentierte ironisch: „Hm, lecker!"

Nicolas lachte glucksend. „Und was ist das für ein Tier?"

„Ein Emu", erklärte David ihm. „Wenn wir in einen Tierpark fahren, zeige ich dir einen echten."

„Au ja, lass uns in einen Tierpark fahren!"

„Wir könnten uns mehr als zwanzig Nationalparks hier in der Umgebung ansehen. Der berühmteste ist der Kakadu National Park. Ich glaube, den werde ich euch auch zeigen, wenn ihr wollt."

Während er das sagte, lotste er sie in die Innenstadt mit den zahlreichen Souvenirläden in der Fußgängerzone.

„Wir sind als Touristen meilenweit erkennbar", raunte er Anna zu.

„Wieso?"

„Weil wir in der Mittagshitze draußen rumlaufen und das auch noch viel zu schnell", erwiderte David ernsthaft. „Ein Einheimischer käme nie auf die Idee, vor dem Abend ins Freie zu gehen und sich anders als langsam, schweißsparend und möglichst ausschließlich von einem klimatisierten Raum in den nächsten zu bewegen."

„Also ich finde es auch unerträglich heiß, aber es stört mich nicht im Geringsten, dass man mich für eine Touristin hält. Dich etwa?"

„Nein, ich bin hier ja sozusagen zu Hause." Er grinste schief.

Anna wunderte sich, warum David dieser Stadt den Rücken gekehrt hatte, an der er offensichtlich hing. Als habe er ihre Gedanken gelesen, lenkte er ihre Schritte nun wie zufällig auf den Friedhof. Erstaunt sah Nicolas auf die Grabsteine.

„Was machen wir hier, Dad?", erkundigte er sich.

„Ich werde dir jetzt das Grab deines Onkels zeigen", antwortete David ruhig. Nur Anna sah, dass seine Unterlippe zitterte.

„Liegt der hier?", fragte Nicolas ehrfürchtig. Auch ihn schien ein Schauer ergriffen zu haben.

„Ja."

Schweigend gingen sie an den Grabreihen entlang.

`Wie friedlich Kirchhöfe doch sind´, dachte Anna und lauschte auf das Zwitschern der Vögel. Sie näherten sich der Reihe mit den Kindergräbern und dann blieb David vor einem kleinen verwitterten Stein stehen.

„Michael Hurst
* 1960 + 1967
Möge der Herr ihm gnädig sein."

Anna spürte einen Kloß in ihrem Hals. Das hier war furchtbar. Es war auf eine andere Art und Weise furchtbar, als vor Sarahs Grab zu stehen.

„Ist das sein Grab?", fragte Nicolas leise.

David nickte stumm.

Sie schwiegen alle. Dann wollte Nicolas wissen: „Warum ist er tot?"

Seine neugierige Direktheit ließ Annas Atem stocken.

David antwortete heiser: „Er hat mir das Leben gerettet und ist dabei selber umgekommen."

Der Satz lag wie Blei in der Luft. Anna wagte nicht zu atmen. Darauf war sie nicht vorbereitet. Nicolas sah unschuldig zu seinem Vater hinauf. „Er hat dich gerettet?"

David nickte kaum merklich. Seine Augen füllten sich mit Tränen.

„Was hat er denn gemacht?" Wie mit einem Zahnarztbohrer sezierte Nicolas forschend weiter.

David beugte sich zu ihm hinunter. „Wir haben mit ein paar anderen Kindern in einer Erdgrube gespielt. Ich war damals jünger als du jetzt und konnte noch nicht gut auf mich selbst aufpassen. Mit einer Plastikschaufel habe ich Erde von einer gefährlichen Stelle unter einem steilen Abhang abgegraben. Irgendwann hatte ich den Hang so weit unterhöhlt, dass die Erdkante über mir abbrach. Dann ging alles ganz schnell. Die Böschung kam auf mich hinunter. Michael riss mich weg und warf mich zur Seite. Er selber wurde von der Erdmasse begraben. Er hatte keine Chance. Er ist in dem verdammten Dreck erstickt. Wir haben versucht, ihn frei zu buddeln. Aber wir kamen mit unseren kleinen Schaufeln zu spät."

Er verstummte.

„Dad, du weinst ja!" Der Kleine legte dem Großen das Ärmchen um die Schulter und versuchte ihn zu trösten.

Anna stand wie vom Donner gerührt.

„Waren Oma und Opa traurig, als Michael tot war?", fragte der Kleine weiter.

David vergrub sein Gesicht in den Händen. Seine Schultern zuckten.

Hilfesuchend sah Nicolas zu seiner Mutter hoch. Sie strich ihm kurz über den Kopf, hockte sich dann neben David und nahm ihn ebenfalls in die Arme. Als David laut zu schluchzen begann, fiel sie mit ein. Bald konnte sie nicht mehr trennen zwischen seinem und ihrem Schmerz. Als das Schluchzen nachließ, schauten sich alle drei in die geröteten Augen, denn auch Nicolas hatte aus Hilflosigkeit angefangen zu weinen. Und sie sahen so viel Liebe und so viel Leid, dass sie es kaum ertragen konnten. Sie verharrten eine Weile in der engen Umarmung. Als sie den Friedhof verließen, tastete Anna instinktiv nach dem Taubenanhänger an ihrem Hals, als wollte sie prüfen, ob seine Weißgold-Flügel noch immer ausgebreitet waren. Dann fasste sie Davids Hand und ließ sie nicht mehr los, bis sie am Haus seiner Eltern ankamen.

An diesem Abend lag Anna neben David im Bett und blickte ziellos in die Dunkelheit. Irgendwann drehte sie sich vorsichtig zu ihm um und sah, dass er ebenfalls mit offenen Augen dalag. Sie nahm seine Hand und hielt sie fest. Es war still im Haus und in ihnen. Nach einer Weile wanderte Davids Blick zu ihr und er sah sie an. Er hatte Angst vor dem, was er in ihren Augen erkennen könnte. Aber da war kein Mitleid, da war ein tiefes Verstehen. Und in dem Glanz auf ihrer Iris schimmerte Liebe. Die Anspannung in ihm ließ nach.

„Du bist nicht Schuld an seinem Tod", sagte sie leise.

Sein Blick wurde leer.

Sie wiederholte: „Du trägst keine Schuld an seinem Tod!" Als er nicht reagierte, fügte sie sanft hinzu: „Du warst erst vier Jahre alt und es war ein Unglück. Er hat dein Leben gerettet. Es war das größte Geschenk, das er dir machen konnte. Nimm es an und lass ihn gehen!"

David sah sie lange fragend an. „Wie soll man je ein solches Geschenk annehmen können?"

„Du musst. Sonst war sein Opfer umsonst", erwiderte sie noch immer sanft aber mit Nachdruck.

Er schwieg. Anna sah, dass es in ihm arbeitete.

„Und wie soll man sich je eine eigene Familie zugestehen können, wenn man die der Eltern zerstört hat?"

„Du hast nichts zerstört. Nützt es deinen Eltern etwas, wenn du unglücklich bist?"

Er schwieg wieder lange, dann atmete er durch. „Vielleicht hast du Recht."

Die Ungeheuer sanken und rollten sich leise in ihrem finstern Kerker auf dem Boden zusammen. Sie hatten endlich Beachtung gefunden und die unerträgliche Last einer übergroßen Schuld war von ihnen genommen. Ihr Schmerz ließ nach, die beißende Glut verglühte. Dort, wo sie waren, würden sie so lange bleiben, wie sie gebraucht wurden. Der Wächter hielt die Schlüssel zu ihrem Gitter in der Hand und wartete darauf, sie freilassen zu dürfen. Doch diese Entscheidung konnte er nicht alleine treffen. Und in Anna drehte sich das Karussell langsamer und schwang gemächlich aus. David schmiegte sich an sie und sie sahen sich lange an. Dann begannen sie, sich zu küssen und zu liebkosen, so gut das in dem schmalen Bett ging. Eng umschlungen schliefen sie endlich ein.

„Wart ihr bei Michael?", fragte Davids Mutter Johanna sie am nächsten Morgen auf Deutsch. Sie saß in einem verrosteten Gartenstuhl auf der Veranda. Im Vorgarten summte und brummte eine Schar an Insekten.

Anna nickte und setzte sich zu ihr.

Die alte Frau sah versonnen in die Ferne. „Es war gut, dass ihr da wart."

Sie schwiegen.

„Als Kind war David fast jeden Tag dort. Dann hat er irgendwann aufgehört, hinzugehen. Ich glaube, er war schon dreißig Jahre nicht mehr da."

Sie schwiegen erneut.

„Er gibt sich noch immer die Schuld für Michaels Tod", sagte die alte Frau wieder und verscheuchte eine Biene von ihrem Unterarm.

Anna nickte.

Johanna sah sie an. „Es war gut, dass er mit dir da war und mit dem Jungen."

Sie sprachen eine Weile lang nichts. Dann fragte sie: „Wie habt ihr euch eigentlich kennen gelernt?"

„Hat David dir das nicht gesagt?"

Die alte Frau schüttelte ruhig den Kopf. „Nein. Möchtest du es mir erzählen?"

Anna dachte nach, dann ließ sie der alten Frau an der ganzen Geschichte teilhaben, angefangen von Thomas´ und Sarahs Unfall, über ihre anschließenden Depressionen und Selbstzerstörungsanfälle, die Situation im *Regent*, ihre Zusammenarbeit an dem Drehbuch. Und während sie sich selber reden hörte, fragte sie sich, ob es wirklich der Zufall gewesen war, der sie zusammengeführt hatte. Wieso hatte Bruckners Team sich ausgerechnet an Maximilians Agentur gewandt und nicht an eine der vielen anderen, die es in Berlin gibt? Wieso war Maximilian das Risiko eingegangen, gerade sie mit dem Job zu betrauen - ausgemergelt, traumatisiert und stotternd wie sie war - und hatte damit seinen Ruf riskiert? Nein, da mussten ganz besondere Kräfte gewirkt haben.

Johanna hatte ihr aufmerksam zugehört und sie dabei so verständnisvoll angesehen, dass Anna den Mut fand, ihr auch zu erzählen, was sie so lange gequält hatte: „Ein paar Monate vor dem Unfall hatte mein

Mann eine hohe Risikolebensversicherung abgeschlossen und ein Testament gemacht, ohne mir etwas davon zu sagen. Ich habe beides erst nach seinem Tod in den Unterlagen gefunden. Bis zu diesem Zeitpunkt hatte ich noch an einen Unfall geglaubt. Dann nicht mehr. Erst recht nicht, als ich in den Bilanzen entdeckte, wie schlecht es um uns stand. Thomas hatte bereits einen enormen Schuldenberg angesammelt. Ich hätte merken müssen, was los war. Um ehrlich zu sein: Ich habe etwas geahnt, aber ich wollte es nicht wissen. Wollte nicht wahrhaben, dass meine Eltern mit ihrem Misstrauen Thomas gegenüber vielleicht Recht hatten." Tränen stiegen in ihre Augen. „Er war an diesem Tag merkwürdig und hat mir nur ausweichende Antworten gegeben, warum er so spät noch unbedingt mit Sarah zu Freunden fahren muss." Nie wieder würde sie sich von irgendjemandem mit Ausreden und Halbwahrheiten abspeisen lassen, hatte sie sich damals vorgenommen. „Ich hätte verhindern müssen, was passiert ist! Ich habe nicht gut auf mein kleines Mädchen aufgepasst!" Sie weinte leise.

Die Ältere nahm sie schweigend in den Arm. Dann raunte sie in ihr Ohr: „Diesen Vorwurf mache ich mir seit über dreißig Jahren! Und glaube mir, er tut mir nicht gut."

Als Anna sich wieder beruhigt hatte, gab ihre Schwiegermutter dem Gespräch eine andere Richtung: „Und dann ist David in dein Leben geplatzt…"

„Ja, das kann man wohl sagen, und zwar mitten in die Trauerphase. Und ich habe Dinge getan, die ich vorher nie gemacht hätte…"

„Zum Beispiel?"

„Zum Beispiel haben wir gleich die erste Nacht miteinander verbracht. Das ist nicht meine Art, weißt du. Aber wir hatten viel getrunken und nach dieser furchtbaren Trauerzeit tat es mir unendlich gut, jemanden nah bei mir zu spüren. Na ja, am nächsten

Morgen war mir das im nüchternen Zustand peinlich. Doch als ich gesehen habe, dass ich fast vollständig angezogen war, erkannte ich, dass David die Situation nicht ausgenutzt hatte. Er wusste, was ich durchgemacht hatte und hatte meine Würde gewahrt. Ich glaube, da habe ich bereits angefangen, mich ein bisschen in ihn zu verlieben."

Ihre Schwiegermutter lächelte sie wohlwollend an und nickte versonnen. „So etwas in der Art habe ich mir schon gedacht."

„Ich glaube, dass zwischen uns von Anfang an eine besondere Verbindung bestand, auf einer unbewussten Ebene. Man spürt instinktiv, dass es dem anderen ähnlich geht wie einem selbst." Wer hatte hier wen vor sich selbst gerettet?

Dann ging ihr etwas anderes durch den Kopf. „Es war Nicolas´ Ähnlichkeit mit Michael, die euch am Flughafen so befremdet hat, nicht wahr?", fragte sie.

„Ja", sagte ihre Schwiegermutter und nickte nachdenklich. „Natürlich hatten wir auf den Fotos, die ihr uns von ihm geschickt habt, gesehen, wie sehr er Michael gleicht. Aber es von Angesicht zu Angesicht zu erleben war merkwürdig." Sie sinnierte. „Im ersten Moment jedenfalls. Dann fand ich es schön, meinen kleinen Michael wieder zu haben. Zumindest ein bisschen." Sie lächelte Anna voller Herzlichkeit an. „Durch dich haben wir ihn zurückbekommen." Und in Gedanken fügte sie hinzu: `Und meinen zweiten Sohn auch.´

Sie legte ihre warme, faltige Hand auf die ihrer neu gewonnen Tochter und Anna fand, sie hätte genauso gut „Willkommen in der Familie" sagen können. Sie erwiderte den Blick und drückte die Hand, die ihr entgegen gestreckt worden war.

„Kinder sind doch alles, was wir haben und was wir der Welt hinterlassen", hob Johanna leise wieder an. „Sie sind das, worauf wir schauen, wenn wir sterben."

Dann schwiegen die Frauen erneut, die beide ein Kind hilflos seinem Schicksal überlassen mussten und viel zu früh verloren. Sie lauschten dem Zirpen der Grillen und hingen ihren Gedanken nach.

„Seid ihr stolz auf David und auf das, was er erreicht hat?", fragte Anna dann.

„Oh ja, sehr!"

„Warum zeigt ihr ihm das nicht?"

Ihre Schwiegermutter seufzte. „Weil das nicht so einfach ist. Ich würde ihn genauso lieben, wenn er all das nicht erreicht hätte, aber das glaubt er mir nicht. Ich möchte nicht, dass er denkt, ständig etwas leisten zu müssen, um geliebt zu werden. Dass er Michaels Tod wiedergutmachen muss, damit er wieder unser Kind sein kann. Ich trage ihn so, wie er ist, in meinem Herzen, mit all seinen Stärken und kleinen Schwächen, nicht nur als den oscar-nominierten Autor von *Shizophrenia*. Auch wenn das ein phantastischer Film war. – Ja, natürlich sehe ich mir alles an, was er macht! Aber meistens muss ich anschließend weinen, weil ich hinter den Geschichten meinen tief traumatisierten Sohn sehe. Ich kann ihm nicht dahin folgen, wo er hingegangen ist. Das ist sein Weg, nicht meiner. Und wie ist das mit ihm und dir?"

„Ich weiß es nicht", antwortete Anna wahrheitsgemäß.

Davids Mutter sah sie ernst an. „Liebst du ihn noch?"

Obwohl Anna mit der Frage früher oder später gerechnet hatte, traf sie diese nun unvorbereitet. Sie dachte einen Moment nach. Dann sagte sie schlicht. „Ja."

„Und er?"

„Ich weiß es nicht", erwiderte sie. „Ich weiß es wirklich nicht."

Die alte Frau sah sie wieder an, in ihren grauen Augen funkelte Weisheit. „Glaubst du, er wäre mit dir zum Grab gegangen, wenn er dich nicht liebte?"

Anna lächelte zurück. „Nein, wahrscheinlich nicht. Vermutlich liebt er mich auf seine besondere Art und Weise."

Johanna nickte zustimmend. „Und kannst du damit leben?"

Anna lachte kurz und eine Spur zu bitter. „Ich lebe schon eine Weile damit!"

Wiederum nickte ihre Leidensgenossin zustimmend. „Ja, das tust du und das ist gut so."

`Gut für wen?´, fragte Anna sich.

Die beiden Frauen blickten erneut in den Garten. Abermals war es die Ältere, die das Gespräch fortführte, in dem sie feststellte: „Du warst also schon einmal verheiratet." Sie äußerte das so, als wolle sie es sich selber bewusst machen.

„Ja, wenn meine damalige Familie nicht ums Leben gekommen wäre, hätte ich David vermutlich nie kennen gelernt."

Johanna nickte. Offenbar hatte sie etwas Ähnliches gedacht. Schließlich sagte sie: „Ich habe mal einen schönen Sinnspruch gehört: Gott schlägt nicht eine Tür zu, ohne eine andere zu öffnen."

Anna nickte und fragte sich, welcher Sinn hinter all dem stecken könnte. Inzwischen war es für sie bedeutungslos geworden, ob Thomas den tödlichen Unfall absichtlich herbeigeführt hatte. Tatsache war, dass Nicolas nie geboren worden wäre und dass alles, was sie seit dem gesehen und erlebt hatte, nie stattgefunden hätte. Viele Dinge, die für eine Menge Leute wichtig waren, hätten nicht passieren können. Alles erhielt seinen Sinn, manches schwer verdaulich, anderes überraschend warm berührend wie ein unerwartetes Geschenk. Annas Puls beschleunigte sich. Plötzlich spürte sie den starken Impuls, ihre Erfahrungen weiterzugeben. Es gab so viele Menschen, die ein Trauma durchleben mussten und darüber den Lebensmut verloren, weil ihnen das Weiterleben sinnlos erschien. Vielleicht sollte sie eine Selbsthilfegruppe gründen und anderen davon erzählen, wie es ihr gelungen war, sich von dem schwarzen Loch zu befreien. Anderen Menschen Mut machen zu können und ihnen eine Hand über den Ozean von Tränen zu reichen, gäbe ihrem eigenen Leben endlich eine sinnvolle Aufgabe.

Sie verbrachten noch eine friedliche Woche in Darwin. David fuhr mit Anna und Nicolas in den nahe gelegenen Kakadu Nationalpark. Sie badeten in einem Wasserfall und sahen sich einen atemberaubenden Sonnenuntergang an. Eines Nachts fuhr er mit ihnen hinaus, um den Himmel über Australien zu zeigen, in dem die Sterne am nachtschwarzen Firmament wie geschliffene Diamanten auf einem Samtkissen funkelten. Es war ein harmonisches Miteinander, auch wenn diese besondere Nähe, die sie am Tag des Friedhofsbesuchs erlebt hatten, sie nicht durchgängig begleitete. Anna fragte sich, ob David jemals in der Lage sein würde, sich ihr ganz zu öffnen und Nähe auf Dauer zuzulassen. Sie hatte einen Blick hineinwerfen dürfen in seine dunkelste Kammer, aber so schnell konnte er dort wohl nicht das Licht anlassen.
Der modrige Geruch in Davids Elternhaus war Anna auch nach einer Woche noch unangenehm. Seine Geschenke, zum größten Teil teure Elektrogeräte, blieben Fremdkörper in dieser Umgebung. Sie fragte Davids Tante, warum seine Eltern nicht am Reichtum ihres Sohnes teilhaben wollten.
„Was sollen wir denn mit dem Firlefanz?", gab die Tante gutmütig zurück. „Wir sind alte Leute. Uns geht es gut. Wir sind mit nichts gekommen und wir werden schon bald mit nichts wieder gehen. Wir brauchen das Zeug nicht. Es macht nur Arbeit. Weißt du, wir leben ein bisschen in der Vergangenheit und wollen das bis zu unserem Tod noch ein wenig ge-

nießen. Außerdem macht Geld nicht glücklich. David auch nicht, nicht wahr?"

„Nein, das stimmt. Das Geld macht ihn nicht glücklich", gab Anna zu.

Auf dem Rückflug nach L.A. fragte Anna sich, ob dies das letzte Mal gewesen sei, dass sie Davids Eltern und die Tante gesehen haben. Sentimental blickte sie auf den tief unter ihnen liegenden, ewigen Ozean hinab. Wer weiß, wie lange sie noch leben, in dem alten Haus voller Gerüche aus der Vergangenheit?

Zurück in Brentwood zog Anna entschlossen die Vorhänge auf und genoss die frische Luft, die die Wohnung ausatmete. Es roch nach lebendiger Gegenwart. Eine Haushälterin hatte das Haus auf ihre Rückkehr vorbereitet und ihnen Essen in den Kühlschrank gestellt.

David wirkte wieder abwesend. Er verhielt sich fürsorglich, schien aber sehr damit beschäftigt zu sein, sich seinen Dämonen zu stellen. Es brauchte wohl etwas mehr als nur einen Besuch in der Heimat. Anna fragte sich, wie sie ihre Ehe weiterführen würden, nun da sie verstand, was in ihm vorging.

Als David abends von einem langen Ausflug zum Mount Olympus nach Hause kam, nahm sie die Gelegenheit wahr, mit ihm über ihre Rückreise nach Deutschland zu sprechen und diese zu planen.

„Ich möchte nicht, dass ihr zurückfliegt!", wandte David erschrocken ein. Anna zuckte zusammen. Als er das bemerkte, zwang er sich zur Ruhe.

„Entschuldige, ich wollte nicht laut werden." Er zögerte und rang sichtlich mit sich. „Ich möchte nicht, dass ihr so weit weg von mir seid. Ich möchte, dass ihr bei mir bleibt, hier in Los Angeles – beide." Flehend fügte er hinzu: „Ihr seid meine Familie, ihr seid ..." Er verstummte.

Überrascht sah Anna ihn an.

„Natürlich kannst du deine Wohnung in Berlin behalten, damit du dorthin kannst, wenn du es mal mit mir nicht aushältst. Oder wenn du eine Zeit lang wieder in Deutschland sein möchtest. Vielleicht auch mal mit mir."

„Ich muss darüber nachdenken", sagte sie. Hierzubleiben bedeutete, dass sie alles aufgeben müsste, was sie sich in Berlin aufgebaut hatte. Außerdem sah sie sich eher in Deutschland eine Selbsthilfegruppe gründen als hier. Und für Nicolas wäre es ebenfalls eine Umstellung.

„Natürlich", stimmte er sofort zu. „Aber ob du nun hier arbeitest oder in Berlin, spielt doch letztendlich keine Rolle, oder?"

„Nein, das nicht", gab sie zu. „Nicolas müsste dann hier zur Schule gehen."

„Wäre das ein Problem?"

„Ich weiß nicht, er hat seine Freunde dort."

„Er wird hier Neue finden. In dem Alter geht das schnell."

„Ich denke, wir sollten ihn fragen, ob er sich das vorstellen kann."

„Ja, das sollten wir."

„David, wieso auf einmal dieser plötzliche Wandel?", fragte sie kaum vernehmbar, als könne ein laut gesprochenes Wort die zarten Seidenfäden, die David zwischen ihnen gesponnen hatte, zerreißen.

Er kam auf sie zu und fasste sie behutsam an den Armen.

„Als ihr vor ein paar Wochen gekommen seid, da hast du mir zum ersten Mal zu erkennen gegeben, wie viel ich dir bedeute. Als du mir gestanden hast, dass dich meine vermeintliche Affäre mit Maddy verletzt hat. Ihr seid das Wichtigste in meinem Leben und das will ich auf keinen Fall verlieren."

Anna erstarrte, als ihr die Bedeutung dessen, was David da gerade gesagt hatte, bewusst wurde. Sie hatte ihm die ganze Zeit verwehrt, worauf sie selber so sehnsüchtig gewartet hatte: ein klares Bekenntnis.

Während er zur Musikanlage ging und eine CD einlegte, trat sie an die Verandatür und sah hinaus in die flimmernden Lichter der Glühwürmchen. Im nächsten Moment erklang gedämpft die Vertonung des Rilke-Gedichts „Du musst das Leben nicht verstehen."

David trat hinter sie. „Und du? Kannst du dir vorstellen, wieder mit mir zu leben?", fragte er ebenso leise wie sie.

Selbstverständlich würde sie ihm nach allem, was sie nun wusste, eine neue Chance geben. Vor allem aber musste sie sich selber eine zweite Chance geben, um diesen Teufelskreis zu durchbrechen.

Sie griff nach seiner Hand und erwiderte: „Ja, das kann ich, weil ich dich liebe."

Noch bevor sie in der spiegelnden Glasscheibe sah, dass er sie von hinten umarmte, spürte sie seine wohltuende Nähe.

„Und wenn du dich getröstet hast […], wirst du froh sein, mich gekannt zu haben." (Antoine de Saint Exupery: Der kleine Prinz)

Danke, danke, danke…

An alle, die mich in den Jahren der Arbeit an diesem Roman begleitet und ermutigt haben. Das gilt insbesondere für meine Familie: Meinen Mann fürs stundenlange Probelesen und seine bereichernden Ideen und meine Kinder, die ihre Mama so oft am Schreibtisch erleben.

Danke an die vielen hilfsbereiten Menschen in Berlin, die mir geduldig die Hotelsuite im *Regent* (ehemals *Four Seasons*) gezeigt und mit der Berliner „Schnauze" Monikas geholfen haben. Die freundlichen Menschen in Los Angeles, die im *Chateau Marmont* und *Beverly Hills Hotel* meine zahllosen Fragen beantwortet, Kontakte zu Schauspielern und Drehbuchautoren hergestellt und mich zu Dreharbeiten im Santa Clarita Valley mitgenommen haben. Und nicht zuletzt an meine Gastfamilie in Australien.

Danke auch an die geduldigen Testleser für ihre hilfreichen Anmerkungen und Hinweise! Danke an die vielen Helfer, die Flyer verteilt, Exemplare in ihrem Freundeskreis verschenkt und meine Posts auf facebook geteilt haben!
Eure selbstlosen Freundschaftsdienste haben mir sehr weitergeholfen.
Danke an Daniel und Alexandra Engelhardt für die super-nette, unkomplizierte Zusammenarbeit und das tolle Cover, das daraus entstanden ist.

Danke an die ersten Buchhandlungen, die Exemplare in ihre Auslage aufgenommen haben!

Was würde ich ohne Sie/euch alle nur machen?
Ich danke Ihnen/euch von Herzen!

Christine Rhömer wurde 1969 in Rheinland-Pfalz in der Nähe von Koblenz geboren. Sie studierte Germanistik und Kunst in Köln und Wuppertal. Die Freude am Erzählen von Geschichten begleitet sie schon seit der Kindheit. Während der Studienzeit intensivierte sie diese durch die Teilnahme an verschiedenen Autorenwerkstätten. Schon früh entstanden Kurzgeschichten, Gedichte und kürzere Romane.

Aufenthalte in den USA und in Australien, die Tätigkeit beim WDR in Köln (Produktion von Fernsehsendungen), sowie die Komparsentätigkeit bei Film- und Fernsehproduktionen dienten unter anderem der Recherche für „Weißgold-Flügel." An diesem Roman arbeitete sie bedingt durch familiäre und berufliche Veränderungen mit zum Teil langen Unterbrechungen viele Jahre.

Christine Rhömer lebt mit ihrem Mann und ihren zwei Kindern in der Nähe von Köln.

Besuchen Sie mich auch auf meiner Facebook-Autorenseite
https://www.facebook.com/Christine-Rhömer-892263180877108/

oder meinen Blog:
https://christinerhoemer.blogspot.de/

Dort finden Sie Fotos von den Handlungsorten meiner Romane und Hintergrundinformationen.
Ich freue mich auf Ihren Besuch!
Ihre Christine Rhömer

Abgetaucht im Paradies
Christine Römer

Ein geschenkter Urlaub ins Taucherparadies. Eine traumhafte Insel, Urlauber auf der Suche nach Liebe und ein gut gehütetes Geheimnis.

Hätte Alexa diese Reise auch unternommen, wenn sie ihr nicht geschenkt worden wäre? Oder wenn sie geahnt hätte, was sie dort erwartete? Wahrscheinlich nicht. Aber wie hätte sie dann die Wahrheit erfahren? Alexa ist Ende zwanzig und hat gerade erst ihre eigene Physiotherapie-Praxis eröffnet. Unerwartet werden sie und ihre ehemals beste Freundin Isabel zu einem Urlaub eingeladen. Und dann will ihr Ex-Freund auch noch seine neue Partnerin heiraten! Überstürzt nimmt sie die Einladung an und fliegt mit Isabel auf die Insel im Pazifik. Nach einer anfänglich ruhigen Zeit überschlagen sich plötzlich die Ereignisse. Warum sollten sie unbedingt auf diese Insel reisen?

Als Taschenbuch und eBook erhältlich.

Wind aus Südwest - Sünden der Väter
Christine Römer

Stell dir vor, deine beste Freundin verfolgt einen Plan, von dem du nichts weißt. Plötzlich ist dein Leben in Gefahr …

In Köln entwickelt sich zwischen Leonie und Carina eine intensive Freundschaft, obwohl sie sehr verschieden sind. Leonie ahnt jedoch nicht, dass Carina seit ihrer Kindheit in Namibia einen Plan verfolgt, der sie beide in große Gefahr bringen wird. Dabei geht es um einen Gegenstand, den einst deutsche Soldaten bei der brutalen Niederschlagung des Herero-Aufstandes in „Deutsch Südwestafrika" erbeutet hatten. Die Besitzer dieses Gegenstandes versuchen mit allen Mittel zu verhindern, dass ihre Verbrechen an die Oberfläche kommen.
Unbeirrt verfolgt Carina ihr Ziel und Leonie muss nun eine folgenschwere Entscheidung treffen, um ihr eigenes Leben zu retten.

„Souverän und lustvoll, mit einer klaren, lebendigen Sprache schafft es die Autorin, ihre Figuren authentisch zu charakterisieren, die Handlung ist gut durchdacht und gewinnt zunehmend an Spannung." (Kathrin Höhne, Kölner Stadt-Anzeiger)

Als eBook und Taschenbuch erhältlich. ⁷⁷⁷